더 메모리

더 메모리

; 기억을 수정하는 찻집

금필춘 소설

우리나비

차례

은은한 허브티의 향이 가게 안에 퍼진다.

그와 함께 이곳에서의 추억들이 감각의 뒤편에서 들고일어난다.

차를 건네는 그녀는 여전히 듣기만 한다.

그리고 질문을 던진다. 누가 시키지도 않은 온전히 그녀의 머릿속에서 필터링을 거치지 않고 세상 밖으로 나온 그녀만의 언어이자 순수함 그 자체이다.

처음에는 그 질문들에 거부감을 느낄지 몰라도 그 질문들엔 결코 악의는 없다.

나는 한편으로 이 가게에 들어설 수 있다는 것에 안도감을 느꼈다.

아직, 나의 낭만이 내 마음속 깊은 곳에 존재해 주는 것 같아서 다행이다.

가게의 문을 열고 들어서자 나를 반기는 것 같은 따스함이 잠시나마 긴장했던 내 몸을 녹인다.

chapter 1

수상한 아르바이트

버스 57번, 189번 또는 50번을 타고 10분 정도를 가다 보면 해인아파트라는 정류장이 있다. 정류장에 내려서 조금 걷다 보면 오래된 역사를 자랑하는 병원이 나온다. 병원 옆에는 꽤나 높은 층으로 이루어진 상가가 있는데, 그 1층에는 레트로 감성의 드라마 속 물품들이 다시 유행을 탄 뒤 더욱 반응이 뜨거워진 찻집이 하나 있다. 안에는 근대 시대의 레일 위를 원 없이 달렸을 것 같은 기차를 작게 본뜬 모형들과 그 시절에 쓰였을 법한 전화기들이 주요 인테리어를 차지하고 있다.

쇼윈도 너머에 나와 나이가 비슷하거나 조금 더 많아 보이는 여자가 있었다. 20대 중후반쯤 돼 보이는 여자는 계산대를 돌보는 사람이다. 가게 안으로 들어서면 여러 방문 후기에서 볼 수 있었던 촬영 장소에서 많은 사람들이 SNS 업데이트용 사진을 찍고 있다. 나는 정돈된 머리칼을 쓸어내리며 갈색 코트를 만지작거렸다. 쓱 훑어보니 이십 대 중반에서 후반쯤 돼 보이는 주인 여자는 가게 안에 보이지 않았다. 아마 루트를 이용하고 있는 것 같았다. 이름난 기업도 아닌 이곳이 SNS상에서 유명해지고 많은 사람들이 찾게 되면서 사업 확장 제안도 여럿 오는 것 같았지만 이곳의 주인은 그쪽으로는 전혀 관심이 없었다. 짐작건대 그럴 것 같았고 그럴 수밖에 없었겠지만 말이다. 이곳의 주인은 매사에 둔하고 장난기가 은근 많다. 그렇지만 자신의 가게를 너무 아끼는 마음에 겁 또한 많다. 이는 나의 경험에서 나오는 이야기라 그녀를 겉으로만 본 사람이라면 동의하기 어려울지도 모른다.

입을 열기 전에는 모종의 신비로움과 화려함, 이 세상 사람이 아닌 것 같은 만화에서나 봤을 법한 엄청난 외모를 지닌 인물. 목과 귀에는 무겁지 않을까 걱정이 될 만한 큼지막한 액세서리들. 말하는 방식, 움직이는 모습, 그리고 숨 쉬는 소리까지도 우아할 것 같은 느낌을 주는 외관.

딱히 사업 확장을 하지 않더라도 현재 생활에 전혀 부족함이 없고 오히려 풍족하게 살고 있는 이 찻집의 마담, 나도 그땐 그냥 '그런 이'라고만 생각했다. 어느 날 내게 의문의 편지 한 통이 도착하고, 그 안의 달콤한 제안에 홀딱 넘어가 이 레트로 찻집의 오른쪽 문을 열기 전까지는.

그때를 회상해 보자면, 당시 나는 아르바이트 구직에 혈안이 되어 있었다. 초등학교, 중학교, 고등학교를 다닌 이유의 종착지인 수능이 끝난 직후였기 때문이다. 모든 학생이 아르바이트를 구하기 위해 핸드폰 어플을 뒤질 때 나는 나에게 온 의문의 편지 한 통을 읽고 그곳을 방문했다. 학교를 마치고 집에 돌아오는 길에 아파트 우체통에서 발견한 편지는 무슨 파티 초대장처럼 생겼었다. 편지에는 시급과 일할 장소가 적혀 있었는데 연락처는 없었다. 언제든 와도 좋다는 문구와 나를 환영한다고 쓰여 있었다. 나는 매우 의심스러운 그 문구들을 보며 처음에는 무시할까 생각했지만 인터넷에서 주소를 검색해 본 결과 꽤 괜찮은 찻집이라고 뜬 후기 덕분에 안심할 수 있었다. 초대장에는 앞에서 말한 것들 외에도 몇 가지 사항들이 더 적혀 있었는데, 찻집을 들어올 때 왼쪽으로 들어오지 말고 자신이 가장 소중하게 여기는 것을 생각하며 오른쪽 문을 열고 들어오라는 내용이 있었다. 처음엔 혹시 레트로 감성의 찻집이라 이렇게 특별한 방식으로 구인 공고를 내는 것일까 생각했다. 다시 말하지만, 인터넷에 후기 글이 없었다면 그런 생각조차도 안 하고 바로 쓰레기통행이 되었을지도 모른다. 공고의 독특함에 신기해하는 것도 잠시, 혹시 주변 지인이나 친구들도 받았을까 궁금해하며 결국 면접을 보러 가기 위해 버스에 올라탔다. 그 정도로 내겐 아르바이트가 정말 시급했고 누구보다 빨리 면접을 보고 싶은 마음이었다. 두근거리는 가슴으로 손에 든 이력서를 만지작거렸다. 이렇다 할 경력도 없는 이력서였지만 그래도 없는 것보단 나을 거라는 생각에 챙겼던 기억이 난다. 편지에 적힌 장소의 근처 정류장에 도착해 조금 걷다 보니 유독 시선을 끄는 카페가 하나 있었다. 카페 안에는 사람들도 많았다. 의심할 여지 없이 바로 저곳이라고 생각했다. 생각보다 나쁘지 않은 곳이라는 안도감에 초대장 문구대로 가장 소중하게 여기는 것을 머릿속에 그리며 오른쪽 문을 열었다. 솔직히 내 마음은 누가 볼 수도 없는데 그대로 따라 해야 하나 싶었지만, 재미있기도 하고 그리 어려운 일도 아니었다. 그렇게 문을 열자 조금 전까지 쇼윈도 너머로 보고 있던 모습이 아닌 전혀 다른 광경이 펼쳐진 것을 보고는 나는 당황했다. 아니, 당황한 수준을 넘어 겁에 질려 있었을 것이다. 카페 내부는 밖에서 본 모습과는 완전 딴판이었다. 잘못 들어왔나 싶어 동그래진 눈으로 이리저리 둘러볼 겨를도 없이 뒤돌아 나가려던 찰나였다.

"오늘 면접 보기로 한 아이구나?"

미소를 띤 인상 좋은 주인이 카운터로 추정되는 공간에서 다정하게 말을 건넸다. '네.'라고 얼떨결에 대답하려던 그때, 다른 목소리가 끼어들었다.

"마담 어비, 그 아이는 인간이야."

다른 말소리가 난 쪽으로 시선을 옮기니 나에게 처음으로 말을 걸어 준 여자의 어깨 너머로 엄청나게 화려한 외모의 소유자가 보였다. 황금색으로 빛나는 긴 머리칼에 신비하게 빛나는 보라색 눈동자, 멀리서 봐도 확연하게 알아챌 수 있을 만한 이목구비. 누가 봐도 자기 주장이 강해 보이는 여자였다. 이런 사람이 있다니, 근데 사람이긴 한 걸까 하는 생각마저 들었다.

"뭐? 인간? 혼혈도 아니고? 그냥 인간이라고?"

내 심장을 빠른 속도로 쿵쾅거리게 할 만한 말들이었다. 나는 미친 듯이 눈알을 이리저리 굴려야 했다. 인간이라니, 그럼 내가 인간이 아니면 뭐야? 마치 자신들은 인간이 아닌 것마냥 말하는 두 인물이 내 앞에 서 있었다. 평소 판타지 영화를 좋아하는 나는 순간 여러 가지 상상을 시도해 보았으나 그런 일은 현실에서 일어날 수 없다는 것을 빠르게 깨달았다. 그렇담 농담인가, 아니면 미래의 내 상사가 던지는 개그 같은 걸까, 수많은 생각들이 뇌리를 스쳐 지나갔다. 그런데 그들의 대화는 결코 가볍지만은 않은 진지한 분위기였다. 어쩌면 엄청난 판타지 덕후가 운영하는 카페인지도 모른다는 생각도 들었다. 어찌 됐든 이 순간이 나에겐 위기 그 자체인 것만은 확실했다.

내 표정을 읽었는지 내게 처음 말을 건 여자가 머리를 긁적였다. 그러나 시간이 아무리 지나도 조금 전 대화가 그저 농담이었다고 말해 주는 사람은 없었다. 내 머릿속은 점점 더 혼돈 속으로 빠져들었다. 불은 이미 지펴졌는데 불 난 집을 어떻게 해야 할지 몰라 서로 쳐다보고만 있는 상황 같았다.

"어비, 쟤 엄청 놀랐나 본데."

"이쪽 세계를 전혀 모를 텐데, 다짜고짜 인간이니 뭐니 하니깐 그렇지."

내 표정을 확인한 어비라고 불리는 여자가 화려한 외모의 소유자의 옆구리를 찌르며 말했다. 이 사람들 혹시 정신적으로 문제가 있는 건 아닐까? 이상한 사이비 단체 같은 것이면 어쩌지? 이제는 당황과 무서움을 넘어 이 순간이 아찔해지기까지 했다.

"하여튼 잘 가. 나는 이 아이 면접을 봐야 해서."

"인간 면접은 처음일 텐데, 잘할 수 있겠어?"

당연하지 하고 장난스럽게 웃어넘기는 화려한 외모의 여자는 신비스럽고 다소 차가워 보이는 외모와는 달리 성격이 그리 시크하지만은 않은 것 같았다. 물론 단정하기에는 너무 이르긴 했다. 어비라 불리는 여자는 자신의 가방을 챙겨 문을 나서기 전 마지막으로 나를 한 번 바라봤다.

"다음에 내 가게에도 한번 들러."

"네? 네…."

얼굴 표정 못지않은 다정한 목소리로 건네는 초대에 나도 모르게 긍정의 대답을 한 나는 스스로에게 놀랐다. 괜찮다며 초대를 무를 새도 없이 그녀는 화려한 외모의 여자에게 인사를 건네고는 문을 열었다. 나는 둘 중 한 명이 떠나고 나서야 이곳의 진정한 주인을 알게 되었다. 저분이 주인이구나. 그나저나 어쩌지? 굳이 고르라면 처음 말을 걸어 준 다정한 인상의 여자분이 더 좋을 것 같은데. 나는 화려한 외모의 소유자와 단둘이 있는 상황을 맞이하게 되었다. 이렇게 둘만 있게 되는 건가? 그들이 나눴던 대화에 대한 아무런 설명도 없이? 이 공간과 분위기에 너무나도 이질감이 느껴지고 어색했다. 도저히 적응하지 못할 언어의 분말들이 여전히 내 머릿속에서 맴돌고 있었다. 물론 이 공간에서 감정의 소용돌이가 휘몰아치고 있는 사람은 오로지 나뿐인 것 같았다.

"그럼 안녕, 큐! 즐거웠어!"

큐? 이름이 큐라니 신기했다. 이런 호칭은 그들끼리만의 애칭 같은 것일까? 차라리 괴상한 다른 무엇이 아닌 애칭이면 좋겠다는 생각이 들었다. 궁금증들이 머릿속에 솟구쳤다. 주인은 쇼윈도 너머로 어비라는 여자가 사라질 때까지 손을 흔들었고 그녀의 모습이 사라지자 나에게로 시선을 옮겼다. 나의 혼란스러움을 그녀도 읽은 것일까, 그녀는 픽 웃었다.

"우리가 하는 얘기가 이상하지? 정신 나갔나 싶을 거야. 그런데 이 루트 안으로 들어온 인간이니까 그냥 솔직하게 대화한 거야."

'루트는 또 뭔데?'

따라오라는 말을 남기고 가게 안쪽으로 성큼성큼 걸어 들어가는 주인을 나는 미심쩍은 몸짓으로 뒤따라갔다. 나는 휴대폰이 켜졌을 때 제일 먼저 112 키패드 창이 뜨게 해 놓은 상태로 그녀를 따라가며 처음에 나를 당혹게 했던 가게 안을 둘러보았다. 전체적으로 갈색과 붉은색으로 이루어진 화려한 무늬의 벽지를 보니 드라마에서 한 번쯤 봤을 법한 옛날 사람들이 자주 가던 커피숍 같은 느낌이었다. 벽에는 연식이 꽤 되어 보이는 고풍 있는 가구들이 자리를 잡고 있었다. 그녀가 소개해 주기 시작한 카운터와 주방은 일자로 연결되어 있었고 주방에는 여러 모양의 찻잔들과 주전자들, 수많은 서랍들이 벽 쪽에 자리하고 있었다. 그곳엔 차를 우려낼 수 있는 풀잎 같은 것들이 서랍에 채 다 들어가지 못하고 삐져나와 있었다. 큐라고 불린 주인은 곧 나를 가게 제일 안쪽에 있는 자리로 안내했다. 사실 자리라고 부를 만한 두 명이상이 앉을 수 있는 곳은 그곳뿐이었다. 그 자리는 전등으로 불이 밝혀진 곳과는 달리 오직 창으로 들어오는 햇빛으로만 밝은 분위기를 내고 있었다. 가게는 전체적으로 그리 세련된 편은 아니었고 남루하고 허름한 쪽에 가까웠다. 그렇다고 곧 무너질 모양새를 하고 있는 것도 아니었다. 오히려 이런 모습이 신비한 분위기를 더하는 것 같았다. 그 신비함 덕에 살짝 음산하기도 했지만, 벌레 같은 것도 없어 보이고 위생 상태도 나쁘지 않은 편이었다. 주인의 인상착의나 이목구비가 사뭇 화려한 것과 아까 나눈대화 내용 말고는 정상적으로 보이는 가게 내부였다. 그러나 아무리 생각해도 그녀가 마담 어비라 불리는 여자와 나눴던 대화에 진실성과 현실성을 부여하기에는 역부족이었다.

하나뿐인 자리에 앉아 이리저리 구경하며 고개를 돌리는 내 앞에 막 달여 낸 듯한 차가 놓였다. 이상한 거라도 들었을까 봐 내가 머뭇거리고 있자 주인은 손수 자신이 따라서 먼저 마시는 시범을 보였다. 그녀는 섬섬옥수로 찻잔이 빈 것을 보여 주고 마치 '자, 문제없지?' 하듯 입을 크게 벌려 목구멍으로 차를 넘기는 모습을 내게 확인시켜 줬다.

"라벤더를 우려낸 차야."

'라벤더는 긴장을 완화해 준다는 얘기를 어디선가 들은 것 같은데.'

나 때문에 일부러 직접 골라 달여 낸 걸까? 왠지 계속 먹지 않고 버티는 건 예의가 아닌 것 같아 떨리는 마음으로 찻잔을 들고 한 모금을 마셨다. 차가 목구멍으로 넘어가자 쿵쾅거리던 심장과 굳어 있던 온몸이 서서히 풀리는 것 같았다. 신기한 마음에 주인을 바라보자 쭉 들이키라는 듯이 내게 손짓했다. 나는 처음의 의심을 거두고 라벤더 차를 빠른 속도로 비웠다. 왠지 모르게 그러고 싶었다. 빈 찻잔을 내려놓는 내 모습을 확인하고서야 엄마 미소로 흐뭇하게 나를 보고 있는 주인과 눈을 마주할 수 있었다. 나는 한결 가벼워진 시선으로 그녀를 바라봤다. 차 한 잔으로 이 기괴함에 대한 경계가 조금 늦춰진 것이 신기했다.

"자, 그럼 면접을 시작해야지?"

"아, 네."

나는 허리를 똑바로 폈다. 여기가 뭐 하는 곳인진 몰라도 이상한 일을 하는 곳만 아니라면 요즘 같은 아르바이트 구직난 시대에 일단 성실하게 대답해 보자고 마음먹었다.

"꿈이 뭐야?"

"네?"

"꿈."

지금까지 아르바이트를 한 경험이나 기본적으로 이름과 나이 같은 것들을 물을 줄 알았는데 예상외의 질문이었다.

"저… 작가요."

나는 조금 망설이다가 대답했다. 요즘 와서 생긴 많은 꿈들과 경쟁하고 있긴 했지만 아주 어렸을 때부터 키워 온 내 꿈이었다.

"되고 싶다고 생각한 게 언제부터야?"

뭐 그런 것까지 물어보나 싶었지만 내 입은 이미 움직이고 있었다.

"그냥, 초등학교 5학년 때 썼던 일기로 글 잘 쓴다는 칭찬을 받고 난 후부터요."

내 대답은 엄청 간결했고 별다르게 꾸밀 생각도 없이 사실 그대로였다. 왠지 그렇게 말하고 싶은 기분이 들었다.

"그래서 거의 7, 8년간 키워 온 거네? 낭만을?"

"네? 네, 시간이 갈수록 글을 쓰고 싶다는 이유가 더 늘어났거든요."

"그래, 그건 차차 듣기로 하고."

내 꿈을 낭만이라고 칭하는 주인의 얼굴은 사뭇 진지했다. 그런데 나는 아직 아르바이트를 하겠다고 말도 안 했는데 차차 듣는 다니, 너무 섣부른 결정을 내리는 것 아닌가 싶은 생각이 들었다.

"이름 이태리, 나이 19세, K-C 구역 거주 중. 맞아?"

나는 입 밖에도 내지 않은 내 신상 정보에 놀라 한동안 그녀를 바라봤다. 생소한 구역 이름 외에는 그녀의 입에서 나온 내 이름과 나이는 정확했다.

"어… 어떻게 아세요?"

요즘 시대에 이런 거 잘못하면 신고감이라는 말은 생략했다.

"모르면 너한테 면접 보러 오라는 편지를 어떻게 보냈겠어?"

그냥 특이하게 연출된 아르바이트 공고인 줄 알았는데 그게 아니었다니, 어쩌면 지금이라도 이곳을 박차고 나가야 할지도 모를 일이었다. 혹시 국가 비밀 스파이 요원 같은 것은 아니겠지? 최대한 영화나 드라마에서 봤을 법한 장면들을 지금 이 상황에 대입해 봤다. 나는 슬쩍 문 쪽을 바라봤다. 나가야 할지 말아야 할지 선택해야 했다. 복잡한 머릿속과는 달리 엉덩이는 이미 들썩이고 있었다.

"너무 그렇게 경계할 필요 없어. 나도 플룸이 인간인 너를 왜 고용하라고 편지를 쓴 건지 모르니깐."

플룸? 그건 또 뭘까? 정말 알 수 없는 말뿐이다. 내 얼굴에 온갖 궁금증의 표정이 떠올랐다. 주인은 나를 한번 보더니 가게 왼편의 은은한 불빛을 비추는 전등 밑에 놓인 한 책상을 가리켰다.

그곳에는 보통 성인이 드나들 수 있는 문 크기의 반쯤 되는 엄청나게 큰 깃털이 하나 놓여 있었다. 저런 건 어떻게 만들고 어떻게 존재하는 걸까? 나는 놀란 표정을 감출 수 없었다.

"플룸은 초대장을 쓰는 마법이 깃든 깃털이야. 이곳을 방문해야 될 것 같은 사람들에게 초대장을 보내지. 플룸은 자체 기준으로 이곳에 올 수 있는, 아니 오게 할 인간들을 선정해. 대부분 엄청난 낭만을 지녔거나 하는 사람들이지. 내 가게에선 뭐… 안 그런 경우도 더러 있었지만. 하여튼 플룸이 지금은 쉬고 있어."

주인이 말을 이을수록 라벤더 차의 효능은 점점 떨어지고 있었다. 여기에 처음 들어섰을 때의 긴장감이 스멀스멀 다시 몸을 지배하기 시작했다.

"어쨌건, 여기서 일할 거면 다음 주까지 결정하고 결정한 그날 바로 출근해. 더 이상의 설명은 방침상 못 해, 넌 외부인이니까. 시급은 초대장에 적힌 그대로야. 시간대는 예약제라 손님이 도착할 시간 전에만 오면 되는데, 사실 아무 때나 와 있어도 돼. 최대한 일찍 오면 좋겠지만. 그만두고 싶으면 언제든 마음대로 그만둬도 되고. 대신 더는 출근 안 할 생각이 들면 편지는 태워 버리고. 궁금한 거 있어?"

면접이 마무리되려는 분위기였다. 꿈 외에는 아무것도 질문받지 못했지만 나는 어서 이곳을 벗어나려는 마음에 궁금한 걸 물어볼 생각도 없었고 면접에 떨어져도 상관없다고 생각했다. 나는 서둘러 일어나려고 했다. 그러나 내 입은 예상과 다르게 움직였다.

"왜 저예요? 이 초대장을 받은 사람이 저밖에 없어요?"

스스로 내 마음속을 질타하게 만드는 순간이었다. 질문을 하려는 의도가 없었는데 아까부터 질문이든 대답이든 평소라면 말하지 않았을 마음속 깊숙이 담아 둔 본심을 말하고 있었다. 이 또한 아까 마신 라벤더 차의 효능일까?

"그 질문에 대한 답은 네가 여기서 찾아야 해. 왜 평범한 인간인 네가 낭만을 지녔단 이유만으로 이곳의 직원으로 초대되었는지 말이야. 한 가지 말해 줄 수 있는 건 플룸은 괜한 편지는 쓰지 않는다는 거지. 즉, 너 자신에게 모든 답이 있고 너 자신을 믿어야 한다는 거야."

나는 순간 멍해졌다. 그리고 무언가에 홀린 듯 내 앞의 상대를 그저 바라만 봤다. 그렇게 말하는 주인의 눈동자가 더욱 진한 보라색으로 빛나고 있었기 때문이었다. 그 빛은 자신의 마지막 말이 내 뇌리에 계속 맴돌도록 거는 주술과도 같았다. 나는 무슨 정신으로 가게 밖으로 나왔는지 기억이 잘 나지 않았다. 너무 많은 것을 보고 겪은 탓에 그저 멍을 때릴 수밖에 없었다. 집에 가는 버스 안에서도, 집에 도착해서도, 나는 보라색 눈동자의 주인이 내게 했던 마지막 말을 끊임없이 되새기고 있었다. 보통의 아르바이트 면접과는 차원이 다른 질문들, 장소, 무엇보다도 사람 자체가 달랐다.

터덜터덜 힘 빠진 걸음으로 내 방 침대 속으로 뛰어들었다. 나쁜 곳은 아닌 것 같았지만 현실과의 이질감이 너무 크게 느껴진 괴이한 경험이었다. 정말 이상하리만치 신기하고 마법에 걸린 듯한 느낌이었다.

괴이한 면접을 본 지 6일이 지났다. 내일이면 결정해야 했다. 그동안 봤던 다른 아르바이트 면접들은 번번이 떨어졌다. 대부분 나보다 경력이 많은 사람들에게 기회가 돌아간 것 같았다. 경력자들만 뽑으면 신입은 어떻게 경력을 쌓으라는 건지 도무지 알 수 없는 결과들이었다.

많은 이들이 인생을 걸어야 하는 마음으로 응시한 수능이 끝난 지 벌써 보름이 지났다. 자유를 얻은 아이들은 잊고 있었던 자신들만의 일상을 찾기 위해 노력했고 모두 돈을 벌기 위해 아르바이트를 하기 시작했다. 대부분 대학에 들어가기 전에 옷도 사고 여행도 가려는 목적에서였다. 그리고 그건 나도 마찬가지였다. 이렇게 많은 이들이 한꺼번에 고삐가 풀렸기 때문에 알바 자리를 구하기란 더욱 쉽지 않았다. 나는 내 책상 맨 밑에 있는 편지를 넣어 둔 서랍을 일상 속에서 틈틈이 신경 쓰고 있었다. 6일이 지났지만 아직 그곳에서의 경험은 생생했다. 면접을 본 그날 내 방 침대에 누워 있다가 편지를 태워 버리려고 몸을 일으켰지만 그러질 못했다. 왜인지는 모르겠다. 그냥 그럴 수 없었다. 아직 그때 마셨던 라벤더 차의 효능 때문인 걸까, 아니면 혹시나 하는 마음이었을까? 나름 이런저런 상상을 자주 하면서 살았던 나는 마법 같은 것이 실제로 존재했으면 하는 마음도 어느 한구석에 존재했었다. 내가 쓰려고 했던 글들도, 쓰고 싶었던 글들도, 어느 정도의 판타지 요소를 갖추고 있으니까 말이다.

그러나 혹시나 하는 마음을 떠나서 나의 몸속 어느 기관이 잘못된 것이면? 내가 평소에 꿈꾸고 그리던 망상들이 허상이 되어 내 일상에 침투한 것이라면? 나에게 상상이란 내가 기력을 차릴 수 있도록 하고 일상에 활기를 불어넣어 주는 것이었다. 이런저런 상상을 하며 고3 생활을 버텨 왔다. 내가 쓰고 싶은 소설에 대한 상상 그리고 고3 생활이 끝나면 어떤 생활을 할 것인지에 대해 그리는 것은 나뿐만 아니라 학생이라면 누구든 가질 만한 일상의 버팀목일 것이었다. 그런데 나는 그 버팀목에 너무 의지해 버렸던 걸까? 그래서 이 모든 상황들에 내가 놓인 건가? 그 보라색 눈동자를 가진 주인은 나 자신을 믿으라고 했지만 나는 나에 대한 의심만이 후폭풍으로 남아 버린 것 같았다. 곧 있으면 수능 성적이 나올 테고, 수시 전략에 실패한 나는 수능을 그렇게 잘 친건 아니었지만 최대한 좋은 대학에 갈 수 있는 정시 전략을 세워

야만 했다. 그것만으로도 벅찬데 그 면접 때문에 나의 일상은 더 어지러웠다. 사실 좋은 대학에 그렇게 관심 있는 편은 아니었기 때문에 어디를 가서든 글을 쓸 수만 있으면 된다고 생각했다. 이 왕이면 글 쓰는 것에 도움이 되는 학과에 가면 좀 더 좋을 거라고 생각했는데 우리 부모님이나 담임 선생님은 내 생각과는 온도 차가 제법 컸다.

부모님은 수시에서 나를 전폭 지원해 주셨다. 대학에서 글을 쓰고 싶다는 내 의견도 반영해 주셨다. 대신 이름 있는 대학의 문예창작과를 갈 수 있도록 나를 이끌었다. 그래서 나는 문예창작 과외까지 받아 가며 나를 향한 지원과 기대에 부응할 수 있도록 노력했다. 그러나 결과는 참패였다. 나는 지원한 모든 대학에 다 떨어졌다. 불합격이 뜰 때마다 침울해하는 내 표정도 볼 만했지만 실망감을 애써 숨기려는 부모님의 얼굴이 날 더 괴롭게 만들었다. 게다가 문예창작 과외를 받는다고 정시 공부에 소홀했던 나는 수능도 잘 치지 못했다. 그래도 아마 그렇게 못 본 것은 아닐 것이라고 스스로를 위로하는 중이었다. 수능이 끝난 몇몇 고3들은 학교에 가면 하루 종일 영화를 보고 있거나 어떻게 놀지만 궁리한다. 물론 점수에 연연하지 않거나 시험을 잘 친 아이들에 한해서 말이다. 평소 성적만큼 나오지 않고 망했다며 눈물바람을 하고 있는 아이들도 다수였다. 재수를 다짐하며 공부를 다시 시작하는 애들 옆에선 나머지 아이들은 눈치를 봐야 했다. 이미 정답은 정해져 있었고 가채점으로 점수가 매겨진 순간부터 아이들의 행선지는 갈리고 있었기에 그 결과 속에서 기적을 바라는 것은 망상에 가까운 일이었다.

수시에서 빛을 발한 것도 아니고 정시에서 좋은 성적을 내지도 못한 나는 나를 지원해 주신 부모님께는 면목이 없지만 나름 뻔뻔하게 잘 지내고 있었다. 실망 섞인 눈도 가면 갈수록 사그라들었다. 당연히 아직 나에 대한 기대와 허무감, 실망의 감정은 남아 있을 테지만. 그리고 지금이 대학에 관한 관심이 높아진 시기인 만큼 엄마 주위의 친구 자식들, 내 또래 아이들의 대학 진학 얘기를 들음으로써 언제 다시 그 시선들이 빛을 발할지도 모르는 일이었다.

"야, 알바 구했냐?"

이미 수시에서 대학에 붙어 다른 친구들보다는 걱정이 없어 보이는 친구가 내게 말을 걸어 왔다. 시무룩한 내 얼굴과 힘없이 움직이는 고개에 친구는 한숨을 내쉬었다.

"야, 나도 요즘 알바 구하기 진짜 힘들어. 애들이 다 알바만 하나 봐."

수능 끝나고 이것저것 하고 싶었는데 뜻대로 되지 않자 걔도 답답했나 보다. 그녀의 입속에서 속사포로 자신의 일상에 관한 말들이 뒤이어 쏟아져 나왔다. 나는 내가 본 정말 이상한 면접에 대해 말할까 말까 고민하다가 그냥 친구의 말을 듣기만 했다. 내 말을 믿어 줄지 의문이었기 때문이다. 친구의 말은 학교 수업이 끝날 때까지 계속됐다. 학교 정문을 나와 친구와 인사를 하기 전까지도. 그 친구와 헤어지고 들어선 집 안은 텅 비어 있었다. 집에 들어올 때만 해도 친구와 함께 있었던 터라 느낄 수 있었던 사람의 온기는 없어졌다. 나를 반기는 공허함에 냉장고를 열었지만 먹을 만한 음식도 없었다. 나는 선반에 있던 라면을 끓이기 위해 물을 올렸다. 라면 냄새가 빠르게 집 안을 가득 채웠고 받침대를 챙겨 완성된 라면을 내 방으로 들여왔다. 언제 먹어도 맛있는 라면을 빠른 속도로 비워 내고 있을 때쯤 내 눈은 책상 맨 밑 서랍에 머물러 있었다. 어느샌가 나는 편지를 꺼내 들고 앞면과 뒷면을 살펴보며 다시 한번 내용을 정독하고 있었다. 그때 밖에서 도어록 소리가 났다. 나는 깜짝 놀라 순간 편지를 손에서 놓쳤다. 힘없이 떨어진 편지가 착륙한 곳은 하필이면 라면 국물 속이었다.

"아, 진짜…."

나는 편지가 라면 국물 범벅이 된 것도 짜증 났지만 누군가 집에 올 리 없는 이 시간에 집에 들어왔다는 사실이 더 충격적이었기 때문에 살금살금 방 밖으로 나갔다. 긴장된 마음으로 현관의 신발장을 보니 익숙하면서도 낯선 발목까지 올라오는 길쭉한 검은색 신발이 보였다. 오빠의 군화였다. 3살 터울의 오빠가 휴가를 내고 집에 온 것이다.

현관을 지나 오빠의 방으로 향하니 아니나 다를까, 오빠가 베

레모를 벗고 있었다. 오빠는 가방을 내려놓다가 나와 눈이 마주치자 화들짝 놀랐다. 그러다가 수능이 끝난 시점이라는 것을 알아챘는지 저리 가라며 손짓했다. 나는 그런 오빠에게 짤막한 인사를 건넨 뒤 내 방으로 다시 들어왔다. 이미 휴가를 몇 차례 나온 적이 있어서 오랜만이라는 애틋함은 사라진 지 오래였다. 오빠의 짧은 머리와 전보다 더 커진 체격도 더 이상 관심이 가질 않았다. 사실 애초에도 없었다. 오빠가 군대를 가자마자 나는 오빠의 방을 내 방처럼 들락날락거렸다. 자유를 얻은 것처럼 신이 났다. 오빠와 짧은 대면 후 다시 방으로 돌아온 나는 라면 국물 속으로 들어간 편지를 인상을 찌푸리며 꺼냈다. 그런데 편지를 꺼내는 순간 나는 두 눈을 의심하지 않을 수 없었다. 나는 너무 놀란 나머지 들고 있던 편지를 책상 쪽으로 던져 버렸다. 편지는 맥아리 없이 책상 위로 떨어졌다. 실눈을 뜨고 편지를 살펴봤다. 라면 국물 속에 들어가 있다가 나온 것이라고는 볼 수 없을 정도로 편지지는 원래 모양 그대로 하얗고 깨끗했다. 몇 번을 눈 씻고 봐도 도저히 믿기지 않는 광경이었다.

책상에 내동댕이쳐진 편지를 바라보며 나는 고민했다. 정말 내 몸에 이상한 문제가 생긴 것은 아닐까? 아르바이트가 너무 구해지지 않아 스트레스를 받은 탓일까? 아니면 정말로, 정말로, 마법이라도 존재하고 있는 것일까?

그때 띠링 하는 소리와 함께 핸드폰 화면이 켜지며 문자 알림이 하나 떴다. 나는 떨리는 마음으로 화면을 켜고 내용을 확인한 뒤 다짐했다.

'죽기 아님 까무러치기다!'

더 이상 물러날 곳도 없었다. 나 이태리는 그 괴이하고도 이상한 면접이 있고 난 뒤 6일 만에 그 찻집에서 일하기로 결심했다. 경험 부족을 이유로 감자탕집에서 일할 수 없을 것 같다는 문자를 받은 직후였다.

chapter 2

판도라 행성의 마담 큐

그렇게 결심을 한 다음 날, 학교를 마친 뒤 나는 그곳으로 향했다. 밖에서 바라보면 역시 그냥 평범하면서도 특히 SNS상에서는 유명한 레트로 감성의 찻집 내부가 보인다. 그런데 오른쪽 문을 열고 들어가면 밖에서 볼 때와 전혀 다른 면접을 봤던 장소가 나온다. 그래도 두 번째라 그런지 첫 방문보다는 당혹스럽지 않았다. 내가 결심한 바도 있지만 그새 내게 일어난 몇몇 일들에 어느 정도 적응을 한 것 같았다. 아직 더 안쪽으로 들어가진 않았지만 지금 내 시야에 펼쳐진 환경은 지난번과 다를 바 없었다. 안쪽에서는 조곤조곤 말소리가 들려왔다. 주인의 목소리만 들리는 것이 아닌 것으로 보아 손님이 와 있는 것 같았다. 나는 더 들어가지도 못하고 문 앞에서 꾸물댔다. 그때 인기척을 느꼈는지 말소리가 끊겼다. 그리고 누군가가 내 쪽으로 다가오는 발소리가 들렸다. 그때 그 주인이었다.

"뭐야, 빨리도 왔네. 마침 잘됐어. 손님이 와 있으니 시범을 보여 줄 수 있겠네."

　주인은 꽤나 퉁명스럽게 나를 반겼다. 결정이 늦었다고 다그치는 것 같기도 했다. 내가 대답할 새도 없이 그녀는 내 손을 잡고 가게 안쪽으로 향했다.

　가게 내부도 지난번에 본 것과 똑같았다. 달라진 건 내가 면접을 봤던 장소에 오늘은 손님이 앉아 있다는 사실뿐이었다. 여자 손님이었는데 무슨 이유인지 슬프게 울고 있었다.

　"죄송합니다. 흐름이 끊겼죠? 저희 직원인데 지각을 해서. 태리, 가서 손님이 드실 쿠키 좀 가져와."

　주인은 손님에게 나를 인사시킨 뒤 곧바로 나를 주방 쪽으로 밀어 넣고 황급히 사라졌다. 아니, 무슨 쿠키를 가져와야 하는지 말은 해 주고 가야지! 나를 주방에 혼자 두고 멀어져 가는 주인의 뒷모습을 향해 더듬더듬 물어봤지만 주인은 뒤도 돌아보지 않았다. 나는 어리둥절했지만 일단 쿠키 주문을 받았으니 가방을 내려놓으려고 이리저리 둘러봤다. 첫 업무부터 실수하고 싶진 않았다. 빈 선반이 없어 가방을 어디에 둬야 할지 몰라 주방 한편에 올려놨다. 그때였다. 짧은 외마디 비명이 내 귓가를 찔렀다. 나는 가방을 황급히 치웠다. 가방이 있었던 자리에는 동화 속에서나 나올 법한 날개 달린 요정 같은 것이 붉은 빛을 뿜고 있었다. 요정으로 추정되는 것이 썩은 표정을 지으며 내게 소리를 질렀다.

"야! 아프잖아!"

"미… 미안해요."

나는 요정의 존재에 놀랄 새도 없이 얼떨결에 사과부터 했다.

"인간은 역시 이래서 성가시다니까. 것보다 얼른 늑대인간의 혀로 만든 쿠키를 마담에게 갖다 줘!"

뭐? 뭔 혀? 누구의 혀?

내가 의문 가득한 얼굴로 물어보자 요정은 끌끌 혀를 찬 뒤 벽 쪽에 가득 자리 잡은 서랍들 쪽으로 날아가 한 지점을 가리켰다.

"여기에 있어!"

쿠키가 있는 곳을 알려 줬음에도 스스로가 답답했는지 요정은 손가락을 튕겼고 어느새 내 손에는 쿠키가 든 접시가 놓여 있었다. 동그란 모양의 쿠키는 뒷면에 늑대 문양이 새겨져 있었다. 요정이 어서 가라며 내 등을 떠미는 바람에 나는 황급히 주인이 있는 자리로 갔다. 내가 다가오자 주인은 나를 힐끔 바라보며 손에 들린 쿠키로 시선을 옮겼다. 내가 테이블 위에 쿠키를 올려놓자 손님의 눈은 쿠키를, 주인의 눈은 나를 향했다.

"모습을 드러낸 마니또가 도와줬나 보구나. 대단한데."

여전히 이곳에서 듣는 말들의 최소 50%는 알아들을 수 없는 언어로 가득 차 있었다. 마니또가 뭔지는 아는데, 그 요정을 말하는 것일까? 그만 가 보라는 듯 고갯짓을 하는 주인에게 나는 고개를 꾸벅 숙이고는 다시 주방으로 돌아왔다. 등 뒤로 주인과 손님이 계속해서 대화를 이어 나가는 소리가 들렸다.

주방 이곳저곳을 살펴보다가 조금 전 그 요정이 계산대 위에 앉아 씩씩거리는 모습을 발견했다. 아까는 붉은색이었는데 이제 금빛으로 빛나고 있었다. 나는 요정에게 다가가 앞에 섰다. 요정은 아랑곳하지 않고 일부러 다른 쪽을 응시했다.

"저기, 다쳤어요? 미안해요."

우물쭈물 건넨 내 사과에도 요정은 내게 시선을 주지 않았다. 화가 단단히 난 것처럼 보였다. 나는 난감해졌다. 앞으로 같이 일할 직원이라면 친하게 지내는 게 좋을 텐데, 벌써 트러블이라니. 나는 기가 죽기 시작했다. 요정은 시무룩하게 고개를 숙인 나를 힐끔 바라봤다. 그러고는 한숨을 내쉬더니 날아와 내 머리 위에 앉았다.

"어이, 인간. 말로만 그러지 말고 그럼 배상을 해. 인간 세상에서 쓰이는 물품 같은 거 없어?"

물품이라는 말에 잠시 머뭇거리다 나는 내 가방을 뒤지기 시작했다. 나는 가방에서 평소 즐겨 사용하던 것들을 꺼냈다. 요정은 내 가방에서 여러 가지 물건들이 나오는 걸 지켜보며 점점 핑크빛으로 변해 갔다.

"와, 뭐야, 너 완전 보물 창고잖아!"

요정의 눈이 초롱초롱 빛나기 시작했다. 요정은 내가 꺼내는 걸 기다리지 못하겠다는 듯 직접 가방을 뒤지기 시작했다. 요정이 꺼내 든 것은 내가 졸릴 때 먹으려고 사 두었던 사탕이었다.

"이거 혹시 사탕이야?"

나는 고개를 끄덕인 뒤 봉지를 뜯어 알맹이 하나를 재빨리 요정에게 건넸다. 자신의 얼굴과 똑같은 크기의 사탕을 본 요정은 연신 감탄을 내뱉으며 조그만 혀로 알맹이를 핥았다. 그러더니 아예 사탕을 들고 계산대 위로 날아가 빛을 뿜으며 먹기 시작했다. 요정의 마음이 풀린 것 같아 다행이었다. 나는 이제 뭘 해야 하나 고민하기 시작했다. 그러나 딱히 할 만한 일은 없어 보였다. 설거짓거리도 없었고 손님이 있으니 비질도 할 수 없는 노릇이었다. 이리저리 할 것을 찾아 살펴보던 나는 손님들에게 낼 차의 종류라도 외워 두자는 생각으로 주방의 벽을 빈틈없이 채우고 있는 서랍들을 바라봤다. 서랍이 너무 많아서 외워야 할 것도 많을 것 같아 조금 걱정이 되었다. 그렇게 십여 분 시간을 보내고 있는데 안쪽으로부터 의자 끌리는 소리가 들렸다. 손님이 가려는 모양이었다. 잠시 후 주인과 손님이 카운터 쪽으로 다가왔고 손님은 이야기를 들어 줘서 고맙다는 인사를 남기고 카페를 떠났다. 처음 봤을 때 눈물을 떨구던 모습과는 달리 손님의 얼굴엔 미소가 만연했다. 손님을 보낸 뒤 주인은 어디론가 급히 달려갔다. 화장실이 급한 모양이었다. 나는 손님이 떠난 테이블을 정리하려고 안쪽으로 들어갔다. 할 일이 생겨 마음이 놓였다. 트레이에 찻잔과 주전자를 하나둘씩 옮겨 담다가 손님의 찻잔 속에 웬 씨앗 하나가 들어 있는 것을 발견했다. 나는 천천히 씨앗을 집어 들었다. 보통의 씨앗보다 크기가 제법 큰 씨앗이었다. 다 우려낸 거겠지 하며 씨앗을 쓰레기통에 버리려던 찰나였다.

"안 돼! 그거 버리면!"

화장실에서 나온 주인이 나를 보더니 황급히 뛰어와 내 손에서 씨앗을 빼앗았다. 나는 갑작스러운 상황에 놀란 가슴을 움켜쥐어야 했다. 주인은 씨앗이 상했는지 이리저리 훑어보다가 흠집이 없는 걸 확인한 뒤 나를 노려보며 경고하듯 말했다.

"자, 이건 네가 이곳에서 일하면서 앞으로 많이 보게 될 씨앗이야. 기억을 담은 씨앗이라고 하지. 알겠어?"

"기억을 담은 씨앗이요?"

"그래, 그 전에 여기 앉아. 너한테는 아주 많은 설명이 필요할 테니까."

주인은 나를 손님이 앉는 자리에 앉혀 놓고 주방 쪽으로 사라졌다. 그리 길지 않은 시간이 지난 후 주인이 다시 돌아왔다.

"자, 그럼 내 소개도 하고 대충 시스템이 어떻게 돌아가는지 설명해야겠지?"

내 앞쪽에 앉아 팔짱을 끼고 말하는 주인의 표정은 사뭇 비장했다. 뭔가 긴 이야기의 서막이 오르려고 하는 것 같았다.

"일단 나는 마담 큐야. 판도라 행성의 마법 대륙 출신이지. 앞으로 마담 또는 그냥 큐라고 불러."

"… 네."

"나이는 미정, 해를 세는 것은 우리에게 부질없는 짓이기 때문에 안 해. 특정 나이 이상으로 늙지 않기 때문이지. 대신 마력으로 나보다 더 살았는지 덜 살았는지를 알 수 있어. 내 고향인 마법 대륙에서는 말이야."

그녀가 한마디 한마디를 더할수록 나는 사실 아직까지도 이런 이야기에 적응해야 하고 믿어야 된다는 게 실감 나지 않았다. 그러나 이 순간들이 현실인지 아닌지는 잘 모르겠지만 믿지 않는다면 분명 나에게 문제가 있는 것이나 다름없었다. 또한 내가 직접 보고 들은 것들이 너무 많기 때문에 그냥 적응해 보기로 스스로와 타협하기도 했다. 나는 천천히 고개를 끄덕였다.

"먼저, 내 고향인 판도라 행성을 소개할게."

큐의 표정은 꽤나 진지하고 엄숙해 보였다.

그녀의 설명에 따라 일단 간단히 소개하자면 (나중에 더 많은 이야기를 풀어 준다고 하기는 했지만 그냥 귀찮아하는 듯 보였다.) 우주, 은하수에는 우리 인간들에게 흔히 알려진 행성들보다 더 많은 행성들이 돌아다니는데, 그중 하나가 판도라 행성이라고 한다. 판도라 행성에는 수많은 생물들이 현재에도 생겨나고 존재한다. 대륙들이 생겨나는 기준은 지구에 사는 인간들의 상상이다. 인간의 상상이 중심이기 때문에 전체적인 행성의 모양은 인간의 뇌를 본뜨고 있다고 한다. 그리고 그 대륙에는 인간의 상상에서 태어난 생물들이 주로 살아가고 있어 그들은 지구에 사는 우리를 P(패런츠)라고 부른다고 한다. 큐는 생물들이 살아가는 대륙이 탄생하기 위해선 인간의 상상에 보편성이 더해져야 한다고 말했다. 많은 사람들이 상상에 의해 태어난 생물들을 각자의 머릿속에 그릴 수 있으면 대륙은 완성된다. 그렇게 탄생한 대륙에서 거주하는 늑대인간, 거인, 신화에 나오는 신들, 뱀파이어 등 인간의 머리에서 파생된 그들은 성인이 되는 해에 지구로 떠나올지 아니면 자신들의 행성 및 대륙에 남을지 스스로 결정한다고 한다. 마담 큐는 성인이 되던 해에 지구로 오는 것을 택했다고 했다. 그들이 지구로 오는 이유는 대부분 책 같은 것에서 배워 간접적으로 경험한 P들을 직접 경험하며 모종의 배움을 얻기 위해서라고 한다. 그들이 지구에서 사는 방식은 여러 가지이다. 인간처럼 생활하면서 그들의 일상에 완전히 녹아들거나 여기 카페의 마담처럼 '루트'라는 것을 만들어 인간을 돕거나 한다. 루트란 판도라 행성의 사람들이 본인의 능력을 더 잘 활용하기 위해, 또는 판도라 행성에서 온 물품들이 더 오래 지구에 머물 수 있도록 공간을 비틀어 만드는 또 하나의 차원이라고 한다.

이 루트 안에 들어올 수 있는 사람은 어떻게 보면 특별하지만 또 다르게 보면 평범하기도 하다. 판도라 행성에서 칭하는 '낭만'을 지닌 사람이면 된다고 한다. 세상에 사람들이 가질 수 있는 꿈들이 얼마나 많은데 그 기준이 뭐냐는 내 질문에 큐는 어깨를 으

쓱했다.

"그건 네가 찾아봐. 사람마다 다르니까."

큐의 간결한 대답은 내 말문을 막히게 했다. 나는 가볍게 고개를 끄덕였다.

"그럼 큐는 루트를 만드신 거니까 인간들을 돕고 싶으셨나 봐요?"

"그렇지."

"왜요?"

큐는 시선을 옮겨 자신의 가게를 둘러보더니 미소 지으며 말했다.

"나는 내 나라에서 기억을 제일 잘 다루는 마녀야. 행성에서 내려다본 지구는 내가 손 안에서 갖고 노는 그 기억들 때문에 행복하거나 고통받는 경우가 대부분이더라고. 그래서 P, 즉 인간들을 배울 겸 기억으로써 그들을 돕고 싶었지. 근데 그 기억들이…."

말끝을 흐리며 사색에 잠긴 얼굴을 하던 큐는 자리에서 일어나더니 나에게 따라오라는 손짓을 했다. 나는 계산대에서 여전히 사탕을 맛있게 먹어 치우고 있는 저 요정의 존재에 대한 설명도 듣고 싶었지만 그건 나중으로 미루고 우선 그녀를 따라갔다. 주방 안쪽으로 깊숙이 들어가던 그녀는 어느 한 책상 앞의 수많은 서랍들 앞에 멈춰 섰다. 큐는 나에게 좀 더 가까이 오라는 듯 손을 내밀었고 나는 그 손을 잡았다. 그녀는 순간 손에 힘을 줘 나를 잡아당겼다. 힘없이 딸려간 큐에게 나는 완전히 밀착한 상태가 되었다. 큐는 서 있던 그 자리에서 손에 입김을 분 뒤 수많은 서랍들이 가득한 벽에다가 그 손을 갖다 대었다. 그러자 쿠르릉거리는 소리와 함께 서랍들이 빛나며 제각기 큐브를 맞추듯 움직이더니 잠시 후 하나의 문을 만들어 냈다. 큐는 문에 생겨난 빛의 밝기가 잠잠해지자 그 안으로 주저 없이 들어갔다.

큐가 아무런 말도 없이 먼저 안으로 사라지자 나는 적잖이 당황했다. 그러나 이내 정신을 차리고 그녀를 뒤따랐다. 문 안으로 들어가자 순간적으로 주위의 불빛이 모두 사라졌고 암흑만이 나를 감쌌다. 앞이 전혀 보이지 않게 되자 두려움이 차올랐다. 그런 내가 공포에 질려 완전히 걸음을 멈췄을 때였다. 내가 있는 어둠 속의 좀 더 안쪽으로부터 큐의 목소리가 들려왔다.

"무서워하지 말고 그냥 걸어와! 어둠은 순간이니까!"

큐의 외침에 나는 다시 용기를 내어 최대한 앞쪽으로 나아가기 위해 발을 내디뎠다. 여전히 주위는 칠흑 같은 어둠뿐이었다. 손으로 지탱할 만한 벽도 없어 걸음을 재촉했다. 그렇게 몇 분을 걸었을까, 멀리서 희미한 빛이 보이기 시작했다. 나는 안정을 되찾으며 그 빛을 향해 갔다. 마침내 그 빛에 다다랐을 때 내 눈을 사로잡는 광경이 펼쳐졌다.

"잘 왔어. 내 시크릿 가든에."

넓이를 가늠할 수 없을 만큼 엄청나게 큰 화원이었다. 그 중앙에 큐가 서 있었다. 나는 내 시야를 가득 채운 셀 수 없을 정도의 많은 꽃들에 넋을 놓았다. 각양각색의 꽃들과 푸르른 나무들이 풍성하게 자라 있었다.

"여기에 들어온 인간은 네가 두 번째야."

그 말에 나는 천천히 큐에게 시선을 옮겼다. 큐는 싱긋 웃더니 따라오라며 앞장섰다. 나는 꽃들에게서 황금빛 가루들이 나오는 것을 신기하게 구경하며 그녀의 뒤를 따랐다. 그녀가 발을 내디딜 때마다 옹기종기 모여 있던 꽃들은 하나의 길을 만들 듯 분주히 움직였다. 큐는 그 길을 걸으며 조금 더 안쪽으로 가더니 어느 한 곳에 멈춰 섰다. 그곳은 빈 화분 앞이었다.

"자."

그녀는 화분 옆에 놓인 하늘색 물조루를 내게 건넸다. 물조루에는 큐의 것임을 상징하듯 알파벳으로 크게 Q라고 적혀 있었다. 나는 그것을 받아 들고 멀뚱히 그녀를 바라봤다. 큐는 화분을 향해 눈짓했고 나는 이내 물조루를 빈 화분에 갖다 대었다.

"우와!"

물조루에서 흘러나오는 물은 보통의 투명한 색과는 달리 보랏빛을 띠고 있었다. 나는 예쁘면서도 특이한 정체불명의 그 액체를 넋 놓고 바라보았다. 시선을 뗄 수 없게 만드는 것이 사람을 홀릴 것만 같은 색이었다. 마치 큐의 눈동자 같았다. 이제 그만

하라는 듯 큐가 내 손을 잡지 않았다면 나는 계속해서 그 액체를 붓고 있었을지도 모른다.

"너는 초등학교 때 화분도 안 키워 봤어? 더 주면 상할지도 몰라, 이 녀석아. 앞으로 이 선글라스를 끼고 해."

나는 큐의 말에 정신을 가다듬고 물조루를 치웠다. 그러고는 큐를 바라봤지만 그녀의 시선은 빈 화분을 향해 있었다. 그 덕에 나도 자연스럽게 빈 화분에 관심이 옮겨 갔다. 그렇게 10여 초 동안 쳐다보았을까, 화분에서 믿을 수 없는 속도로 꽃이 피어나기 시작했다. 오늘 하루 만에 평생을 살아도 다 볼 수 없을 것 같은 신기하고 다양한 광경을 구경한 나는 더 놀랄 기력도 없을 것이라는 예상을 깨고 계속해서 놀라고 있었다. 교과서에서 배운 모든 과학 이론과 원리를 무시한 채 씨앗은 꽃으로 피어나 쑥쑥 자라기 시작했다. 보통 몇 날 며칠이 걸려 피울 꽃이 이 화원에서는 단 몇 초 만에 완벽한 꽃의 모습으로 탄생했다.

"마거리트(Marguerite)."

"네?"

"꽃 이름."

빈 화분 속에서 피어난 꽃은 긴 꽃대 위에 설상화가 순백으로 피어 있었고 화심은 황갈색이었다. 나는 단시간에 피어난 이 꽃의 주변을 살피다가 꽃이 개화할 때 화분 정중앙에 적힌 글씨 같은 것을 발견했다.

"이혜진. 25세. True Love. 마음속에 감춘 사랑?"

이건 또 뭘까? 정말 알 수 없는 것들 천지였다.

"그건 마거리트(Marguerite)의 꽃말이야. 맨 앞에는 손님 이름이고, 옆에는 손님 나이."

큐는 유심히 화분을 들여다보고 있는 나를 힐끗 보더니 마거리트 꽃잎 하나를 떼어 내 들고 있던 바구니 속에 넣었다. 그리고 다시 걸음을 옮겨 화원 안쪽으로 깊숙이 들어갔다.

그녀는 이 넓은 화원에서 다년간 생활해 온 것을 증명이라도 하듯 거침없이 나아갔다. 큐도 그렇지만 꽃들 역시 그녀가 가는 길을 내 주는 일에 익숙해 보였다. 나는 광활한 정원에 시선을 빼앗기면서도 그녀를 놓칠까 두려워 서둘러 뒤를 쫓았다.

큐가 멈춰 선 곳은 호수였다. 화원에 호수가 있다니! 나는 화원의 엄청난 크기를 다시 한번 실감하며 벌어진 입을 다물지 못했다. 큐는 멍한 표정을 짓는 나를 보면서 호수 주위에 있는 큰 돌덩이에 자리를 잡고 앉았다. 그런 다음 나에게 손짓했다. 나도 큐를 따라 그녀 옆에 앉았다.

호수는 정말 깨끗했다. 바로 마셔도 될 것처럼 투명했다. 게다가 반짝이기까지 했다. 하늘에 떠 있는 별들이 호수의 수면 위에 앉아 잠시 휴식을 취하며 저들끼리 모임을 가지는 것마냥 반짝였다.

"적응하기 힘들지?"

넋을 놓고 호수를 바라보던 나에게 큐가 말을 걸어 왔다.

"아직 이게 꿈인지 현실인지 구별이 안 되지만, 괜찮아요."

나의 멍한 대답에 큐는 픽 하고 웃었다.

"아까 그 꽃은 뭐예요?"

나는 큐의 바구니에 들어간 꽃을 떠올리며 질문을 던졌다. 손님의 이름과 나이, 그리고 꽃말, 그게 다 무엇일지 궁금했다.

"그 꽃은 손님의 기억에 대한 진실이 담긴 마음, 즉 감정이야."

큐는 대답하며 조금 전 떼어 낸 마거리트 꽃잎 한 조각을 호수에 살포시 올려놨다. 그러자 호수에서 저들끼리 노닐고 있던 별들이 물결을 타고 이동하는 꽃잎을 감싸 안듯 주위로 몰려들었다. 잔잔하던 호수가 일렁이기 시작했다. 그러자 호수는 무언가를 그려 내기 시작했다. 투명하던 호수가 수십만 가지 색으로 채워졌다.

호수는 한 명의 사람을 그려 냈다. 그 사람은 긴 머리에 꽤나 덩치가 있었으며 웃는 얼굴이 귀여운 상이었다. 곧이어 호수는 여러 사람을 찍어 내기 시작했다. 그리고 호수가 처음 그려 낸 사람은 호수가 연출하는 영화 속 주인공처럼 계속 등장했다. 마치 그 사람이 살아온 기억들이 주마등처럼 수십 가지의 장면들을 생산해 냈다.

호수 속 덩치가 좀 있는 여자는 교복을 입고 있었다. 그녀는 학교에서 갓 마치고 돌아온 듯 꽤나 지친 표정을 하고 있었다. 그런 그녀를 맞는 것은 얼굴에 주름이 조금 있는 여자였다. 중년으로 보이는 여자는 환하게 웃으며 교복을 입은 여자의 등을 토닥였고 그녀를 부엌으로 안내했다. 교복을 입은 여자는 중년의 여자가 밥상을 차려 오자 행복한 미소를 지었다. 중년의 여자는 환하게 웃었다. 교복 입은 여자와 그 옆에서 인자한 미소를 보이며 웃는 중년의 여자는 서로 모녀인 듯했다. 엄마는 딸의 머리를 쓰다듬으며 반찬거리를 더 내오기 시작했다. 그렇게 그들이 행복하게 식사하는 장면이 몇 번 그려졌다.

그런 다음 이번에는 딸이 일상복을 입고 운동을 하는 장면이 나왔다. 그녀는 고등학교 생활을 하며 불어난 자신의 몸무게를 감량하려는 것 같았다. 딸이 먹는 양을 확 줄이고 운동에 매진하자 엄마는 걱정스러운 얼굴로 딸에게 계속해서 먹을 것을 권하는 것처럼 보였다. 딸은 몸무게 감량에 도움이 안 된다며 엄마를 밀쳐냈고 멀리하기 시작했다. 여자가 운동을 하고 덜 먹을수록 딸과 엄마의 관계에는 틈이 벌어졌고 둘은 점차 멀어졌다. 딸은 날이 갈수록 홀쭉해졌다. 통통한 허리도 없어지고 가면 갈수록 얼굴과 몸매에 날씬한 라인이 살아났다. 딸은 그런 자신을 마음에 들어 하는 것 같았지만 여전히 엄마는 딸이 못마땅한지 얼굴을 찌푸렸다. 호수 영화의 끝 무렵에서 딸은 늘씬해진 몸으로 많은 짐을 들고 기차에 올라탔다. 기차에서 내린 그녀 앞에 펼쳐진 모습은 그녀가 살던 곳과는 다른 큰 도시였고 이내 그녀는 화려

하고 거대한 건물 속으로 들어갔다.

그 장면을 마지막으로 호수는 다시 투명한 색을 띠며 잠잠해졌다. 나는 한 편의 단편 영화라도 본 것 같은 기분이 들었다. 큐는 잠잠해진 호수를 바라보다가 호수 위로 하늘색 결정체 같은 것이 떠오르자 그것을 받아 들었다. 이 모든 것을 지켜보며 나는 궁금함이 가득한 얼굴로 큐의 설명을 기다렸다.

"이건 인간의 기억의 산물이야. 판도라 행성에서 비싼 값에 팔리지."

큐는 자신의 손에 들린 하늘색 결정체를 나에게 보여 주며 말했다.

"그리고 방금 네가 본 것은 손님이 수정하고 싶어 하는 기억 전체이고."

그럼 호수가 그려 낸 덩치 있던 여자는 이혜진이라는 손님인 것이고, 그녀의 기억 속 한 장면을 이렇게 연출해 낸 것인가?

"아까 네가 본 손님. 네가 들어오자마자 마주친 손님 말이야."

나는 이곳에 다시 들어섰을 때 눈물바람이었던 한 손님을 떠올렸다. 워낙 눈물로 얼룩진 얼굴을 하고 있어서 몰랐는데 얼추 떠올려 보니 호수가 그려 낸 인물과 동일 인물인 것 같았다. 호수가 맨 마지막으로 보여 줬던 호리호리한 몸매를 가진 그녀의 모습에 깨달음을 얻은 듯한 내 표정에 큐는 이야기를 이어 갔다.

"그녀가 수정하고 싶은 기억의 일부분을 네가 본 거야 지금."

그럼 그 이혜진이라는 손님은 자신의 과거에 대해 수정하고 싶었던 것인가? 어떻게 하고 싶었던 걸까? 자신의 과거를 기억하고 싶지 않아서 찾아온 것일까?

"표정을 보니 뭔가 추리를 하고 있나 본데, 그녀는 뚱뚱했던 과거가 자신에게 얼마나 찬란했던 기억인지를 깨닫고는 수정하고 싶어서 온 거야. 그 기억은 그녀에게 너무나도 아팠던 손가락이거든."

큐는 잔잔한 호수를 바라보며 자기 손에 들린 결정체를 바구니 속에 넣었다. 그러고는 나를 한 번 바라본 뒤 그리 길지도 짧지도 않은 이야기를 시작했다.

chapter 3

그녀의 이야기, 혜진

나는 그렇게 날씬한 편은 아니다. 오히려 뚱뚱한 편에 가깝다. 나는 초등학교 6학년 이후로 한 번도 날씬하게 살아 본 적이 없다. 사실 나름 몸집이 작았다고 주장할 수 있는 그때도 그렇게 호리호리한 것은 아니었고 귀엽게 봐 줄 만한 살집이 있었다. 내가 이렇게 몸집이 커진 데에는 언제나 먹을 것을 얻거나 만들어서 나에게 가져오는 우리 엄마의 몫이 크다. 그 덕에 날을 더할수록 나는 거대해진 위를 가질 수 있었고 커질 대로 커져서 그 위용의 절정을 찍은 것은 앉아서 정말 공부만 한다는 고등학교 3학년이 되는 시기였다. 딱히 불어난 내 몸에 엄청난 불만이 있는 것은 아니었다. 같은 반 남자애들이 나에게 장난을 칠 때를 제외하고는. 그때마다 나는 나중에 내가 살을 빼면 후회하지 말라고 자신 있게 호통을 치곤 했다. 본래 고등학교에 들어가면 날씬했던 애들도 살이 많이 찐다던데, 현재 옆 반인 내 중학교 동창도 중학교 때는 막대 과자처럼 말랐었지만 지금은 살집이 붙었다. 물론 그

친구는 나만큼 뚱뚱한 것은 아니었다. 왜냐하면 나도 더 살이 쪘기 때문이다. 고등학교에 올라오면 활동적인 일상에서 자연스레 멀어질 수밖에 없기 때문에 엉덩이 살도, 뱃살도 붙을 수밖에 없다고 많이들 얘기한다. 입시가 끝나고 살을 빼면 된다는 안일한 생각에 나는 딱히 관리를 해야겠다고, 군것질을 자제해야겠다고 생각해 본 적도 없었다. 무엇보다 정말 살이 많이 찐 것 같아서 관리 좀 해 볼까 생각이라도 하는 순간 발끈하는 사람이 집에 한 명 있었기 때문이다.

"넌 살 안 빼도 예뻐! 얼마나 귀여운데."

나를 지나치게 사랑하는 건지, 불어난 내 모습을 오히려 너무 좋아하는 우리 엄마. 엄마는 내가 하루에 네 끼 정도 먹어야 안심이라도 되는 것처럼 행동했다. 엄마는 먹는 것에 좀 집착하는 것 같다는 생각이 들 정도로 내 식사를 챙긴다. 이렇게 문제라면 문제로 삼을 만한 일을 엄마의 주변 사람들에게 가끔 불만으로 토로하면, 엄마는 내가 어릴 때 병으로 세상을 떠난 아빠로 인해 가정 형편이 기울어 잘 챙겨 먹이지 못할 때가 떠올라 미안해서 그럴 거라고 짧게 위로했다. 나는 그때의 기억이 선명하지 않다. 내가 갓난아기 때 지병으로 돌아가신 아빠는 사진으로만 만나 봤다. 가정의 기둥이었던 아빠가 세상을 떠나자 엄마는 일자리를 구하기 위해 발이 닳도록 뛰어다녔다. 고작 젖먹이였던 나를 키우기 위해서 말이다.

그래서 나는 엄마한테는 왠지 마음이 약해져 엄마가 부탁하는 것, 해달라는 것 대부분을 군말 않고 실천해 왔다. 그러나 내가 잘 먹는 것에 집착하는 엄마를 볼 때면 이제 생활에 안정도 되찾고 했으니 과거에 너무 신경 쓰지 않았으면 하는 바람이 해가 갈수록 더했다. 학교 야자를 마치고 집에 돌아오니 엄마가 간식을 준비해 놨는지 맛있는 냄새가 후각을 자극했다. 부엌에는 간식이라 보기에는 다소 풍족한 한 끼의 식사가 준비되어 있었고, 공부로 지친 나는 식탁에 앉아 자연스럽게 수저를 들었다. 엄마는 부엌에 보이지 않았다.

"왔어? 오늘도 힘들었지?"

인자한 미소를 지으며 화장실에서 나온 엄마가 나를 반겼다. 나는 그런 엄마를 보며 입을 삐죽 내밀면서 오늘 하루에 대한 얘기를 엄마에게 털어놓기 시작했다. 엄마는 내 맞은편에 앉아 턱을 괴고 다정한 미소로 나를 바라보며 내 이야기 하나하나에 반응을 해 줬다.

"걔네들이 또 놀렸어? 걔네는 뭐 얼마나 잘났다고 남의 딸을 그렇게 놀려?"

"그니깐!"

나는 씩씩거리며 밥 한 숟갈을 더 떴다. 엄마는 여러 가지 반찬들을 내 밥그릇 위에 올리며 내 분노의 감정과 함께해 줬다.

"아주 그냥! 내가 살 빼고 예뻐지면 정신도 못 차릴 거면서!"

"네가 뭘 살을 빼! 넌 살 안 빼도 예쁘다고 했지 엄마가?"

엄마가 버럭 화를 냈다. 나는 순간 흠칫했다. 살을 뺀다는 말 한마디를 엄청 예민하게 받아들이는 엄마의 모습은 사실 어느 정도 예상한 반응이기도 했지만, 혹시 이러다가 정말 입시가 끝난 뒤에도 살을 빼지 못하게 하는 것은 아닌지 한편으로 걱정도 되었다.

"그래도 대학 갈 때는 살을 좀 빼야지."

엄마의 눈치를 보면서 나는 단호하게 말했다. 엄마의 표정이 점점 굳어지는 게 느껴졌다. 나는 엄마의 표정을 모른 체하며 나머지 밥을 긁어 먹었다.

지금이 딱 보기 좋다면서 세뇌시키듯 계속 말하는 엄마를 앞에 두고 나는 아무 대꾸도 하지 않은 채 묵묵히 식사를 끝냈다. 내가 수저를 내려놓자 그릇들을 치우고 바로 설거지를 하는 엄마를 바라보다 이내 내 방에 들어왔다. 나는 곧장 속옷들을 챙기고 씻기 위해 화장실로 향했다. 허물을 벗어 던지듯 하나둘씩 옷을 벗었다. 조금씩 드러나는 내 속살을 거울 속에서 만나 볼 수 있었다. 거울이 보여 준 건 일자 허리에 가슴에서부터 엉덩이까지 내려오는 경계를 찾기 힘든 몸매였다. 출렁이는 것은 다 살이라는데, 축 처진 살들을 따라 축 처진 어깨, 아마도 내 몸을 가장 높은 비율로 차지하는 것은 물이 아니라 지방일지도 모른다. 이런 내 모습이 마음에 걸리긴 하지만, 그렇다고 나는 나를 싫어하는 것은 아니었다. 아마 이런 나를 사랑해 주는 사람들이 존재하는 것을 알고 있기 때문일 것이다. 나를 아껴 주고 애정해 주는 사람들 덕에 자존감을 유지할 순 있지만, 그래도 이 많은 살들은 볼 때마다 그냥 빼고 싶어진다. 현재의 내 모습을 극도로 싫어하는 것은 아니어도 살들이 없어졌으면 좋겠다는 생각은 늘 든다. 날씬하고 호리호리한 몸매가 분명 나한테 더 예뻐 보일 것이다. 내 몸에 있는 살들을 하나하나 뜯어보던 나는 수돗물을 틀며 얼굴부터 씻어 나갔다. 얼굴에 물을 끼얹을 때 흔들리는 팔뚝살에 나는 짜증이 났다. 그리고 생각했다. 살을 빼는 것이 나를 더 나은 외모로 이끌어 줄 게 확실하다고. 친구들도 종종 그렇게 얘기했었다. 다들 내가 긁지 않은 복권이라고 말했다. 지금도 내가 안 예쁜 것은 아니지만, 살을 빼면 더 예쁠 거라고. 나는 얼굴을 씻은 뒤 몸 구석구석을 차례차례 헹구어 나갔다. 그다음 수건으로 몸을 닦고 옷을 입었다. 물기를 털며 화장실에서 나오니 엄마가 주방에서 다음 날 아침용으로 만드는 음식 냄새가 코를 찔렀다. 나는 냄새를 즐기며 내 방으로 돌아와 책상에 앉아 공부를 하기 시작했다. 수능이 얼마 남지 않은 시기에는 다들 밤에 무리하지 말고 일찍 자며 컨디션 관리를 하는 게 중요하다고 했지만, 뭐 하나라도 더 보고 자야 할 것 같은 마음이 습관적으로 들었기 때문이었다. 그렇게 시간의 흐름을 느낄 새도 없이 공부를 하다 보니 어느덧 요리를 끝낸 엄마가 밖에서 대문을 잠그는 소리가 들렀다. 곧 주무실 모양이다. 나는 정리해 놓은 문제집을 한 번씩만 더 읽기로 마음먹었다. 이번엔 엄마가 방으로 들어가는 소리가 들렸다. 나는 잠시 눈을 풀기 위해 책상 옆 창문을 바라봤다. 달과 별들이 환하게 밤거리를 비추고 있었다. 창문 틈으로 늦은 시간 퇴근해 각자의 집으로 돌아가는 사람들의 소리들도 들려왔다. 잠시 뒤 나는 문제집을 덮었다. 불을 끄고 엉금엉금 침대 위로 올라 몸을 뉘며 생각했다. 엄마에겐 미안하지만 이 많은 삶들과 곧 작별할 거라고. 엄마가 탐탁지 않아 할 것을 안다. 그래도 나는 수능이 끝날 그 시점만을 기다리면서 하루하루 다짐하며 눈을 감았다.

수능 날은 점점 더 빠르게 우리에게 다가왔다. 눈 깜짝할 사이에 반 아이들은 각기 다른 학교 고사장에 배치되었고 수능 공부도 막바지에 이르렀다. 수능 전날에 미리 자신이 배치된 학교를 둘러보고 자기 자리가 어디인지 대충 파악하는 시간이 주어졌다. 친구들끼리 수능 때 발생할 여러 상황들을 그려 보고 그것들을 연출해 보는 짧은 자유 시간을 가졌다. 우리는 서로를 보면서 깔깔거리며 웃다 굳건한 의지를 다지고는 각자의 집으로 돌아갔다. 수능 전날 밤 나는 쿵쾅거리는 심장을 다잡고 곧 끝날 수험 생활에 긴장이 담긴 작별 인사를 건넸다. 엄마가 챙겨 주신 청심환은 먹지 않았다. 대신 엄마가 차려 준 푸짐한 밥상을 즐겼다. 일찍 잠이 들어야 많이 잘 수 있을 것 같아 이른 저녁 침대에 몸을 뉘었다. 일찍 자야 한다는 강박감에 오히려 잠이 안 오면 어쩌지 하는 걱정이 무색하게도 꿈나라는 일찍 찾아왔다. 불 꺼진 어두운 방을 여기저기 바라보던 내 눈은 고맙게도 어느새 감겨 있었다.

  그렇게 다음 날.
  '모두 핸드폰과 가방을 앞으로 제출해 주세요.'라는 말과 함께 시험이 시작됐다. 교실 스피커를 통해 시험 일정을 안내하는 음성이 흘러나왔고 곧이어 모두가 눈앞에 놓인 시험지에만 몰두했다. 나도 여태껏 살아오면서 매달려야 했던 이 시험에 쏟을 수 있는 기력이란 기력은 다 쏟아부으며 시험을 치렀다. 그렇게 시험 시간은 빠르게 흘렀고 어느덧 해가 뉘엿뉘엿 저물 무렵 마지막 종이 울리자 아이들의 표정에는 이미 저마다의 시험 점수가 쓰여 있었다. 나는 꽤나 잘 친 것 같은 느낌이 들었다. 자리를 정리하고 시험장에 같이 온 친구와 함께 집으로 향했다. 의류 업계에서 사업을 하는 엄마는 일이 바빠 저녁에 들를 수 없어 미안하다고 나에게 문자를 보내 왔다. 엄마의 애정은 점심시간 때 먹으라고 정성을 가득 담아 제작한 도시락을 통해 이미 확인한 뒤라 나는 별로 서운하지 않았다. 시험장을 나오며 친구와 나는 근처 분식집에서 대충 끼니를 때웠다. 우린 시험에 관한 얘기는 최대한 자제했다. 그저 조금 허탈한 마음으로 수능이 끝나면 하고 싶었던 일들에 대해 즐겁게 이야기를 나눴다. 나는 엄마에게 다이어트에 관해 어떻게 털어놓을지가 주요 걱정거리였고 친구의 관심사는 아르바이트 구직이었다. 우리는 성공의 끝에서 다시 만날 것을 약속하면서 서로를 응원했다. 심신이 피곤했기 때문에 우린 그렇게 분식만 먹고 헤어졌다. 집에 돌아온 나는 지친 몸을 이끌고 가채점을 하기 시작했다. 긴장감으로 두근거리는 심장을 안고 차근차근 채점을 해 나갔다. 언어영역, 수리영역 등등 대체로 괜찮은 점수가 나올 것 같았고 이 정도면 내가 가고 싶었던 대학과 학과에 지원할 수 있을 것 같아 기뻤다. 밤이 찾아온 늦은 시각, 일에서 돌아온 엄마도 기쁘게 소식을 받아들였고 나는 잘 풀려 가는 모든 상황들에 행복했다. 수고했다고 어깨를 토닥이며 건네는 엄마의 따뜻한 미소를 보는 것만으로도 마냥 기분이 좋았다. 그렇게 수능일은 생각보다 잘 마무리되었다.

시간은 다시 흘러 담임 선생님과 가채점 점수로 지원할 수 있는 대학을 선별하는 상담을 하기 시작했다. 예상대로 나는 내가 가고 싶었던 대학에 지원할 수 있었다. 반은 두 가지 상반된 분위기로 나뉘어 기쁨과 좌절이 공존했지만 나는 최대한 신경 쓰지 않도록 노력했다. 어차피 난 내 점수에 만족했고 그보다는 더 신경 쓰이는 일이 있었기 때문이었다. 바로 엄마에게 살을 뺄 거라고 공식적으로 선포하는 일이었다. 살을 뺀다고 말하기만 하면 경기를 일으키던 엄마를 잘 설득해서 긍정과 지원을 약속하는 대답을 얻어 내야 한다. 사실 고등학교 때 모았던 용돈으로 내가 직접 해결할 수도 있지만, 누군가의 응원이 있다면 더 힘이 날 것이다. 엄마에게 나의 결심을 알리는 날, 나는 엄마가 차려 준 아침만 먹고 하루 종일 아무것도 먹지 않았다. 다이어트에 돌입하기 위한 전초전이었다. 배에서는 꼬르륵 소리가 자주 났고 신경도 살짝 예민해지는 것 같았지만 살을 빼기 위해서 꾹 참았다.

도어록 열리는 소리가 들렸다. 엄마가 일을 마치고 돌아온 것을 알리는 소리다. 나는 일단 가산점을 얻기 위해 집 청소도 해 놓고 빨래도 널어놨다.

"엄마, 왔어?"

엄마의 표정이 나쁘지 않았다. 일터에서도 안 좋은 일은 없었나 보다. 집 안을 이리저리 둘러보며 고개를 끄덕이던 엄마는 깨끗해진 환경이 마음에 든 것 같았다. 엄마는 가방을 안방에 놔두고 자연스럽게 주방으로 향했다.

"우리 딸, 뭐야. 집안일 다 해 놓고. 아주 착하네. 배고프지? 엄마가 요리해 줄게."

엄마는 소매를 걷어 올리며 가스레인지에 불을 올리고 냉장고에서 이런저런 재료들을 찾기 시작했다. 나는 얼른 달려가 그런 엄마를 제지했다. 됐다고 말하는 나를 보며 엄마는 의아한 표정을 지었다. 나는 긴히 할 이야기가 있다며 엄마를 식탁으로 데려와 앉혔다. 그리고 꽤나 비장한 얼굴로 엄마를 바라봤다.

"왜 그래? 무슨 일이야?"

"엄마… 나… 다이어트 할 거야."

무슨 파장이 일어날지 몰랐지만 일단은 결론부터 던졌다. 입속에서 수십 번 맴돌았던 말인데 내뱉고 나니 별거 아니고 속이 다 후련해지는 것 같았다. 나는 엄마의 반응을 살피기 위해 엄마를 슬쩍 쳐다봤다. 엄마는 아무 말도 하지 않고 나를 바라봤다. 좋아 보였던 표정은 무표정으로 변해 있었다. 계속되는 침묵과 점점 내려앉는 분위기에 나는 이 대화에 위기가 찾아왔음을 직감했다. 엄마는 갑자기 일어나서 다시 냉장고를 뒤지기 시작했다. 나는 그런 엄마의 행동에 당황스러웠다.

"엄마, 뭐 해?"

나는 방금까지 아무런 대화도 없었던 사람처럼 다시 요리를 시작하는 엄마를 또다시 멈추게 했다.

"아니, 나 다이어트 한다니깐!"

엄마의 팔을 붙잡고 눈을 보며 똑바로 말했다. 진지한 표정의 나를 본 엄마의 얼굴이 점점 험악해져 갔다.

"하지 말라고 했잖아, 엄마가. 안 해도 예쁘다고 엄마가 말했 잖아!"

엄마는 딱딱한 말투로 내게 얘기했다. 나는 화난 얼굴을 하고 있는 엄마가 당혹스러웠다. 그리고 내 얘기를 다 들어 보지도 않고 멋대로 요리에 전념하는 엄마에게 분노가 치밀기 시작했다.

"엄마 눈엔 안 해도 예쁘겠지만, 다른 사람들 눈에는 안 그래. 그리고 날씬해지면 입을 수 있는 옷도 많아져. 지금은 몸매가 드러나는 옷은 못 입겠단 말이야."

"드러나는 옷을 왜 못 입는데! 지금도 입으면 되잖아!"

엄마가 버럭 소리를 질렀다. 나는 말문이 막혔다. 너무나도 당황스러웠다. 엄마의 말에 반박할 힘이 떨어져 가고 있었다. 이게 이렇게까지 화를 내야 할 일인가? 그냥 내가 더 예뻐지고 싶다는 것인데, 그거 하나 이해를 못 해 주는 건가? 지금 엄마가 내게 보이는 정리되지 않은 감정들이 내 내면의 분노를 일깨웠다. 그리고 그 분노라는 감정은 이성적으로 설득할 여유를 잡아먹기 시작했다.

"이 두툼한 살이 있는 채로 입긴 싫다고!"

나도 소리를 질렀다. 내가 이렇게 소리를 지르는 것은 처음 있는 일이라 엄마도 흠칫 놀란 것 같았다. 하지만 이내 다시 언성을 높였다.

"왜, 왜 싫은데! 그게 뭐가 어때서 싫은데!"

"살 빼서 입는 게 모양새가 더 예쁘니깐!"

"그게 왜 더 예쁜데! 누가 정했어? 그게 더 예쁘다고!"

"내가 그렇다니깐? 내가 더 예쁘다고 생각한다고!"

"그니깐 왜 그게 더 예쁘냐고 너는!"

말이 전혀 통하질 않았다. 마치 우리는 서로 다른 세계에서 각기 다른 언어를 배워 온 것처럼 소통되지 않았다. 어느 한 명도 물러서지 않고 자기 말이 맞다고 주장하는 엄마와 나는 더 이상 대화를 이어 나갈 수 없을 지경이 되었다.

"너는 너 자신이 좋다면서! 나한테 그렇게 말해 놓고 도대체 왜 살을 빼려고 하는 거야?"

순간 나는 멈칫했다. 엄마 말이 틀린 건 아니다. 엄마한테 그렇게 말한 적이 있으니까. 그래도 나 역시 틀린 게 아닐 것이다. 통통하고 몸집이 있는 내 모습도 좋긴 하지만 그래도, 그래도, 나는 살을 빼고 싶었다. 그게 더 예쁠 것 같으니까 말이다. 왜 그런 생각이 드는지는 모르겠다. 정확한 문장으로 이유를 들 순 없다. 내 표정은 순간 굳어졌다. 엄마의 질문에 대답할 합당한 이유를 찾기 위함이었다. 나는 왜 날씬한 게 더 예쁘다고 생각하는 것일까? 아마 남들이 그렇게 말해 줬기 때문에? 날씬하면 더 예뻐질 거라는 소리를 워낙 많이 들어서? 그런데 나는 끝내 확실한 근거를 찾을 수가 없었다.

"나, 내가 좋아. 엄마한테 말한 대로 내가 좋긴 좋아! 근데 살 빼면 날 더 사랑할 수 있을 것 같아. 이 살 때문에 나 자체를 싫어해 본 적은 없지만, 옷 입을 때 나는 날씬한 게 보기가 더 좋아. 그냥 내 눈엔 그래! 이유고 뭐고 할 것 없이 그냥 그게 보기가 더 좋아! 난 지나가는 사람이 나를 보면서 은연중에 뚱뚱하다고 생각하는 게 별로 마음에 안 들어. 몸매 좋다는 소리를 듣고 싶어.

내가 다른 사람을 보며 그렇게 생각하듯이 말야! 내가 좋아하는 옷도 마음껏 입고 싶고 사진도 당당하게 찍고 싶다고. 날씬한 모습으로!"

"…"

"엄마, 혹시 예전에 우리 어려웠을 때 내게 미안해서 이렇게 반대하는 거라면 이제 그만해! 이제 완전 괜찮으니까! 계속 거기에 얽매여 있는 엄마 때문에 내가 더 괴로워질 것 같으니까!"

속사포로 마음을 털어놓는 나를 엄마는 당황하면서도 분이 가시지 않은 얼굴로 바라봤다. 마지막 말은 좀 심했나 싶은 생각이 든 순간, 엄마는 더 이상 나와 얘기하기 싫다는 듯 돌아섰다. 그리고 방에 들어가 한참을 나오지 않았다. 나는 굳게 닫힌 엄마의 방문에다 대고 소리쳤다.

"엄마가 뭐라 하든 나는 대학 가기 전에 꼭 살 뺄 거야!"

방 안에 들어서자마자 나는 방문을 쾅 닫았다. 침대에 파묻히듯 뛰어들어 서러움을 베개와 이불에 토해 내기 시작했다. 눈물이 줄줄 흘렀다. 두 뺨을 타고 끊임없이 흘러내렸다. 모든 게 순탄하게 흘러가기만 하는 것 같던 내 일상의 퍼즐 조각이 흩어지는 순간이었다. '도대체 왜'라는 말을 거듭하며 서럽게 울었다. 엄마가 왜 이렇게까지 반대하는 건지 도저히 이해가 되지 않았다. 엄마는 자기 방에서 무슨 생각 중일까? 지금껏 단 한 번도 엄마와 이렇게 언성을 높여 다퉈 본 적이 없었다. 얼굴을 찌푸리며 서로의 얼굴을 바라본 적도 없었다. 나는 이 모든 상황이 낯설었다. 엄마에게 소리친 게 미안하면서도 엄마가 미웠다. 일찍이 경험해 보지 못한 탓에 해결책이 금방 떠오를 리 만무했다. 그렇게 엄마와 처음으로 언성을 높여 가며 다툰 그날 밤은 어지러운 생각들에서 헤어나지 못한 채 깊어만 갔다.

그 뒤로 나는 엄마와 같이 밥을 먹지 않았다. 처음에는 엄마가 밥을 먹으라며 내 방문을 두드렸지만 나는 마음도 문도 꼭 잠근 채 열지 않았다. 독해지기로 마음먹었기 때문이다. 하루에 한 끼를 매우 소량만 먹었고 헬스장에 등록해서 운동도 하며 본격적으로 다이어트에 돌입했다. 배가 고프면 물이나 오이 같은 것들만 먹었다. 한번은 현기증에 쓰러질 뻔했던 적도 있었고 코피가 난 적도 있었지만 두 달간 나는 정말 지독할 정도로 단 한 번의 긴장의 끈도 놓지 않았다. 성인이라는 표식을 얻은 친구들은 술을 마시기 바빴다. 친구들은 단 한 번도 술자리에 나가지 않는 나에게 징하다며 칭찬 아닌 칭찬을 했다. 그렇게 두 달을 살다 보니 효과가 보이기 시작했다. 거울 속의 나는 점점 새로운 사람으로 변해 갔다. 경계를 알 수 없게 만들었던 살들은 모두 가 버리고 몸매 라인이란 것이 생겨났다. 마치 내 몸속에서 초등학생 아이 한 명 정도가 떨어져 나간 것처럼 나는 정말 날씬해져 갔다.

두 달 반 만에 올라선 체중계에서 나는 환호를 질렀다. 49kg. 4와 9 어느 하나도 좋아해 본 적이 없던 숫자였는데 그렇게 사랑스러울 수가 없었다. 두 달간 내가 감량한 체중은 총 21kg에 달했다. 볼살이 많이 빠져서 희미해져 가던 쌍꺼풀도 좀 더 또렷해졌고, 턱선과 콧대도 살아났다. 사고 싶었던 옷들도 마음껏 살 수 있게 되었다. 나는 친구들이 말했던 이른바 '긁지 않은 복권'에서 이제는 '긁힌 복권'으로 재탄생했다. 현재의 내 모습이 너무 만족스러웠다. 살을 빼는 동안 정말 많이 고생했을 내 몸과 마음이 자랑스러웠다. 타이트한 상의와 스키니 바지를 완벽히 소화해 내는 거울 속 내가 자랑스러웠다. 또렷하게 되살아난 이목구비도 마음에 쏙 들었다. 카메라 앞에서도 훨씬 더 자유로웠고 더 행복한 마음으로 내 모습을 담아낼 수 있게 되었다. 그런데 SNS에 이 같은 변화를 알리며 그동안의 고생을 보상받는 뿌듯함도 잠시, 한 가지 마음에 걸리는 게 있었다. 바로 꼭 닫힌 내 방문을 몇 번이나 두드리던 엄마의 방문이 이제 굳게 닫힌 것이었다. 엄마는 더 이상 나와 아무런 교류도 시도하지 않았다. 내가 방문을 노크해도 아무런 응답도 없었고 아침에 일찍 일어나 엄마에게 말을 걸어도 나와 눈조차 마주치지 않았다. 나를 쳐다보는 것조차 싫다는 듯 기피했다. 엄마는 나와 마주치지 않기 위해 평소보다 더 늦은 시간에 퇴근했고 집에 오자마자 방으로 직행했다. 어떤 때는 평소보다 지나치게 일찍 퇴근해 방에 들어가서는 문을 잠가 버렸다. 그렇게 나를 피하는 엄마에게 서운했지만 두 달 전 엄마가 내 방문을 두드렸듯이 나도 계속 엄마의 방문을 두드렸다. 그러나 엄마의 의지는 확고했다. 어긋나는 맞닥뜨림의 타이밍들에 마침표를 찍을 방도를 찾던 나는 곧 다가올 졸업식을 떠올렸다. 졸업식 때는 둘만 있을 기회가 생길 테니 그 순간을 노릴 생각이었다. 그날 하고 싶은 말들을 생각하며 하루하루 졸업식을 기다렸는데 믿을 수 없는 일이 벌어졌다. 작별과 시작이 공존하는 중요한 졸업식 자리에 충격적이게도 엄마는 오지 않았다. 대신 엄마의 친동생 이모가 와서 나를 축하해 줬다. 어렸을 때부터 엄마와 함께 나를 친자식처럼 키워 준 이모라 오실 자격은 충분했다. 그렇다고 엄마를 대신할 순 없는 거였다. 반 아이들이 180도 달라진 내 모습에 온갖 찬사를 보냈지만 내 마음은 도무지 엄마를 이해할 수 없다는 생각으로 가득 차 그 칭찬들에 마냥 웃을 수만은 없었다. 졸업식 내내 심란한 마음뿐이었다. 시간이 좀 더 흐르자 이제는 엄마를 이해하고 싶은 마음도 사라져 갔다. 그 사라진 빈자리에는 대신 분노가 들어차고 있었다. 아무리 화가 났어도 어떻게 딸의 단 한 번뿐인 고등학교 졸업식에 오지 않을 수가 있는 것일까! 살 빼는 것이 뭐가 그렇게 잘못된 건데!

엄마와 나의 감정의 골은 그 후로도 계속 깊어져만 갔다. 더 이상 서로의 문을 먼저 두드리는 이는 없었다. 원하는 대학에 가기 위해 내가 다른 지역으로 이사할 준비를 할 때도, 심지어 가는 당일마저 엄마는 나를 찾지 않았다. 그런 엄마의 빈자리는 늘 이모가 대신 채웠다. 이모는 매우 난감한 표정을 지으며 요즘 엄마가 무척 바쁘다고만 했다. 나는 체념한 얼굴로 됐다고 말하며 짐을 챙겨 뒤도 돌아보지 않은 채 열차에 올라탔다. 나에게 손을 흔드는 이모에게 나도 힘없이 손을 들어 올려 보였다. 엄마와 함께 했던 모든 순간이 담긴 이곳을 떠나면서 그렇게 엄마를 마주할 수 있는 모든 연결 고리가 끊어지는 것만 같아 순간 슬픈 감정이 치밀어 올랐다. 하지만 그것도 잠시, 엄마를 향한 분노가 슬픈 감정 따위 이미 덮어 버리고도 남을 정도로 또다시 차오르고 있었다.

대학의 신학기는 빠르게 지나갔다. 대학 생활을 하던 중 엄마에게서 몇 번 연락이 왔지만 나는 답하지 않았다. 대학에 적응하느라 바쁘기도 했고 엄마에게서 받은 상처가 깊었던 탓도 있다. 대학 생활의 힘든 시간은 고등학교 때 제일 친했던 친구에게 의지했다. 가끔은 엄마가 생각나 눈물이 나는 밤도 있었지만, 시간이 지날수록 무덤덤해져 갔다. 대학에서 나는 예전과는 다른 삶을 살고 있었다. 길을 걷는데 모르는 남자가 번호를 물어 온 적도 있고, 여러 번 고백도 받았고, 연애도 했다. 만약 내가 예전의 내 모습이었다면 이런 일들이 과연 일어났을까? 살을 빼기 전과 후가 달라지자 다이어트를 한 내 선택이 옳았다고 스스로를 다독일 수 있었다. 하루에도 몇 번씩이나 그런 생각이 들었다. 내 삶은 더 나아졌다고, 엄마가 틀렸던 거라고. 나는 내가 독하게 살을 뺀 사실을 굳이 숨기지 않았다. 오히려 스스로 얻어 낸 것이라고 당당하게 말하곤 했다. 대학 동기들은 내가 긁지 않은 복권이었던 사실을 알고는 그 비법을 공유해 달라며 다가왔고, 본래 성격이 쾌활한 덕에 나는 누구와도 잘 어울렸다. 또한 현재의 몸매를 유지하기 위해 절대 방심하지 않았다. 계속해서 식단을 조절했고 운동도 꾸준히 했다. 살이 조금이라도 붙은 것 같을 때면 나는 독한 마음을 다시 품었다. 날씬한 일상과 생활에 적응된 나는 정말 다시는 예전으로 돌아가고 싶지 않다는 생각이 들었다. 나는 분명 뚱뚱했을 때의 나를 사랑하지 않았던 건 아니다. 그러나 현재의 모습을 유지하고 싶었다. 전과 후의 삶을 비교 선상에 놓고 따져 보았을 때, 지금이 더 많은 혜택을 누릴 수 있기 때문이었다. 더 예뻐 보이는 게 더 좋은 것이고 그걸 위해 노력하는 건 전혀 나쁠 게 없었다. 살 빼기 전의 내가 싫었다면 과거의 나를 숨기기 급급했겠지만, 전혀 그렇지 않으니까 나는 항상 당당했다.

그러나 이런 생각들은 점차 시간이 흐르며 희미해져 갔다. 오히려 생각의 굴레에 빠지게 하는 일들이 벌어질수록 이러한 생각에 의문도 품게 되었다.

그 시작은 남자친구에게 내 예전 모습이 담긴 사진을 보여 줬을 때였다. 내 다이어트 얘기를 들은 남자친구는 나보고 대단하다며 내 끈기와 의지를 칭찬했고 나도 알고 있다며 장난을 치며 넘어갔다. 며칠 뒤 데이트를 하던 도중 남자친구가 잠시 화장실에 갔을 때였다. 그의 핸드폰에 문자 진동이 울리고 화면엔 문자 알림이 떴다. 남자친구의 지인들이 보낸 문자들이 줄지어 와 있었는데 그중 우연히 내 이름이 있는 걸 발견했다. 그들의 대화에 왜 내 이름이 거론되는지 궁금했다. 남자친구의 핸드폰을 허락 없이 보면 안 된다는 에티켓쯤은 알고 있었지만, 궁금한 건 참을 수 없었다. 비밀번호는 서로 공유해 놓은 터라 별 무리 없이 잠금을 풀 수 있었다. 그렇게 문자 내용들을 하나하나 올려 보다 나는 어느 한 부분에서 멈칫할 수밖에 없었다.

내 여자친구 다이어트 했었대.

오 진짜?

한 70kg? 정도 나갔었다는데?

와 진짜 많이 나갔었네 ㅋㅋㅋ

그니깐. 완전 다른 사람인 거지 ㅋㅋㅋ

와 대박, 대단하다. 어떡해. 상상이 안 가는데.

나도 ㅋㅋㅋㅋ

야, 그럼 만약 그때처럼 뚱뚱했어도 사귈 거냐 ㅋㅋㅋ?

글쎄, 그건 잘 모르겠다 ㅋㅋㅋ 아마?

와 못된 새끼 ㅋㅋㅋㅋㅋ

조금은 충격적인 말들이었다. 심장이 문자를 읽기 전보다 큰 울림으로 뛰기 시작했다. 나는 황급히 핸드폰을 본래 있던 자리에 뒀다. 남자친구는 머지않아 자리로 돌아왔고 나는 아무렇지 않은 척했다. 우리는 곧 다른 장소로 옮겨 갔다. 그 문자를 본 뒤 나는 계속해서 어수선한 마음을 감출 수 없었다. 남자친구에게 이전과 다른 감정도 들었고 수많은 의문들이 계속 생겨났다. 그럼 얘는 나 자체가 좋은 게 아니라 내가 날씬해서 좋아하는 걸까? 내가 뚱뚱했으면 나와 사귀지 않았을까? 뚱뚱했다면 나를 좋아하지 않았을까? 남자친구가 계속해서 대화를 이어 나가려고 말을 걸었지만 머릿속이 콩밭에 가 있었던 나는 그 어떤 성의 있는 대답도 하지 못했다. 남자친구는 화가 났는지 표정을 굳혔다. 그제야 나는 남자친구의 분노를 풀기 위해 노력해야 했다. 그러나 남자친구의 화를 풀어 주기 위해 수만 가지 말을 내뱉으면서 나는 목구멍까지 차올라 하고 싶었던 말은 정작 하지 못했다.

'너 나 왜 좋아해?

날씬해서 좋아해?

뚱뚱했으면 안 좋아할 거야?

내가 날씬한 것 빼고는 매력이 없는 사람이야?'

하고 싶은 질문들을 눈빛으로만 전하며 입에 맴도는 말들이 계속해서 생각날수록 나도 화가 났다. 그러다 문득 나는 역으로 같은 질문을 스스로에게도 던져 보았다. 만약 남자친구가 뚱뚱했더라면 나도 그를 좋아해 줄 수 있을까? 내가 느낀 분노가 무색하게도 나 역시 바로 대답할 순 없었다. 말도 재미있게 할 줄 알고, 나와 유머 코드도 맞으며, 성격도 좋은 남자친구인데, 그의 체중이 불어난다면? 곧바로 확실한 답을 못하는 나도 결국은 남자친구랑 다를 바 없을 텐데, 내가 여기서 그에게 화를 낼 자격이라도 있는 것일까? 남자친구의 화가 풀린 뒤 우리는 영화를 보고 밥도 먹고 산책도 했다. 그러다 피곤하다는 핑계로 평소와 달리 그와 일찍 헤어졌다. 나는 자취방에 돌아와서 침대에 파고들어 생각의 늪으로 빨려 들어갔다. 핸드폰 진동이 울려 화면을 보니 남자친구의 문자가 와 있었다. 나는 답장을 해 줄 기력도 없었고, 예쁜 말투로 답장해 줄 기분도 아니었다. 나는 눈을 감았다. 머릿속에는 수많은 생각들이 소용돌이치며 서로 부딪히고 있었다. 내가 살을 빼고 얻은 것들이 과연 나에게 진실된 것들일까? 모든 이들이 날씬한 나만 좋아하는 것일까? 내가 뚱뚱했더라면, 그럼 그들은 나를 이만큼 대우해 주지 않았을 것인가?

머리가 어지러웠다. 아파 오기까지 했다. 뚱뚱했던 나는 정말 아무런 매력도 없는 것일까? 바뀐 건 외관뿐인데. 아니다, 아니겠지. 나는 뚱뚱했을 때도 친구는 많았다. 밝고 장난기 많은 성격 덕에 친구들은 나를 귀여워해 줬고 잘 대해 줬다. 나는 날씬해짐으로써 얻을 수 있는 게 늘어난 것일 뿐이다. 나는 침대에 누워 최근의 나를 돌아봤다. 살을 뺌으로써 내가 인간적으로 달라진 부분이 있는지 돌아봤다. 뚱뚱했을 때 나는 함부로 남의 몸에 대해 평가하는 것을 싫어했다. 그런 사람들을 많이 봐 왔기 때문이다. 그런데 요즘 들어 나를 돌이켜 보니 그때 내가 싫어하던 행동들을 이제 나 스스로가 하고 있던 것 같았다. 지나가던 사람에게 눈길을 주며 그들의 몸매에 대한 점수를 무의식적으로 매긴 적이 한두 번이 아니었다. 나는 어느새 그들과 닮아 있었다. 내가 그런 생각들을 싫어했던 것이 살을 뺀 이유 중 하나이기도 했는데, 이제 나부터가 그 싫어했던 생각들을 그대로 답습하고 있었다. 뚱뚱한데 미니스커트를 입거나 반바지를 입은 사람들을 보면 어떻게 저 많은 살들을 다 드러내고 입을 생각을 하지? 나는 절대 못 하는데… 하는 생각이 무의식적으로 들었다. 고의적이진 않았지만 그냥 그런 생각이 들었다.

나에게 알게 모르게 몸매를 평가당한 그 사람도 알고 있을까? 아마 알고 있을 것이라는 생각이 들었다. 적어도 나는 그랬으니까. 나는 의식했었으니까.

그래, 이런 생각이 든다는 것은 어쩌면 그냥 당연한 것일지도 모른다. 아마 모두가 그럴 것이다. 나는 이상하게도 모순적인 나를 어설프게 위로하기 시작했다. 무엇을 위로해야 할지조차 모르면서 위로의 말을 스스로에게 건넸다. 이유 모를 우울함에 눈물이 나왔다. 날씬해서 얻어지는 것들은 날씬함의 특권인데, 그 특권은 어떻게 해서 생겨났을지 문득 궁금했다. 침대에서 일어나 화장실로 향했다. 화장을 지우고 옷을 하나하나 벗어 가며 샤워할 준비를 했다. 거울에 비친 내 모습은 호리호리했다. 뚱뚱했던 그때보다 보기가 더 좋았다. 잘록한 허리에 군살 없는 몸매. 나는 만족한다. 생각이 많아 무거워진 머리를 식히기 위해 찬물을 틀었다. 찬물이 내 몸을 타고 흘러 온몸을 시원하게 만들어 주었다. 뺨에 남겨진 눈물 자국을 씻어 내려 가며 아무 생각도 하지 말자고 다짐했다. 그렇게 생각들을 지워 가고 비워 내고 있는데, 문득 한 가지 생각이 머릿속에 떠올라 계속해서 맴돌았다.

'먹고 싶다. 오늘따라 더. 엄마가 차려 준 밥이.'

종강을 하고 나면 동기들은 자유를 얻은 것처럼 술을 퍼마시고 늦게까지 놀며 하루를 뜨겁게 보냈다. 나는 그런 친구들을 앞에 두고 집으로 가는 기차표부터 끊었다. 오랜만에 돌아가 보는 집, 오랜만에 만나게 될… 엄마. 집으로 간다는 문자를 받고 나서 엄마는 알겠다는 짧은 답장을 보내 왔다. 딱히 기대한 것은 아니지만 그래도 너무 짧은 대답 아닌가 하는 생각도 들었다. 집으로 가는 기차를 타기 전까지 나는 남자친구와 이런저런 계획도 세워 보고 동기들과 약속도 잡았다. 서로 꼭 연락하기로 다짐하며 인사를 나눴다. 그렇게 시간은 잔잔히 흘러갔다.

집으로 돌아가는 날, 기차에 탑승하기 전 이모에게서 문자 한 통이 왔다. 엄마는 내가 도착하는 시간보다 늦을 거라는 문자였다. 늦은 저녁에야 오니 그때까지 이모와 함께 있어 달라고 엄마가 부탁했다며 나에게 터미널역에서 기다리겠다고 했다. 딱히 상관은 없었다. 오히려 시간을 두고서 엄마를 마주한다는 것에 두근거리던 마음이 조금은 진정되는 것 같았다. 기차가 앞으로 나아갈수록 나는 타임머신이라도 탄 것마냥 과거 속으로 빠져들어 갔다. 차창 사이로 형체를 알아볼 수 없게 빠르게 지나가는 풍경들처럼 엄마와 싸웠던 일과 그 전의 유년 시절까지의 내 모든 기억도 머릿속을 지나치고 있었다. 시간 여행에서 빠져나온 터미널역에서 이모가 밝은 미소를 지으며 나를 맞이했다. 더 예뻐졌다며 나를 반기는 모습에 나는 무거웠던 기분이 금방 풀어졌다. 이모 차에 내 짐을 싣고 우리는 이곳저곳 돌아다니며 쇼핑을 했다. 맛있는 것도 먹고 즐겁게 놀다가 땅거미가 질 때쯤 집으로 돌아왔다. 하루가 정말 빠르게 흘러갔다. 돌아온 집은 텅 비어 있었다. 엄마는 아직 도착하지 않았다. 이모는 내 방에 들어가 있으라면서 짐들을 들고 부엌으로 들어갔다. 깨끗하고 먼지 한 톨 없어 보이는 집. 내 방도 그러했다. 내 고등학교 시절 그대로였다. 순간 나는 나를 감싸 오는 이 집에서만 맡을 수 있었던 향기에 빠져들었다. 포근하게 다가오는 집 안의 향은 내 모든 긴장과 불안을 걷어가듯 나를 편안하게 해 주었다. 특히 자주 뛰어들었던 침대의 향이 나를 반겼다. 오랜만에 맡는 내 침대 냄새가 너무 좋았다. 이모와 여기저기 돌아다니느라 피곤하기도 했던 나는 침대의 온기에 이끌려 저항할 새도 없이 잠에 빠져들었다.

꿈에 엄마가 나와서 나를 안아 줬다. 예전처럼 머리도 쓰다듬어 줬다. 꿈속에서 엄마와 나는 싸우기 전 행복했을 때의 모습이었다. 달라진 게 있다면 내 몸매였다. 나는 꿈속에서도 날씬했다. 엄마의 눈에서는 현실 반응과 달리 사랑이 흘러나왔고 꿀이 떨어졌다. 나는 엄마가 요리를 다 할 때까지 기다리며 식탁을 정돈하고 있었고 엄마는 그런 나에게 가만히 있으라고 했지만 나는 끝까지 엄마를 도왔다. 엄마는 웃으며 내 볼을 꼬집었다.

엄마와 도란도란 이야기를 나누며 우리는 행복한 식사를 이어 갔다. 나는 이게 꿈이란 걸 너무나도 선명히 알 수 있었다. 엄마와 나의 사이는 현재 그렇지 않기 때문이다. 그렇게 꿈에서 깨어난 나는 어느새 눈 주변이 촉촉해져 있었다. 침대에 앉아 쏟아지는 눈물을 손으로 닦아 냈다. 소리가 나지 않도록 입을 막으며 침묵 속에서 눈물을 흘렸다. 엄마에게 사랑받던 그 시절이 너무도 그리웠다.

엄마는 정말 과거의 미안함 때문에 살을 빼지 말라고 했던 걸까? 아님 그냥 내가 나 자체를 사랑하기를 바랐던 걸까? 아님 뭔가 다른 이유라도 있는 걸까?

나는 침대에서 일어나 슬며시 방문을 열었다. 음식이 썰리는 소리와 함께 구수한 냄새가 났다. 저녁이 만들어지고 있는 것 같았다. 그 속에는 두 여인이 도란도란 이야기를 나누고 있었다. 이모 그리고 정말 오랜만에 보는 엄마였다. 나는 어색한 마음에 선뜻 부엌에 가지 못하고 그저 내 방 안에 우두커니 서서 부엌에서 들려오는 말소리를 듣고만 있었다. 엄마와 이모는 끊임없이 대화를 이어 나갔다. 대략 나에 관한 얘기인 것 같았다. 오랜만에 보니 눈물이 날 것 같다는 얘기를 하는 엄마를 보고 나는 멈췄던 눈물이 또다시 터져 나올 것만 같았다. 손톱만큼 열린 문틈 사이로 두 분의 얘기를 듣던 중에 나는 엄마와 단절되었던 수개월 만에 엄마의 진정한 속사정을 알 수 있게 되었다. 엄마가 그토록 내다이어트를 반대한 진짜 이유를.

"얘 많이 예뻐졌지?"

"예뻐지긴 뭘 예뻐져, 살 안 뺐을 때도 예뻤어, 나 닮아서."

"그래도 빼니깐 더 예뻐졌잖아."

"몰라 이 기집애야."

엄마는 뾰로통한 말투로 이모에게 말했다.

"그래도 혜진이 쟤가 언니 닮아서 다행이지. 형부 닮았으면 어휴, 살 빼도 안 예뻤을걸?"

"인상은 좋았겠지. 그리고 내 남편이 어디가 어때서. 그 정도면 괜찮게 생긴 거지."

"눈이 많이 낮네, 언니는. 그나저나 혜진이랑은 어떻게 말할 거야?"

"뭐를?"

"안 만나고 대화도 안 한 지 꽤 오래됐을 텐데, 어떻게 말문을 틀 거냐고."

"… 그냥 말하면 되는 거지 뭐."

"언니는 참, 아무리 그래도 애 졸업식도 안 가면 어떡해! 그건 언니가 잘못했다, 진짜."

이모가 엄마를 혼내듯 다그쳤다. 엄마는 자신의 잘못을 인정하는 듯 기운이 처져 있었다.

"알아, 기집애야. 근데 어떡하라고 나보고. 걔가 하루도 빠짐없이 홀쭉해지고 말라 가는 걸 보고 남편 죽었을 때가 계속 생각나는 걸 나보고 어쩌라고…."

"하긴… 형부가 나중에는 삐쩍 마른 채로 가시긴 했지…."

나는 처음 듣는 아빠 얘기에 놀랐다. 너무 어려서 아빠가 어떻게 생겼었는지도 기억이 가물가물한 나였다. 사진으로만 마주했던 아빠. 그마저도 요즘 바쁘게 산다고 보지 못했었다. 엄마와 이모의 얘기에 심장이 거세게 뛰기 시작했다. 나는 살짝 열린 방문에 손을 살며시 올렸다.

"무엇보다… 혜진이가 어렸을 때 집안 사정이 안 좋아서 잘 먹이지도 못했어. 어린 나이에 사고 쳐서 임신하고 결혼해서 혜진이 할아버지랑도 사이가 안 좋았으니까. 아버지는 지병도 있고 나이도 어린 혜진이 아빠를 끝까지 마음에 안 들어 했으니까. 차라리 집을 나가라고 소리치셨을 때가 기억난다. 그렇게 뭐, 손 벌리지도 못하고….."

"그래도 아빠는 언니가 도움을 청하기를 바라셨을 거야."

"그걸 어떻게 알아 네가, 기집애야."

"진짜거든!"

"알겠어. 소리 지르기는. 애 깰라, 조용히 해."

"애는 무슨, 다 큰 성인이다 쟤도!"

처음 듣는 과거 할아버지에 관한 얘기였다. 만날 때마다 나를 그 누구보다 예뻐하셨던 할아버지가 엄마에게 그랬었다는 게 믿기지 않았다. 내가 몰랐던 과거의 파편들이 엄마를 통해 점점 더 드러났다.

"알았어. 기집애 성질은. 하여튼 혜진이가 어렸을 때, 잘 먹이지도 못했을 때, 혜진이 아빠도 점점 악화되면서 그렇게 떠나고… 어머니, 아버지 울타리 밖으로 밀려난 능력도 없는 내가 아무 일이나 닥치는 대로 하면서 사는데, 한번은 일한답시고 나갔다 들어왔는데 챙겨 주지 못하니까 애가 삐쩍 마른 채로 자고 있더라고. 나도 그 당시 어린 마음에 무의식적으로 애보다 내가 먼저였던 걸까, 자느라고 피곤해서 몰랐던 거야. 그 어린아이가 그렇게 삐쩍 말라 가는 줄을. 그래서 놀랐어. 평소보다 좀 일찍 퇴근해 보니 그 갓난아기가 너무 말라서 말이야. 너무 놀란 마음에

애를 곧바로 안아 들었어. 혹시라도 애가… 애가… 숨을 거뒀을까 봐…."

"… 집에 언니가 다시 돌아왔을 때 웬 해골바가지를 안고 있어서 나도 놀라긴 했지."

엄마의 목소리가 떨렸다. 말을 마친 엄마는 침묵하며 이모를 바라봤다. 아마 이모를 향해 눈을 흘기고 있는 것 같았다.

"애를 안았는데 정말 삐쩍 마르고 너무 가벼운 거야… 숨을 쉬고 있나 확인해 보려고 손을 갖다 대었는데 정말, 정말, 미약하고 느리게 뛰더라고… 애 심장이. 그때는 정말 내 심장이 다 멎는 것 같았어…."

엄마의 마지막 말에 이모는 아무 말도 하지 않은 채로 묵묵히 요리만 했다. 그 뒤로도 엄마의 이야기는 계속되었다. 엄마는 충격을 받은 채로 나를 안고 병원에 달려갔다. 울면서 달려간 병원에서 정신없이 의사를 찾기 시작했고 내 상태가 그렇게 심각하지 않다는 말을 듣고 나서야 안심하며 그 자리에 주저앉았다. 그리고는 목 놓아 크게 울었다고 한다. 어린아이처럼 큰 소리로 우는 엄마를 주변에 있던 간호사들이 달랬다. 그리고 병원에 누워 있는 내 침대 옆에 앉아 수십 분간 나를 보며 이런저런 생각을 하다 이모를 불러내서 나를 잠시 봐 달라고 부탁했다. 그 길로 바로 외할아버지 댁으로 달려가 도움을 청했다. 외할아버지에게 무릎을 꿇으며 용서를 빌었다. 무려 3일간을. 손이 발이 되도록 싹싹 빌어 가며 용서를 얻어 낸 뒤에는 취업을 하기 위해 다시 여러 공부를 시작하면서 나를 키워 냈다고 한다. 다행히 지원을 받을 수 있게 된 엄마는 조금 더 수월하게 나를 키울 수 있었다. 엄마는 내가 말랐을 적 모습이 그날을 생각나게 하고 두려워서 계속해서 나를 살을 찌웠다. 그리고 포동포동해진 나를 볼 때마다 안심했다. 내가 평소에 언급하던 다이어트를 본격적으로 하겠다고 안 먹기 시작했을 때 엄마는 심장이 거세게 뛰었다고 털어놨다. 그날이 생각나면서 너무 두려웠다고. 머리가 너무 어지러웠다고. 그리고 날씬해져 가는 나를 볼 때마다 너무 괴로웠다고 말했다. 심장이 미약하게 뛰던 그날의 갓난아기가 생각나서 가슴이 턱턱 막혔다고. 그래서 날 제대로 볼 자신이 없었다고.

그 시절을 회상하며 엄마는 후회했다. 엄마의 두려움 때문에 나와의 사이가 멀어진 것에 대해. 하지만 엄마는 내가 마음의 문을 완전히 닫아 버린 것 같은 지금이 더 두렵다고 했다. 엄마는 그 뒤로도 옛날 일들을 꺼내며 다시 이모와 이런저런 얘기들로 추억들을 되살렸다.

코에는 고소하고 담백한 된장 냄새가 진동했다. 눈엔 눈물이 차올라 흘러내렸다. 엄마는 내가 좋은 것만 듣고 자랐으면 좋겠다며 앞으로도 지난 얘기들은 내게 하지 않을 거라고 덧붙였다. 행여라도 내가 미안한 마음이 들게 하지는 않을 거라고 이모에게 말했다. 사실 모든 것을 털어놓고 투정이라도 부리고 싶지만 그러지 않을 거라고 했다. 자기는 엄마니까. 그 말을 끝으로 엄마와 이모 사이에 정적이 흘렀다. 고요함 속에 음식 하는 소리만 들려왔다. 나는 한참을 방문 앞에 서서 울었다. 침묵 속에서 나는 끊임없이 눈물을 흘렸다.

WELCOME TO THE MEMORY

"너도 우는 거야? 슬퍼?"

마담 큐가 나를 보더니 웃음기 담긴 말투로 말했다.

"훌쩍. 그럼 큐는 안 슬퍼요 이게? 저는 너무 감동적인데!"

큐는 웃으며 고개를 저었다.

"그렇게 감동적인 거야? 뭐 감동적이긴 하지. 근데 나는 딱히 직접 경험해 보지 않아서 말이야. 더군다나 감수성도 풍부한 편이 아니라서."

혜진이라는 손님의 이야기가 끝나자 나는 눈물샘이 터졌다. 아니 어떻게 이 감동적인 이야기를 듣고도 저 마담은 무덤덤할 수가 있는 거지? 나는 그녀를 이해가 가지 않는다는 얼굴로 바라봤다.

"판도라 행성 사람들은 감정이 없어요, 혹시? 훌쩍…."

"아니 있어, 나는 그게 덜 발달된 것뿐이고."

나는 이 감동적인 모성애가 담긴 이야기를 듣고도 아무렇지 않아 보이는 마담 큐를 보고 한편으로 안타깝다는 생각이 들었다. 큐는 흐르는 눈물을 계속해서 닦아 내는 나를 빤히 쳐다보더니 이야기를 이어 갔다.

"그래서 이혜진이라는 손님은 그 뒤로 모른 체하며 엄마와 아무렇지 않게 밥을 먹었대. 본인이 먼저 말도 걸고 말이야. 평소라면 먹지 않았을 야식도 그냥 먹어 버렸대. 이 얘길 하면서 좀 웃더라. 엄마의 집밥을 먹고 나서 엄마를 마주하기 전 다 닦은 눈물이 다시 쏟아져 나올 것 같았지만 참았대. 그래도 괴로운 마음은 어쩔 수 없었다더군. 그때 당시 기억들이 생각나서 너무 슬펐다는 거야. 그렇게 며칠을 괴로워하던 중 플룸의 초대장을 받은 거지."

"그럼 그 손님은 기억을…."

"지운 건 아니야. 살짝 왜곡했지. 엄마는 그저 자신을 걱정했던 거고 그런 엄마의 마음을 알아준 다음 자신도 화를 낸 것에 대해 사과를 하고 잘 화해한 걸로. 그리고 엄마가 사랑했던 뚱뚱한 자신의 모습을 자신도 그냥 매우 사랑했던 걸로. 더는 그것과 관련해 자신에 대한 아무런 의심이 들지 않게 말이야. 답을 정의하기엔 너무 어렵다고 했어. 생각하면 할수록 그녀는 자신의 외관 때문에 달라진 모든 것들에 대해 의문을 품게 되었으니까. 사랑한다고 믿었는데 그게 아니었던 것 같으니까. 자신이 듣지 말아야 할 이야기는 본래대로 듣지 못했던 걸로 기억을 조작했어."

큐가 결정을 바라보며 말했다. 그녀가 말을 마치자 나는 뭔가 아쉬움이 남았지만 그런대로 고개를 끄덕였다. 그리고 이런 생각이 들었다. 그 손님의 낭만은 과연 무엇이었을까?

큐는 결정을 담은 바구니를 챙겨 호숫가에서 일어났다. 그리고 다시 이혜진이라는 손님의 화분이 있는 쪽을 향해 갔다.

"손님이 나와 차를 마시면서 본인의 기억을 어떻게 하고 싶은지까지 다 말하고 나면, 차를 다 마시고 이 가게를 나가는 순간 말한 대로 돼. 본인이 원하는 대로 기억이 조작되는 거지. 이곳에 왔었다는 것도 기억에서 자동으로 지워지고. 기억의 원본은 씨앗이 되어 나와. 그 씨앗을 이곳에 가져와 물을 주면 꽃을 피우는데, 꽃말이 그 기억의 원본에 대한 그 사람의 진짜 감정이야."

그 손님이 큐에게 기억에 대해 어떻게 얘기를 했든 그 기억 원본에 대한 감정은 진실을 담은 마음을 품고 꽃으로 피어난다고 한다. 큐는 혜진이라는 손님의 화분 앞에서 멈춰 섰다.

마거리트, 마음속에 감춘 사랑.

그 손님한테 그 기억은 어떤 기억이었을까? 그저 괴로운 기억이었을까? 마담 큐는 화원 밖으로 나가며 마거리트에 대한 이야기를 하기 시작했다.

어느 시골 마을에 눈먼 시인이 아내를 잃고 어린 딸을 홀로 키우고 있었다. 나라가 이웃 나라와의 전쟁에서 패하고 많은 사람들이 적국의 포로로 끌려가게 되었는데 그중에서도 특히 어린 여자아이들을 모두 데려갔다. 거기엔 시인의 딸인 마거리트도 있었고 어린 딸을 잃은 슬픔을 견딜 수 없었던 시인은 딸을 찾아 적국으로 떠났다. 천신만고 끝에 적국에 도착했지만 시인은 갖은 고초로 거지꼴을 하고 있었다. 시인은 유일하게 기억하는 딸의 목소리를 찾아다녔고 어느 날 자신을 거지라고 놀리는 무리 중에서 딸의 목소리를 듣고는 애타게 마거리트의 이름을 불렀다고 한다. 아이들 무리 속에 있었던 마거리트는 자신의 이름을 부르는 누추한 행색의 그 남자가 자신의 아버지라는 것을 확신할 수 있었다. 그 순간 마거리트는 아버지를 놀렸다는 죄의식에 그에게 다가가지도 못하고 그 자리에서 꽃으로 변했다고 한다.

혜진의 기억 속에서 거지 몰골이 된 아버지는 누구일까? 뚱뚱했던 과거의 자신일까, 과거에 얽매여 있는 나이 든 자신의 어머니일까? 아버지를 놀렸던 마거리트처럼 그녀도 자신을 부끄럽게 생각한 걸까? 큐는 꽃에 이름이 붙게 된 옛날 일화를 하나 더 말해 주며 사실상 이야기와 기억은 크게 연관되지 않는다고 설명했지만, 나는 여러 가지 생각들이 머릿속에서 솟아나는 것을 멈출 수가 없었다. 화원 밖으로 나오면서까지 수많은 생각에 사로잡혀 있었다. 그 사색은 마담 큐가 화원에서 나와 화원 문을 다시 닫을 때까지도 지속되었다. 아마도 마담 큐가 두 손을 모은 뒤 내 앞에서 박수를 치지 않았다면 나는 계속해서 사색에 잠겨 있었을 것이다. 큐는 정신을 차리라는 말을 남기고는 계산대 쪽으로 갔다. 그곳에는 여전히 사탕을 먹고 있는 요정이 있었다. 마담 큐는 요정을 손가락으로 가리켰다.

"쟤는 모습을 드러낸 마니또야. 요정 대륙의 종족 중 하나지. 쟤네들은 종족들끼리 도와줄 애들을 내기해서 정한 다음 보조 역할을 해 줘. 본인들은 모습을 드러내지 않고 비밀리에 다른 대륙의 생물들을 돕는다고 생각하지만, 우리는 한눈에 쟤네들인 걸 알 수 있어서 모습을 드러낸 마니또라고 불러."

나는 고개를 끄덕였다. 모습을 드러낸 마니또는 인간의 식품을 특히 좋아하는데, 특히 단것들을 정말 사랑한다고 큐가 말했다. 큐는 마니또의 이름은 니엘이지만 어떻게 불러도 상관없다고 한 뒤, 이것저것 앞으로 내가 해야 할 일들에 대해 설명하기 시작했다. 손님이 왔을 때 본인이 없으면 카운터에 벨을 울려 자신을 호출할 것. 그리고 손님을 자리로 안내할 것. 여기서 자리는 유일하게 햇빛이 들던 그 자리이고 마지막으로 그 자리에 차를 내오면 기본적인 내 업무는 끝이 난다. 큐는 부엌 안쪽으로 깊숙이 들어가며 나에게 차 종류와 쿠키 종류, 손님에게 내와야 할 음식들의 기본 위치는 차차 알아 가게 될 거라며 계속해서 부엌을 안내했다. 부엌은 그렇게 특별해 보이지 않았다. 몇 개의 선반과 그 안의 주전자들과 찻잔들이 주요 인테리어 요소로 갖춰져 있었다. 조금 눈에 띄었던 것은 아까 큐가 멈춰 섰던 중고등학교 과학 실험실에서나 볼 수 있을 법한 물건들이 놓인 책상이었다. 여러 가지 비커들과 플라스크에는 안에 든 내용물의 이름이 적혀 있었다.

"저것은 내가 발명하고 있는 것들이야. 각 대륙에 존재하는 모든 생물들의 눈물이나 콧물, 똥물 같은 것들을 섞은 것이지. 어떤 결과물이 나올지 궁금해서. 내가 호기심이 많은 편이거든."

나는 고개를 끄덕이며 듣다가 멈칫했다. 똥물? 누가 그런 걸 모아? 냄새가 장난 아닐 것 같은데.

"냄새가 지독한 똥도 있는데 향기로운 똥들도 있어. 엘프족들의 똥은 상대를 매료시킬 만큼 향기롭거든. 그들의 똥으로 만든 향수가 얼마나 유행하는데."

아무리 그래도 그렇지 똥이라니, 똥을 향수로 만들어서 뿌리고 다닌다고? 상식적으로 이해할 수가 없는 부분이었다. 큐는 엘프족이 외모는 말할 것도 없고 똥까지 향기로운 것은 불공평하다며 구시렁거리곤 주전자와 찻잔을 하나씩 챙기더니 이내 부엌 밖으로 나갔다. 나는 황급히 큐를 따라 나갔다. 이곳에 계속 있기에는 왠지 찜찜하다고 생각한 것은 나만의 비밀로 묻어 둔 채로. 큐는 부엌으로 들어가기 전 벽에 붙어 있는 수많은 선반들에 멈춰 서서 차로 우려낼 꽃이나 풀을 꺼내고 있었다. 큐가 나에게 손짓하자 나는 그녀에게 다가갔다.

"이건 국화차야. 신경통이나 두통, 기침에 좋지. 효능과 이름은 모든 서랍에 적혀 있으니까, 네가 손님의 상태를 보고 필요하다 싶은 차를 내와."

그녀는 가져온 풀과 꽃들을 주전자에다가 모두 넣었다. 가게에 있는 모든 주전자에는 자신의 기억 마법이 걸려 있다고 한다. 그녀는 차를 우려낼 재료들이 들어 있는 주전자를 앞에 두고 자신의 주머니 속에서 작은 병 하나를 꺼냈다. 그런 다음 뚜껑을 열더니 주전자 속으로 무언가를 툭 털어 넣었다. 큐는 작은 병을 내 눈앞으로 가져와 설명했다.

"이건 거인종족의 눈물이야. 기억을 오직 진실로만 털어놓을 수 있게 도와줘. 자백과 고백엔 이것만 한 게 없지."

큐는 눈을 찡긋하며 말했다. 그 눈짓의 의도를 알 순 없었지만 나는 그 병을 바라보며 내 친구들에게 한번 써 보고 싶다는 생각을 했다. 혹시 내 뒷담화를 하지는 않았는지, 내게 뭔가 숨기고 있는 게 없는지 평소 궁금했었는데 저것만 있으면 확인이 가능할 것 같았다. 큐는 거인의 눈물은 부엌에 놔둔다며 차를 내올 때 열 번 정도 흔들어 한 방울만 떨어트리라는 당부를 남겼다. 너무 많이 넣으면 딱히 알고 싶지 않은 것들까지 모두 말하게 된다고. 예를 들어, 화장실에 간 일이라든지, 그날 먹은 게 뭔지 등 사사건건 다 얘기한다고. 그런 손님이 있었느냐는 나의 질문에 큐는 떠올리기도 싫다면서 몸서리를 쳤다.

"니엘이 실수로 세 방울이나 더 넣은 적이 있었지. 손님이 모든 기억을 말하게 되면서 다음 예약 손님까지 지장을 줄 뻔했어. 아니, 본인의 대변이 어떻게 생겼는지까지 설명했을 때는 귀를 아주 틀어막고 싶었다고."

나는 황당한 얘기에 웃음을 터뜨렸다. 큐는 그런 나에게 순간 꽤나 살벌한 눈빛을 보냈지만 나는 시선을 피하며 목을 가다듬고는 모른 체했다.

"하여튼 네가 해야 할 일은 딱 거기까지야. 아, 그리고 손님이 몇 명 예약이 되어 있는지 확인하는 게 출근해서 가장 먼저 할 일이야. 저기 카운터에 놓인 장부를 확인하면 돼. 기억에 관해 얘기를 나눌 때 추가로 주문하는 것은 그냥 가져오면 되고. 내가 있을 때는 그냥 네가 내오고 싶은 찻주전자에 거인의 눈물을 넣어 가져오면 돼. 그리고 내가 없거나 도움이 필요하면 카운터에 벨을 울리고. 간단하지?"

"네."

"앞으로 궁금한 게 생기면 계속 물어보고."

말이 끝나자 두 팔을 벌리고 가게 정중앙을 향해 춤추듯 한 바퀴를 도는 마담 큐를 나는 의아하게 바라봤다. 그녀는 마치 발레리나처럼 우아하게 한 바퀴를 돌더니 나를 보고는 싱긋 웃었다.

"환영해, '더 메모리'에 온 것을."

그 뒤로 출근해서 얻게 된 몇 가지 정보는 다음과 같다. 기억을 다루는 찻집 '더 메모리'는 지정된 예약제로 운영된다. 물론 손님이 예약한 시간이 아닌 초대장을 쓰는 플룸이 정한 시간이라 예약이라고 하기엔 모호할지도 모른다. 손님은 하루에 많게는 3명 적게는 2명 정도였다. 플룸이 그 날짜에 한 명만 오도록 초대한 경우는 별로 없다고 한다. 한 명만 오는 것은 그 사람의 사연과 수정하고 싶어 하는 기억이 매우 넓은 범위에 속해 있기 때문이라고 하는데, 그 정도의 사연을 가진 사람은 다 합해도 열 손가락 안에 든다고 한다. 큐가 '더 메모리'를 운영한 지 20년도 더 되었으니까 이런 경우는 꽤나 희귀하다고 볼 수 있다. 일한 지 얼마 안 되는 내가 아직 이런저런 판단을 내리기도 뭐하지만 말이다. 나는 계속 출근하며 니엘과 조금씩 친해지고 있는 중이었다. 사실 내가 계속해서 들고 온 초콜릿과 사탕들이 친해지는 데 결정적으로 한몫했다. 오늘도 니엘은 내가 준 오렌지 맛 사탕을 행복한 얼굴을 하고는 계산대에서 먹고 있는 중이다. 나는 그 옆에서 라벤더 향이 깊게 밴 차를 한 모금씩 홀짝이고 있었다. 큐는 내가 출근했을 당시부터 보이지 않았다. 아마 외출 중이겠거니 싶었다. 나는 유일하게 햇빛이 비추는 자리를 선샤인이라고 부르기로 했다. 딱히 작명 센스가 탁월하다고 말할 수는 없지만 그냥 자리라고만 부르기에는 햇빛이 은하수처럼 그 자리에만 내리쬐고 있었기 때문이다. 선샤인으로 가는 길옆에 놓인 책상에는 플룸이 무언가를 바쁘게 적고 있다. 나는 사람 덩치만 한 저 깃털이 나를 왜 이곳에 초대했는지 궁금해서 처음엔 말도 걸어 보고 했는데 아무런 대꾸도 돌아오지 않았다. 당연할지도 모른다. 여긴 '더 메모리'니까. 그에게 대꾸를 얻는 방식조차 다르지 않을까 하는 생각이 들었다. 플룸은 초대할 사람이 없으면 쉬고 있거나 잠을 잔다고 하는데 오늘은 초대할 사람이 많은지 계속해서 무언가를 써 내려 가고 있었다. 무슨 내용을 쓰는지 궁금해서 옆에서 지켜봤지만 다 쓴 족족 어디론가 사라지는 편지들 때문에 내용을 확인할 수는 없었다. 아마도 초대를 받는 사람들에게 날아가지 않았을까 추측할 뿐이다.

"좀 쉬어 가면서 해, 플룸."

아직 이 이름을 부르는 것도 낯간지럽다. 나도 모르게 플룸의 이름을 부르면서 머리를 긁적이고 있는데, 본래라면 아무런 대꾸도 반응도 없을 그 깃털이 편지를 쓰다가 가만히 멈춰 섰다. 나는 처음 보는 광경에 눈을 동그랗게 떴다.

"웬열… 진짜 쉬는 거야?"

내 말에 변화를 보이는 게 처음이라 알 수 없는 뿌듯함이 들 무렵, 플룸은 요리조리 움직이더니 어느 한 곳을 가리켰다. 플룸이 가리킨 곳을 바라봤다. 플룸의 펜촉과 내 시선의 끝엔 카운터

에 놓인 예약자들을 적어 놓는 장부가 있었다. 큐가 소개한 장부
는 연갈색으로 된 두꺼운 책 모양을 하고 있었다. 표지에는 특이
한 문양이 가득해서 영화와 책에서나 볼 법한 마법사들의 교과
서를 연상시켰다. 이 장부를 처음 봤을 땐 두 눈을 반짝이며 탐냈
지만, 큐가 장부를 거둬 가며 손가락으로 내 얼굴을 밀어냈기에
그 후론 관심을 두지 않았다. '더 메모리'의 물건을 밖으로 가지
고 나가면 어딘가로 소멸한다는 얘기를 들어서였다. 큐는 아마
자연의 일부가 될 것이라고 추측하고 있다. 나는 의아해하며 계
속해서 장부를 가리키는 플룸을 미심쩍게 바라봤다. 내가 아무
런 움직임 없이 자신만을 바라보자 플룸이 이번에는 몸을 앞뒤
로 흔들며 장부를 가리켰다. 나는 그런 플룸에 얼떨떨한 표정을
지으며 장부를 향해 손을 뻗었다. 도대체 뭘 어쩌란 말인가? 급
해 보여서 집긴 집었는데 장부에 뭐가 있다는 거지? 나는 갖가지
의문을 품으며 장부를 펼쳤다.

　"2019년 12월 15일, 오늘."

　육성으로 날짜를 말하면 글씨가 생겨난다. 내가 오늘의 날짜
를 말하자 장부는 무언가를 적어 나갔다. 오늘 예약된 손님은 두
명이다. 안 그래도 조금 있으면 첫 손님이 올 시간이라 큐를 불러
야 했다. 그런데 나는 믿기지 않는 사실 하나를 발견했다. 장부는
한 명의 손님 이름만을 띄우고 있었기 때문이다.

　"이게 무슨 일이야?"

나는 당황한 채 장부를 쥐고 있었다. 이런 경우는 내가 일하기 시작한 후 처음 있는 일이었다. 오늘의 첫 번째 손님인 '이성현'이라는 글자 외엔 아무것도 적혀 있지 않은 텅 빈 여백을 확인하고 또 확인했다. 나는 플룸을 바라봤다. 깃털은 나에게 혼자 풀어내야 할 숙제라도 준 듯 어느새 원래 하고 있었던 일에 다시 집중하고 있었다. 뭐야, 어쩌라는 거야. 어쩔 줄을 몰라 우왕좌왕하던 그때, 니엘이 크기가 확연히 작아진 사탕을 들고는 내 어깨에 앉았다. 그는 장부를 유심히 보더니 이내 들고 있던 사탕을 한입에 다 물고는 말했다.

"큐를 불러. 이건 첫 번째 손님의 사연이 너무 길어졌거나 아님 두 번째 손님이 초대장을 찢은 거야."

길어져? 찢는다고? 내 머리 위에 수많은 물음표가 떴다. 하지만 그럴 때가 아닌 것 같아서 '더 메모리'의 입구 옆에 달린 벨을 눌렀다. 얼마 안 가 찻집의 문이 열렸다. 큐는 화려한 의상과 모자에 걸맞은 화려한 얼굴을 하고는 살짝 인상을 찌푸리며 들어왔다.

"아직 예약 시간이 되려면 멀었잖아. 왜 불렀어? 사고 쳤어 혹시?"

그녀는 흥이 깨졌다며 원망하는 투로 말했다. 큐가 어디에 갔던 건지는 모르겠지만 나는 장부를 쥐고 예약자 명단의 변화에 대해 입을 열었다. 큐는 내 말을 듣더니 찌푸렸던 표정을 서서히 퍼기 시작했다.

"이건 두 가지 경우로 나뉘어. 먼저 한 가지, 첫 번째 손님의 사연이 갑작스레 매우 길어지는 경우야. 그 기억에 관한 생각과 감정이 매우 커지는 거지. 그러다 보면 내가 소모해야 하는 마력도 커지게 돼. 그럼 두 번째 손님의 사연을 다룰 때 내가 좀 벅찰 수도 있지. 그래서 뒤 손님을 다른 날에 다시 초대하는 거야. 그리고 다른 한 가지 경우는, 이름이 지워진 손님이 초대장을 찢어 버린 거야. 손님이 기억을 수정하고 싶은 마음이 사라졌거나 그 기억에 대한 자신의 미련이나 힘든 감정을 극복한 거지."

큐는 화려한 깃털로 장식된 모자를 벗어 옷걸이에 걸며 말했다. 나는 장부를 다시 한번 바라보며 이름이 지워진 손님에 대해 생각했다. 그럼 이분은 어떠한 경우일까?

"어떤 경우인지 알고 싶으면 플룸에게 물어보면 돼. 플룸이 다시 초대장을 쓰느냐 마느냐에 따라 다르니깐."

큐는 내 마음이라도 읽은 듯 플룸을 가리켰다. 나는 작은 탄식을 내뱉으며 고개를 끄덕였다. 나는 곧장 플룸에게 다가가 말을 건넸다. 뭐라고 물어야 할지 잠시 고민을 해야 했지만 그냥 있는 그대로 묻기로 했다.

"플룸, 이름 지워진 손님 다시 초대했어?"

내 말에 플룸은 꿈쩍도 하지 않은 채 하던 일만 계속했다. 뭐야, 안 알려 주잖아? 내 표정이 좋지 않은 걸 보더니 큐는 크게 웃기 시작했다.

"품… 너 이때까지 플룸에게 그렇게 말을 건 거야?"

"그… 그럼, 어떻게 해요…?"

시무룩한 내 얼굴을 보더니 큐는 나를 놀리며 장난을 쳤다. 내가 풀이 죽어 어깨를 축 늘어뜨리고 가만히 서 있자 이내 뚱한 내 표정을 더는 못 봐 주겠다는 듯 큐는 내 쪽으로 다가와 옆에 섰다.

"디어 플룸, 그 손님 다시 초대했어?"

디어? 디어 플룸? 놀랍게도 '디어'라는 말을 붙이자 플룸은 하던 일을 멈췄다. 그리고 큐와 나를 바라보더니 허공에다 대고 글씨를 쓰기 시작했다. N…O… 크게 알파벳 두 글자를 적더니 플룸은 다시 자기 일에 몰두하기 시작했다.

"그 손님은 자기 기억을 그대로 보존하고 싶어졌나 보네. 아님 그 기억에 대한 감정을 극복했거나."

다행인 걸까? 다행인 거지? 무슨 상황인지는 모르겠지만 좋은 쪽으로 해결되었길 바라며 왠지 모를 미소가 지어졌다.

"그리고 플룸에게 말을 걸려면 꼭 '디어'라는 말을 붙여야 돼. 플룸은 존중과 사랑받는 걸 좋아하거든."

큐는 싱긋 웃으며 말했다. 나는 그런 큐와 바삐 움직이는 플룸을 번갈아 쳐다보다가 생각했다. 하긴 누군가에게 사랑받는다는 건 정말 기분 좋은 일이긴 하니까 깃털이라고 예외는 없겠지. 그런 것도 모르고 지금까지 내 말을 계속 무시해서 속으로 욕했던 내가 떠올라 조금 미안한 마음이 들었다.

"하여튼, 좀 있음 손님 올 시간이니까 온 김에 옷이나 빨리 갈 아입어야겠다."

빨리 오지 않았다면 설마 그 차림으로 손님을 맞으려고 했던 걸까? 장부에 관해 물어보느라 그냥 넘어갔지만 이제 와 천천히 뜯어보니 서양 고전을 연상케 하는 저 불편해 보이는 옷을 입고? 뭐, 황금색으로 빛나는 건 멋있어 보이긴 했다. 머리는 위로 틀어 올렸고 크고 반짝이는 장신구가 가득했다. 정말 중세 시대에서 바로 튀어나온 것 같은 느낌이었다. 부엌 안쪽으로 황급히 사라지는 큐를 바라보던 나는 선샤인 주위를 깨끗하게 쓸었다. 손님이 앉을 곳이라 테이블도 열심히 닦았다. 좀 어수선해 보일 것 같은 곳은 깨끗한 이미지를 줄 수 있도록 불필요한 물건들은 치워 버렸다. 그런 다음 부엌 거울 앞에 옷매무새를 정돈하기 위해 섰다. 사실 정돈할 것도 딱히 없었다. 유니폼이 있는 것도 아니고 큐도 내가 입고 싶은 대로 입고 오라고 했다. 나는 그 말을 정말 잘 따르고 있었다. 거울을 보니 청소하느라 흐트러진 검은 긴 머리칼이 얼굴 주위에 덕지덕지 붙어 있는 게 보였다. 쌍꺼풀은 없지만 동그랗게 생긴 꽤나 큰 눈 위로 정돈되지 않은 머리칼을 치워 냈다. 지나칠 정도로 자연스러움이 묻어나는 몰골이었다. 그래도 손님을 맞기 위해 흐트러져 있던 머리도 다시 묶고 입술에 틴트도 다시 바르려고 했다.

'발라도 못생겼어. 그만 발라. 머리는 밑으로 땋아서 내리고.'

나는 그 글을 읽자마자 얼굴을 굳혔다.

"말이 너무 심한 거 아니야?"

나는 팔짱을 끼고 글을 쓴 장본인인 거울을 바라봤다. 백설 공주에 나오는 마녀의 거울처럼 이 거울은 사람들과 소통을 할 수 있었다. 처음에는 이 거울을 보다가 갑자기 글자가 생겨나서 놀란 가슴을 다잡아야 했지만, 자꾸 보다 보니 익숙해졌다. 처음 내 놀란 얼굴에 대한 혹평도 이미 경험했던 바이다. 거울은 나의 표정을 비추더니 이내 비웃는 듯한 글자를 띄웠다.

'사실.'

단 한 번도 이 거울은 나에게 예쁘다고 해 준 적이 없었다. 그래서 언젠가 꼭 듣고 말 거라는 오기가 생겨났다. '사실인 것을 어떡하냐'고 거울은 또다시 말했다. 나는 투정 어린 화를 내며 거울과 실랑이를 벌이고 있었다. 그때 누군가 찻집 안으로 들어오는 소리가 났다. 띠링 하는 소리와 함께 문에 달린 종이 울린 것이다. 나는 첫 번째 손님이 온 것을 눈치채고는 거울에게 두고 보자는 한마디를 남긴 뒤 허겁지겁 부엌을 나왔다.

"어서 오세요."

서둘러 인사를 건넨 뒤 손님을 똑바로 마주하는 순간 나는 놀랄 수밖에 없었다. '이성현'이란 손님은 전체적으로 냉랭하고 날카로운 외모를 풍겼다. 구릿빛 피부에 짙은 눈썹과 얇은 속쌍꺼풀, 어딘가 모를 신비감이 도는 깊은 눈의 소유자였다. 키도 크고 근육도 탄탄한 것이 일주일에 최소 5일 이상은 운동을 하는 듯 보였다. 물론 내 개인적 추측이다. 한마디로 그냥 몸 좋고 잘생긴 청년이었다. 나는 나도 모르게 입을 살짝 벌린 채 순간 멍을 때리고 있었다. 침이라도 안 흘린 게 다행이었다.

"저기."

손님이 나를 부르자 나는 화들짝 놀라며 정신을 차렸다.

"저, 뭐라고 말을 해야 할지 모르겠지만, 이 초대장을 받았거든요."

손님은 플룸의 초대장을 꺼내며 말했다. 목소리도 중저음에 여자들에게 정말 인기가 많을 것 같았다. 그는 아직 이게 맞는 것일까 하는 미심쩍은 얼굴을 하고 있었다. 이곳에 오는 손님마다 처음 짓는 경계심 가득한 표정쯤은 기본이었기에 나는 조금은 익숙하게 그를 안내했다.

"네, 맞게 찾아오셨어요. 저를 따라오세요."

그는 여느 손님들과 다를 바 없이 신기하다는 표정으로 가게 내부를 훑었다. 그래, 아직 믿기지 않을 시기지. 선샤인에 다다랐을 때 나는 잠시 기다려 달라는 말을 남기고 부엌으로 돌아온 뒤 거울을 바라봤다. 흰 티에 평범한 청바지, 화장기 없는 얼굴. 신경 쓸 필요도 없을 테지만 왠지 신경이 쓰였다.

"혹시 저 사람이 올 거 알고 나한테 머리를 밑으로 땋으라니 뭐니 한 거야?"

나는 부엌의 거울에게 말을 걸었다. 거울은 이내 '글쎄'라는 한 마디를 남기고는 아무 글자도 띄우지 않았다. 글쎄는 또 뭐야! 그러면 그런 것이지! 그나저나 큐는 왜 이렇게 안 나오는 거야? 나는 찻잔과 주전자를 챙기며 구시렁거렸다. 무슨 차를 내올지 생각하다가 '캐모마일'이라고 적힌 서랍을 열었다. 그리고 차를 우려낼 재료들을 챙겨 카운터로 나왔다. 선샤인 쪽에서 말소리가 들리는 것을 보니 언제 준비를 마치고 나왔는지 큐가 손님과 대화를 나누고 있었다. 화원과 부엌이 아니라면 그녀는 화장실에 있었던 것 같다. 나는 주전자에 거인의 눈물을 한 방울 떨어뜨린 다음 선샤인 쪽으로 향했다.

선샤인에는 큐와 손님이 서로 마주 보고 앉아 있었다

"고마워."

내가 차를 테이블 중간에 놓자 큐가 나에게 말했다. 나는 꾸벅 인사를 건네고 손님의 얼굴을 한 번 더 구경한 뒤 계산대로 돌아왔다.

"궁금한 거 있으면 물어봐요. 본격적으로 기억을 수정하기 전에 그 정도는 해 줄 수 있으니깐. 궁금한 게 많아 보이는 얼굴이라 그래요. 이곳에 온 다른 손님들도 대부분 그 얼굴이라 질문 몇 개 정도는 받아요."

기분 탓인가, 오늘처럼 큐가 부드럽게 말하는 걸 본 적이 없었다. 큐의 표정에서 왠지 모를 다정함이 흘러내리는 까닭은 그녀도 그가 잘생겼다고 느끼기 때문일까? 큐는 대충 통성명은 했으니 그 외에 가게에 관해 궁금한 게 있으면 물어보라는 듯 턱을 괴었다. 잘생긴 손님은 사양 않고 이것저것 가리키며 궁금한 것들에 대해 속사포로 물어봤다. 그중에서는 플룸과 카운터에 있는 나도 포함되어 있었다. 나는 잘생긴 남자가 나를 가리키니 당황했지만 내심 기분은 좋았다.

"저 깃털은 뭐고, 저 사람도 마녀예요?"

그가 꽤나 무뚝뚝하게 말했다.

"저 깃털은 손님이 이곳에 오도록 초대장을 보내요. 손님 것도 재가 쓴 것이죠."

큐는 플룸을 바라보며 말했다. 그러고는 내 쪽으로 시선을 옮기더니 내 마음을 읽기라도 한 듯 픽 웃었다.

"그리고 재는 그냥 인간. 여기 아르바이트생. 대단한 낭만의 소유자라서 이곳에서 일할 기회를 얻었죠. 아까 말했듯이 이곳에는 낭만이 있는 사람들만 들어올 수 있거든요."

"아… 그렇군요."

"그리고 손님이랑 동갑내기 친구예요. 뭐, 친해져도 좋고. 아, 맞다. 재도 손님의 이야기를 들을 겁니다. 여기가 방음이 그렇게 잘 되는 곳은 아니라서."

큐의 말에 그는 잠시 멈칫하더니 이내 상관없다는 듯 긍정의 신호를 보냈다. 사실 이 잘생긴 손님이 나에 대해 신경을 쓰든 말든 이 찻집에서 나가는 순간 이곳에서의 모든 기억은 큐의 마법에 의해 사라지기 때문에 나도 곧 그의 기억에서 지워질 예정이다. 그래서 딱히 내 존재가 중요하지는 않다. 저런 멋진 외모를 가진 남자의 기억에서 잊힌다는 건 뭔가 아쉬웠지만, 어쩔 수 없는 일이었다.

"자, 그럼 시작할게요. 이름 이성현, 나이 19세, 맞죠?"

큐는 손님이 건넨 초대장을 손에 쥐고 입을 열었다. 그는 고개를 끄덕였다. 나는 마법의 시작을 알리는 말에 카운터에 있는 의자에 앉았다. 큐의 말대로 이곳은 방음이 그렇게 잘 되는 곳은 아니다. 웬만한 말은 다 들린다. 딱히 막혀 있는 구조가 아니라서 어떻게 보면 당연했다. 나는 트레이를 선반에 다시 올려놓고 카운터에 있는 의자에 자세를 고쳐 앉으며 그의 말에 집중했다.

"이성현 씨, 본인의 기억은 이 찻집을 떠나는 순간부터 본인이 소망한 대로 수정됩니다. 이에 대한 책임은 본인에게 있습니다. 저희가 실수한 게 아닌 이상 저희는 본인이 기억을 되찾고 싶으시더라도 다시 수정해 드릴 수 없으니 그 점을 유의하시기 바랍니다."

이성현이라는 손님이 비장한 얼굴로 고개를 끄덕였다. 큐가 말하는 동안 선샤인에는 평소보다 더 밝은 빛이 내려와 그 둘을 감싸 안았다. 일종의 계약이 성사되는 순간이다. 햇빛의 작은 빛깔들이 큐와 손님의 어깨에 내려앉아 반짝이고는 곧 사라졌다.

"이제, 차 한잔하시면서 본인의 기억에 대해서 얘기해 주시겠습니까?"

큐는 선샤인의 테이블 정중앙의 불꽃 문양에 올려놨던 주전자로 손님과 자신의 잔에 차를 따랐다. 이성현은 조금 긴장한 듯 미세하게 손을 떨며 찻잔을 쥐었다. 그리고 천천히 한 모금 마시며 첫 마디를 꺼냈다.

"저는 남자답지 않습니다."

그의 첫 마디는 꽤 신선했다. 모양새는 상남자일 것 같은 남자가 그런 말을 하니 뭔가 매치가 안 되었다. 큐는 차를 홀짝이며 계속 얘기하라는 듯 손짓했다. 그녀의 손짓에 이성현은 머뭇머뭇 말을 꺼내기 시작했다.

나른한 오후였다. 보통이라면 저녁 메뉴에 대해 고민해 볼 법한 시간이었다. 어디서 불어오는지 선선한 바람이 일었다. 밖은 겨울이지만 이곳은 봄이나 가을 같은 날씨였다. 니엘은 새로운 복숭아 맛 사탕을 먹고 있었고 나는 큐와 손님의 말소리에 집중했다. 큐의 손짓에 이야기를 털어놓는 손님의 표정은 여전히 경계가 서려 있었지만 처음보다는 긴장이 조금 풀린 상태로 보였다. 캐모마일 차의 효과일 것이라고 추측해 본다. 나는 내심 캐모마일 차를 내온 나 자신을 대견스러워하며 손님의 긴장 완화에 한 숟가락 얹었다고 생각했다.

　손님의 이야기를 듣는 것이 처음은 아니었지만 그래도 언제나처럼 나에게 설렘을 가져다주었다. 오늘은 또 무슨 사연일까 궁금했다. 이곳에서 많은 이야기들을 듣고 간접적으로 경험해 보니 세상에는 정말 다양한 사람이 살기에 그만큼 다양한 이야기들과 감정들이 존재함을 알 수 있었다. 전혀 그럴 것 같지 않게 생긴 손님의 반전 이야기도 조만간 화원에서 새로운 감정으로 피어날 것이다.

　평화로운 오후, '더 메모리'에 새로운 손님, 그의 이야기가 퍼져 나간다.

chapter 5

그의 이야기, 성현

"이성현? 3반 멸치? 알지. 근데 걔가 왜?"

멸치라는 말에 몸을 숨긴 모퉁이에서 나오긴 글렀다. 멸치, 어떻게 보면 익숙한 수식어이지만 저 여자애가 하는 말은 다른 아이들보다는 더 큰 비수가 되어 내 가슴에 새로운 상처를 남길 것 같았다.

"걔가 너 좋아하는 것 같다던데. 진성이가 그랬어."

"뭐? 진짜? 야, 근데 하진성 말을 어떻게 믿어."

같은 반 친구 이름이 나오자 나는 움찔했다. 이제 숨소리도 쉽게 내면 안 될 정도로 대화를 엿듣게 된 상황으로 분위기가 급변했다.

"그래도 난 성현이가 널 보는 눈빛이 좀 다른 것 같던데. 진짜 좋아하는 거 아니야?"

"에이, 그래도."

"왜, 뭐가 어때. 성현이 정도면 괜찮지 않아? 예쁘잖아, 애가."

꿀꺽. 극도의 긴장 상태다. 그도 그럴 것이 좋아하는 상대한테 나의 위치가 마음속 어느 높이에 있는지를 이렇게 갑작스럽게 듣게 될 줄은 몰랐다. 나는 얼어붙은 채 다음 말을 기대했다. 혹시나 하는 가능성을 열어 둔 채 심장도 거세게 뛰었다.

"야, 말도 마. 유리왕자 이성현. 걔 나보다 더 날씬하잖아. 허리 봐. 나보다 얇을 거 같은데? 한 줌이야 한 줌. 어깨도 웬만한 남자 애들보다 좁잖아."

빠르게 뛰던 내 왼쪽 가슴은 점차 속도를 줄여 갔다. 마음속을 가득 채우던 기대감이 빠져나가고 그 여백을 허탈함이 채우기 시작했다. 내가 좋아하던 여자애는 자기 얘기를 당사자가 듣고 있다는 것도 모른 채 창문을 통해 들어오는 바람에 흩날리는 긴 머리칼을 정돈하며 대화를 이어 나갔다.

"그래, 애가 툭 치면 쓰러질 것 같긴 하지? 그래도 목소리는 좋잖아."

"됐어. 난 좀 더 든든한 스타일이 좋아. 좀 더 남자답게 생기고. 차라리 진성이다, 야."

"성현이 걔가 어깨만 좀 더 넓고 덩치도 좀 있었으면 딱일 텐데 딱."

"사귀면 아주 헬스장으로 데이트 가야겠는데. 지금 상태로는 나랑 싸워도 내가 이길 것 같지 않냐?"

"그건 그렇지. 하긴… 그래서야 여자친구 책임지고 뭐 지킬 수

나 있겠어. 그리고 걔… 그 종이….”

“야, 쉿. 그거 비밀이야. 어후, 그거 때문에 더 싫기도 하다.”

“그건, 그래”

처음과는 다른 알 수 없는 말을 조용히 마무리 짓고 깔깔거리며 담소를 이어 가는 여자애들. 나는 그들이 소리를 줄이자 순간 갸우뚱했지만 이내 나에게 돌아온 익숙한 취급에 주의가 더 쏠렸기에 긴장한 어깨를 축 늘어뜨렸다. 역시 좋아하는 애한테서 듣는 평가는 나도 모르게 조금은 다르길 바랐던 것 같다. 나는 그 여자애들이 자리를 뜰 때까지 복도 끝 모퉁이 뒤에 서 있었다. 유리왕자, 멸치. 익히 많이 들어 온 말들이었다. 여자애들이 말한 건 사실이었다. 나는 수업 종이 치기 전에 반으로 돌아가야 했기에 여자애들이 떠나고 얼마 지나지 않아 모퉁이에서 나왔다. 윗반에 빌렸던 체육복을 가져다주고 오는 길에 맞이한 반갑지만은 않은 일이었다. 기운 없는 얼굴로 계단 하나하나를 밟고 있을 때 나는 이 허탈함과 상처, 슬픈 기분의 원흉이 되는 사람에게 감정의 화살을 돌리기 시작했다. 하진성, 너 내가 가만 안 둔다. 교실로 향하는 복도에 도착해 교실 문을 열었을 때 분위기가 어수선했다. 수업이 막 시작되기 직전이라 모두 사물함에 들락날락했다. 나는 그 인파를 제치고 교실 맨 뒤 왼쪽 창가 자리에 앉은 한 명에게 다가갔다. 내가 그의 옆에 서자 앞자리 친구랑 얘기하고 있던 그가 나에게 시선을 돌렸다.

"왜, 뭘 봐, 이 자식아."

장난스럽게 웃으며 그가 말했다. 바람결에 그의 갈색 머리칼이 흩날린다. 나는 인상을 찌푸렸다.

"뭘 봐? 그게 지금 네가 할 소리냐?"

내 험악한 얼굴에 분노의 원흉은 순진한 표정을 지었다. 왜, 또? 하는 원흉의 얼굴은 그저 미소로 가득 찬 얼굴로 나를 대했다. 본인이 무슨 잘못을 했는지 전혀 모르는 그런 표정이었다. 나는 한숨을 내쉬며 그의 옆자리인 내 자리에 앉으며 그에게 제법 클 법한 목소리로 소리쳤다.

"네가 하지원한테 내가 유미 좋아한다고 했다며, 이 자식아!"

내 말에 그는 살짝 놀라는 것 같았다. 그러더니 나에게서 시선을 피한 뒤 무언가를 곰곰이 생각하는 표정을 지었다.

"아! 맞다. 근데 좋아한다고는 안 했어! 그냥 호감, 관심 정도 있다고 그랬지."

"그게 좋아한다고 말한 거지!"

"그게 왜!"

작은 불씨로 인해 그와 나는 그 이후로도 선생님이 올 때까지 투닥거렸다. 고백도 하기 전에 차인 기분을 안기게 해 준 저 자식 때문에 수업이 시작된 뒤에도 온전히 집중이 안 됐다. 그는 계속해서 능글맞게 나의 기분을 건드렸다가 눈치를 봤다가를 반복했다. 나중에 가서는 굳은 내 표정과 기분을 풀기 위해 온갖 노력을 하는 게 보였다. 그가 내 신경을 거스르지 않기 위해 애쓴 탓일까, 수업이 끝날 무렵에 나는 화가 조금은 풀린 채로 내 짝지인 하진성을 대할 수 있었다. 수업이 끝나자 하진성은 내 기분을 풀기 위한 화룡점정으로 나한테 매점을 쏘겠다며 나를 그리로 인도했다. 나보다 키가 큰 하진성은 내 어깨에 팔을 올린 채 매점을 향해 걸었다. 그리고 매점에 도착해서 그는 나에게 아이스크림과 각종 인스턴트 음식들을 사 줬다. 그 덕에 나는 좀 전의 예민함에서 많이 벗어날 수 있었다.

"김유미, 걔 그렇게 좋아한 건 아닌가 보다?"

하진성이 내가 들고 있는 과자를 집어 먹으며 말했다. 나는 눈치도 없이 그 얘기를 다시 꺼내는 하진성에게 눈을 한번 흘기고는 음료수를 들이켰다.

"좋아했거든!"

하진성은 발끈하는 내 모습을 재미있어하며 웃고는 내 음료수를 가져가 한 모금 마셨다. 나는 내가 입을 댄 것에 남이 입을 대는 걸 크게 신경 쓰지 않기 때문에 그냥 내버려 뒀다.

"걔가 뭐라고 했는데?"

"나보고 멸치란다. 자기보다 말라서 싫대. 뭐 익숙한 말이어서 이젠 상처도 안 남는다."

"참나. 그놈의 멸치. 하긴 네가 마르긴 했지. 운동 좀 하는 게 어떠냐?"

"야, 나 땀 흘리는 거 싫어하잖아. 난 이런 나도 좋아해 줄 수 있는 사람을 찾을 거다."

드라마에서 나올 법한 허세를 가미해서 한 이 말이 하진성에게 먹혔을까? 그는 나를 한 번 힐끗 보더니 내 어깨를 두 번 치고는 호탕하게 웃어넘겼다. 나는 그 웃음에 그를 한 번 더 흘겨봤다. 실연의 아픔은 의외로 오래 가진 않았다. 하진성이 말한 것처럼 그렇게 좋아한 게 아니어서 그런 것인가도 싶었다. 아니면 이렇게 빨리 단념하고 체념할 수 있었던 건 많이 들어 왔던 이유여서 그런 것일까? 하진성과 나는 테이블을 정리한 뒤 반으로 향했다. 그는 여전히 한쪽 팔을 내 어깨에 올린 채로 나에게 장난을 치며 걸었다. 그 장난을 어느 정도 받아치며 교실로 들어서려는 순간, 하진성과 내 이름이 반 뒷문 너머로 들리는 것을 듣고 우리는 흠칫하며 멈춰 섰다. 그 목소리들의 주인공은 우리 반 여자애들이었다.

"야, 이성현이 수지. 이성현이 백 퍼센트 수야."

"그래, 이미지가 딱 그렇잖아. 하진성은 누가 봐도 공이라고. 아까 능글맞게 음료수 가로채 가면서 먹는 거 봤냐? 입 댄 거 이어서 마시더라. 꺄아!"

깔깔거리는 웃음소리도 문을 뚫고 퍼져 나갔다. 나는 매점에서 우리를 힐끗힐끗 쳐다보던 여자애들을 머릿속으로 떠올렸다. 의도적이지 않은 듯 의도적인 그들의 시선을 의아해했는데,

그 시선의 목적을 새롭게 깨닫게 된 순간이었다. 그들은 서로에게 미쳤냐며 뇌에 존재해야 할 정신의 여부를 물으면서도 대화 내용 자체는 자극적이고 흥미를 끄는지 전반적으로 즐거워 보였다. 그 뒤로 여자애들의 상상 속에서 나오는 말들은 꽤나 저급했다. 수위도 높았다. 뒷문에 찰싹 달라붙어서 저들끼리만 들린다고 생각하는 것 같았는데 아쉽게도 실패다. 나랑 하진성이 다 듣고 있으니까. 그들의 망상 속 주인공들이 듣고 있는 줄은 아마 상상도 못했을 것이다. 나는 인상을 찌푸렸다. 더 이상은 듣기 거북했다. 그래서 문을 재빨리 열었다. 덕분에 하진성이 어떤 표정인지 보지 못했다. 나처럼 기분이 나쁠 것이라 생각해서 황급히 문을 열어젖혔다. 벌컥 열리는 문소리에 주변에 서 있던 여자애들이 화들짝 놀라며 나를 바라봤다. 깔깔거리며 웃음 짓던 얼굴들이 빠르게 굳어 가는 게 보였다. 그리고 곧 그들은 걱정이 담긴 표정을 지으며 서로의 눈치를 살폈다. 나는 그들을 차가운 눈빛으로 한 번 쏘아본 뒤 자리로 향했다. 곧이어 하진성이 반으로 들어섰고 여자애들은 하진성과 나의 심기를 살피며 자리로 흩어졌다. 하진성은 굳은 내 얼굴을 보더니 내 어깨를 툭툭 쳤다. 괜찮냐고 물어보는 신호인 것 같았다.

"여자애들이 다 저러는 건 아니겠지만 기분 더럽다 진짜."

"뭐야. 나랑 엮이는 게 그렇게 기분 나쁘냐?"

같이 기분 나쁘다며 욕할 줄 알았는데, 의외의 반응이 먼저 나오자 나는 조금 놀란 채로 그를 바라봤다.

"뭐? 야, 그럼 기분 좋냐? 너랑 야동 급으로 엮이는데?"

"하긴 그건 기분 더럽겠다."

매점 음식들로 풀어진 화가 다시 곤두서는 것 같았다. 하진성은 다시금 감정이 올라온 것 같은 내 모습에 눈치를 살폈다. 나는 그 자리에서 여자애들한테 뭐라고 따졌어야 했나 싶은 생각이 들었다. 나는 시원시원한 성격은 아니었다. 언짢은 것은 언짢았고 남자치고는 꽤나 예민하다는 소리를 들어 왔다. 그런 나를 하진성은 너무나도 잘 알고 있었다. 그렇게 남은 수업 시간 내내 나는 화가 난 상태가 지속됐고 하진성은 곤란한 표정을 하고 있었다. 단축 수업으로 인해 평소보다 일찍 모든 수업이 끝나고 하진성과 함께 짐을 챙겨 나가려는 순간, 아까 뒷문에서 이야기 꾸러미를 풀고 있던 여자애 중 한 명과 마주쳤다. 나는 최대한 냉랭한 얼굴로 걔를 지나쳤다. 하진성과 나는 학교에서 내려오며 아까 있었던 일을 다시 꺼냈다.

"와, 아무리 생각해도 진짜 그때 그냥 확 따졌어야 됐는데!"

나는 땅을 발로 차며 소리쳤다. 덕분에 땅바닥에서 얌전히 잠을 자고 있던 돌멩이가 바람을 갈랐다.

"야, 멸치가 그래 봤자 폼도 안 난다."

그 말에 더 발끈해서 그를 바라봤다. 하진성은 그런 나를 보며 미묘한 얼굴을 하고 웃었다.

"야, 너는 화도 안 나냐? 네가 야동의 주인공이 됐는데?"

"기분 나쁘지. 근데…."

"근데? 근데 뭐?"

"너 게이 싫어해? 저번에 딱히 신경 안 쓴다고 하지 않았어?"

갑작스럽게 치고 들어온 질문에 나는 당황했다. 나는 그의 말에 얼마 전 쉬는 시간에 친구들끼리 나눴던 대화의 순간을 떠올렸다. 물론 그의 말대로 지난번에 동성 간의 사랑에 관한 기사가 뜬 것을 보고 관련 얘기가 나왔을 때 나는 딱히 상관하지 않는다고 말한 적이 있긴 했다. 그렇긴 하지만 이런 질문을 하는 하진성은 왠지 모르게 낯설었다. 그를 오래 본 것은 아니지만 학기 초부터 친하게 지냈고 지금 중반쯤 왔으니 알 만큼 알고 있다고 자부했다. 그런데 아까 그 대화를 되짚어 보면 볼수록 그는 자신이 야동의 주인공이 됐다는 사실보다는 그 대화 속 다른 것을 더 신경 쓰는 것 같았다.

"아니, 게이를 싫어하진 않는데."

"그럼 그냥 야동의 주인공이 된 게 싫은 거?"

"뭘 묻냐?"

이상했다. 하진성의 살짝 안심하는 것 같아 보이는 표정도, 분위기도 심상치 않았다. 뭐라고 설명할 수 없는 어색한 침묵이 우리 둘 사이에 내려앉았다. 평소와는 다른 하진성을 보며 나는 평소였다면 상상해 보지도 않았을 생각을 하나 떠올리게 됐다.

"뭐냐, 너. 이상하다?"

"뭐가?"

"아니, 네 반응이 이상하다고."

"내 반응이 뭐 어때서?"

아니, 이걸 내 입으로 말해야 하나? 네 반응이 꼭….”

"내가 너 좋아하는 것 같아 보이냐?"

순간 나는 얼어붙었다. 그의 입에서 내가 머릿속으로 생각했던 질문이 나오자마자였다. 그는 내 표정을 보더니 피식 웃었다. 지금 내 표정이 어떻기에 그가 저런 식으로 웃는 걸까?

"뭐야, 너 이 새끼, 진심이야?"

나는 놀란 표정을 지은 채 험한 말이 입 밖으로 쏟아져 나오는 것을 멈출 수 없었다. 하진성이 지금 진심으로 저런 말을 하는 것인지 궁금했다.

"큭. 어."

나는 몸에 힘이 빠지는 것을 느꼈다. 심장은 빠르게 뛰기보다는 충격으로 인해 어느 때보다도 더디게 뛰는 것 같았다. 저 두 마디가 이렇게 심장 박동에 영향을 끼칠 줄은 몰랐다. 그의 고백은 간단했다. 담담하고 담백했다. 그래서 그게 진심을 담은 고백이 맞나 의심이 갈 정도였다. 아니 오히려 그렇기에 더 진심처럼 느껴지기도 했다. 나는 하진성을 똑바로 마주하고 그의 두 눈을 바라봤다. 그의 눈에 적어도 장난끼는 보이지 않았다. 직감으로 알 수 있었다. 그는 거짓을 말한 게 아니었다.

"그런 표정 진짜 웃기네. 걱정 마라 어떻게 하자고 하는 거 아
니니까. 그냥 그렇다고."

그는 그 말을 마치고 앞으로 나아갔다. 아무 일도 없었던 것마
냥 상쾌한 발걸음으로.

뭐야 저 새끼. 나는 그의 뒷모습에 온갖 욕을 퍼부었다. 그리고
그를 따라갔다. 그 이후로 아무렇지 않게 말을 거는 하진성 때문
에 그에 대한 대꾸만 하는 식으로 대화는 이어졌다. 나는 아까보
다 그에게서 조금 거리를 둔 채로 걷게 됐다. 그와 나 사이의 공
간을 만들면서도 하진성이 내가 걸으며 두는 틈을 눈치채고 있
을까 속으로 신경 쓰였다. 나는 머릿속으로 수십 가지 생각을 하
기 시작했다. 지금 이렇게 그를 대하는 것이 옳은지, 어떻게 그
를 대하는 게 옳은 것인지 몇 번이나 되짚었다. 거부감? 솔직히
말하면 없지는 않았다. 예전처럼 그를 대할 수도 없을 것 같았다.
나를 향한 감정이 우정이 아닌 다른 것임을 깨닫게 된 이상 우리
는 아무렇지도 않을 순 없었다. 그런 나를 하진성은 알고 있을 것
이다. 그렇기에 그는 최대한 분위기를 풀려고 노력하는 것 같았
다. 그리고 그런 하진성을 나도 잘 알고 있었다. 그 후로도 그가
말을 걸고 내가 반응하는 식의 대화는 무의미하게 반복됐다. 서
로의 집에 가는 버스 노선이 다르다는 것에 안도한 건 처음이었
다. 우리가 곧 다른 방향으로 향한다는 것이 너무도 다행스러웠

다. 그는 버스에 오르는 나를 보며 손을 흔들었고 고개를 도리도리 젓는 것으로 나는 인사를 대신했다. 하진성은 무슨 생각 중일까? 집을 향해 달리는 버스 안에서 생각해 봤다. 아마 후회하고 있지 않을까? 무슨 생각으로 그는 나에게 이런 섣부른 고백을 한 거지? 이런저런 생각들로 가득 찬 머리를 안고 도어록을 열고 들어온 집에는 맛있는 냄새가 솔솔 풍겼다. 나는 거실을 가로질러 부엌으로 향했다.

"왔어? 어딜!"

엄마가 부엌에서 나를 반겼다. 고소한 된장 냄새가 풍기고 그 옆의 냄비에는 닭갈비처럼 보이는 고기들이 맛깔난 자태를 뽐내고 있었다. 내가 탐내는 눈빛을 보내자 엄마는 단박에 내 시선을 알아채고 차단시켰다.

"내일 아침에 먹을 거야. 가서 씻어."

단호한 엄마의 말 앞에 나는 무너졌다. 철벽 방어에 엄마가 밉다는 시선도 얼마 가지 못했다. 나는 내 방에 들어와 가방을 내려놓고 침대에 쓰러지듯이 누웠다. 침대에 누우니 오늘 있었던 일들이 주마등처럼 뇌리를 스쳐 지나갔다. 오늘은 여러모로 피곤한 날이다. 차이기도 하고, 고백도 받고. 또… 또….

"생각할수록 짜증 나네, 진짜. 그 여자애들, 얼굴 다 기억해 놨어 내가."

누군가의 상상 속 인물이 된다는 것이 마냥 좋은 것만은 아니라는 것을 뼈저리게 깨닫게 된 그런 대화였다. 좋은 것이든 나쁜 것이든 그런 대상이 된다는 것은 역시 께름칙했다. 나는 침대에 놓인 베개에 얼굴을 파묻었다. 그리고 아무에게도 들리지 않을 욕을 퍼부었다. 기분이 나아지지 않았다. 나는 다시 정자세로 누워 천장을 바라봤다. 뫼비우스의 띠처럼 반복되는 문양이 그려진 천장은 현재 내 머릿속을 대변하는 것 같았다. 근데 뭐 솔직히 말하자면, 우리 반 남자애들도 여자애들을 대상으로 이런저런 얘기를 많이 한다. 그리고 그 얘기들은 좋은 얘기가 아닐 때가 많았다. 시도 때도 없이 아이들 입에서 입으로 오르내리고 나도 가끔 그 대화에 끼기도 했다. 내가 주도하진 않더라도 그 대화에 함께하는 것이다. 어쩌면 사실 모두가 하고 있는 일인데, 역시 그 대상이 되니 기분이 좋을 리는 없었다. 내가 기분 나쁘고 화를 내는 게 당연한 권리라는 생각이 들었다.

우웅 울리는 진동에 생각을 접고 침대에서 일어나 책상 위에 올려 둔 핸드폰을 집었다. 하진성이었다. 집 앞이라고, 잠시 밖으로 나와 줄 수 있냐고 묻는 그의 문자에 나는 한숨을 내쉬었다. 안 그래도 복잡해 죽겠는데. 나는 알겠다는 짧은 답장을 보낸 뒤 옷을 갈아입고 외투를 챙겨 현관으로 향했다. 어디 가냐고 묻는 엄마의 질문에 '바람 쐬러'라는 간단명료한 대답을 남긴 채 신발을 신고 밖으로 향했다. 공동 현관에서 나와 집 앞 놀이터로 가니 그네에 그가 앉아 있었다. 하진성은 나를 발견하고는 손을 크게 흔들었다. 그는 편한 후드에 청바지 차림이었다. 내가 그의 앞으로 다가가자 그는 머뭇거리며 그네에 앉으라는 신호를 줬다. 내가 그네에 앉고 나서 우리 둘 사이에는 몇 분간 정적이 흘렀다. 하진성은 여느 때와 달리 긴장한 것처럼 보였다. 기본적으로 그의 주변 공기를 감싸는 여유라는 것이 지금만큼은 전혀 없어 보였다. 나는 계속되는 침묵을 견딜 수 없었다.

"할 말 없으면…."

"야."

그네에서 일어나려는 나를 하진성이 붙잡았다. 나는 반쯤 일어난 몸을 다시 원위치시켰고 하진성은 그런 나를 보다가 좀 더 슬퍼 보이는 표정으로 피식 웃었다.

"야, 진짜 미안하다."

오랜 침묵을 견디고 뚫고 나온 한마디는 사과였다. 고백 후 사과라니. 나는 아직 아무 대답도 주지 않았는데. 나는 하진성을 그저 물끄러미 바라봤다. 그는 얼굴에 미소를 띠우고는 있지만 쓸쓸함을 숨기진 못했다.

"불편할 거라는 거 알고 한 고백인데 진짜 저지르고 나니까 후회된다. 나도 모르겠다. 갑자기 왜 그런 건지."

"…."

나는 아무 말 없이 그가 하는 말들을 듣기만 했다.

"근데 안 받아 줘도 돼. 예전처럼 지내자는 것도 뭔가 나 편하자고 하는 욕심인 것 같은데… 그냥 생각도 안 해 봐도 돼. 그냥 신경 안 써도 돼."

머리를 연신 매만지며 그는 자신이 하고 있는 말들이 나에게 어떻게 와닿을지 수십 번을 머릿속 채로 거르고 거르는 과정을 거치고 있는 듯했다. 내게 전달되는 단어 하나하나마다 떨림이 섞인 것을 보며 나는 속으로 한숨을 내쉬었다.

"그냥 가만히만 있으면 되는 거냐?"

내가 내뱉은 말은 잔인하게 들릴지도 몰랐다. 그렇지만 내가 할 수 있는 최선이었다. 내 말에 하진성은 움찔하면서도 고개를 끄덕였다. 그러고는 환하게 웃었다. 순간 저 웃음이 지어낸 웃음일 거라는 생각이 들었다. 좋아하는 사람한테 거절당하는 것은 결코 웃을 수 없는 일이니까.

"어, 그냥 가만히만 있어 주면 돼. 그냥 가만히 옆에만 있어 주면 돼. 입 털고 장난치는 건 내가 다 할 테니까, 그냥 가만히 옆에 있어 줘라."

나는 고개를 끄덕였다. 그가 나를 툭 치며 고맙다고 했다. 나는 아무것도 한 게 없는데, 그의 마음을 거절했을 뿐인데, 그가 나에게 고맙다며 감사의 인사를 건넸다. 그 이후로 그와 나는 잠시 걷자는 그의 요청에 집 주변을 산책했다. 학교 숙제 얘기도 하면서, 우리 둘 사이의 공기를 어색함으로 채워 보기도 하면서 그렇게 걸었다. 시간이 꽤나 흐른 후 그와 나는 우리 집 아파트 공동 현관 앞에서 헤어지며 내일 보자는 인사를 나눴다. 집에 돌아오니 집 안 전체의 불이 꺼져 있었다. 다들 자는 것 같았다. 피곤했다. 나는 내 방으로 들어가 빠르게 잠옷으로 갈아입었다. 그리고 곧장 씻기 위해 화장실로 향했다. 샤워를 마치고 나오며 내 방에 들어왔을 때 핸드폰에는 문자 한 통이 와 있었다. 하진성에게서 온 고맙다는 말. 그 녀석의 또 고맙다는 말이었다. 하진성은 지금 무슨 생각으로 고맙다고 하는 것일까? 나는 아무 생각도 안 하고 싶었지만 그럴 수 없는 밤을 맞이하며 잠을 청하기 위해 노력했다. 아니나 다를까, 잠은 쉽게 오지 않았다. 눈을 감고 잠이 오길 기다렸지만 결국 밤을 새우고야 말았다. 끊임없이 이불 속에서 뒤척이는 밤을 보내며 아침을 맞았다. 그렇게 피곤에 찌들어 아파 오는 머리를 짚으며 나는 하루를 시작했다. 평소처럼 옷을 입고 아침을 먹었다. 신발을 신고 집에서 나오자 하진성이 아파트 앞에서 나를 기다리고 있었다. 그는 나를 발견하고 어제처럼 손을 흔들었다. 마치 어제 놀이터에서 아무런 대화도 없었던 것처럼 우리는 발을 맞춰 걷기 시작했다. 우리의 일상은 그렇게 아무렇지도 않은 듯 다시 시작됐다. 학교에 가서 수업을 듣고 쉬는 시간에 우리는 매점으로 향했다. 내 앞에 앉아 시시콜콜한 얘기를 하는 그에게 나는 적당히 맞장구를 쳤다. 시간은 어제 그 대화가 있기 전처럼 흘렀지만 모종의 위화감은 우릴 휘감고 떠나지 않았다. 학교를 마치고 집에 갈 때도 그 위화감은 우리와 동행했다. 그리고 그와 헤어질 때 나는 되뇌었다. 시간이 해결해 주리라 믿는다고. 이 위화감도 얼마 가지 않아 익숙해질 것이라고. 익숙하면 잊기 마련이다. 나는 제발 그렇게 되기를 간절히 소망했다.

그렇게 생각하며 보낸 하루하루가 모여 일주일이 되었다. 그 일주일들이 모여 한 달이 되었고, 우리는 서로 점차 그 위화감에 익숙해지고 있다고 생각했다. 그리고 그 시간들을 나름 잘 견뎌 내고 적응하게 된 것 같았다. 그렇게 두 달이 흐르고 나서야 우리는 예전 모습을 제대로 흉내 낼 수 있었다. 내가 먼저 그에게 다가가 장난을 치기도 했고 시시콜콜한 얘기도 나누었다. 예전과 다른 점을 굳이 꼽으라고 한다면, 하진성에게 무언가를 시도할 때마다 아주 잠시라도 망설이게 되는 것이었다. 그것 말고 우리는 괜찮아졌다. 아니, 괜찮아야만 했고 스스로에게 괜찮아졌다고 계속해서 주문을 걸고 있었다. 억지로 쌓아 올린 신뢰의 탑은 미약하다는 것을 잘 알고 있었지만 신경 쓰지 않으려 노력했다.

그렇게 부실한 탑은 늘 어딘가 엉성함을 품고 있었다. 그래도 나는 시공을 멈추지 않았다. 하지만 세상은 그런 나를 비웃듯 곧 삐걱거리던 탑을 무너뜨려 산산조각 나도록 만들었다. 현실은 나의 주문이 얼마나 부질없는 것인지를 실감케 해 줬다. 그때 나는 알게 되었다. 나는 그저 내 바람에서 나오는 신뢰를 극복이라 여기고 있었음을. 하진성과 나 사이에 어렵사리 연결된 평화의

선이 끊어질 리는 없을 거라고 믿었건만, 사건은 기말고사를 준비하던 때 소리 소문 없이 찾아왔다. 기말고사 기간에는 수업보다 자율학습 시간이 더 많이 주어진다. 그리고 나를 포함한 대부분의 아이들은 내신 준비에 여념이 없었기 때문에 나를 둘러싼 시선에 둔감해졌다. 나는 여자애들의 망상 속 이야기를 듣게 된 후 그들에게 어느 정도의 거리를 두며 모른 척하고 지냈었다. 끝났다고 생각하지도 않았다. 그런데 거기서 한 발자국 더 나아간 사건이 벌어지고야 말았다. 그리고 그 사건은 미래에 하진성과 나의 관계의 끝을 알리는 마침표가 되었다.

수학 자습시간이었다. 선생님은 교탁에 의자 하나를 가지고 오셨고 모르는 게 생기면 질문하러 오라는 짧은 말을 남기신 뒤 컴퓨터 작업을 하셨다. 칠판에는 크게 자율학습이라고 적혀 있었다. 나는 주어진 그 시간에 충실했다. 수학 문제 오답을 옮겨 적고 풀어 나가느라 정신이 없었다. 그래서 뒤에서 여자애들끼리 킥킥거리는 웃음소리도, 뭔가에 놀란 듯 입을 틀어막는 것도 신경 쓸 겨를이 없었다. 그들은 들키지 말았어야 했다. 소리라도 죽여 최대한 숨겨야 했다. 몇몇 여자애들은 숨죽여 웃었지만 몇몇은 본인들의 현재 감정에만 충실했다. 그래서 그 사건은 일어나고야 말았다. 그들의 음량은 평소보다 조용한 자습시간에 존재감을 감추지 못했다. 그들은 알 수 없는 종이를 들고서는 킥킥거리며 웃었고 선생님의 몇 차례 경고를 대수롭지 않게 여겨 넘겼다. 그렇게 그들은 교탁 주변에 앉아 있다가 순찰을 돌던 선생님을 알아차리지 못하고 계속해서 그 종이에 빠져 있었다.

급기야 그들은 공부 외에 딴짓을 하고 있던 것을 선생님께 걸리고 말았다.

"어, 잠시만요, 선생님!"

그들이 그 종이를 빼앗길 때 그들의 표정에는 곤란함을 넘어선 그 무언가가 있었다. 종이가 선생님 손에 완전히 넘어갔을 때 나는 귓가에 닿는 소음에 그들을 쳐다보게 되었지만 이내 후회했다. 종이를 빼앗긴 후 나를 쳐다보는 그 무리의 여자애 한 명과 눈이 마주친 뒤, 왠지 모르게 확실히 그 종이 안에 든 내용을 선생님이 읽지 않기를 바랐다.

"뭐야, 이건."

"선생님, 제발요!"

"진성은 발그레한 성현의 두 볼을 잡고 놓아주지 않았다… 이게 뭐야?"

나는 내 이름을 듣자마자 손이 떨리기 시작했다. 하진성은 나를 바라봤다. 나는 그 순간만큼은 그 시선조차 싫었다.

"너희 아주 그냥, 벌써부터 발랑 까져 가지고!"

선생님은 그 뒷부분을 수위를 지키며 살짝살짝 읽으며 여자애들을 혼내기 시작했다. 반 친구들 중 몇몇은 그 여자애들을 역겨워하기도 했고 그 외에는 재밌다며 웃음을 터뜨렸다. 자습시간의 분위기가 초반과는 달리 산만해졌다. 소란 속에서 나는 점잖은 상태로 있지 못했다. 불쾌한 감정이 마음 깊숙한 곳에서 스멀스멀 올라왔다. 나는 선생님이 더 이상 읽지 않길 계속해서 바랐다. 그의 입에서 어떤 말들이 더 나올지 두려웠다. 선생님을 제지하는 저 여자애들처럼 그가 낭독을 멈췄으면 했다. 선생님은 수위가 높아 보이는 몇몇 부분을 제외하고서 읽다가 종이 속에 등장하는 인물들을 묘사하는 부분을 읽기 시작했다. 하얀 피부, 마른 몸 그리고 예쁜 눈망울 등을 읽어 나가며 웃으면서 여자애들을 비꼬았다. 그리고 그 뒷부분을 읽어도 될까 검열하는 과정 속에서 이내 이상한 점을 발견했는지 멈칫했다. 점점 작아져 가는 목소리의 선생님은 갸우뚱하며 뭔가 미심쩍은 표정을 지었다. 그리고 설마 하는 표정과 함께 서서히 내가 앉은 쪽으로 시선을 조심스럽게 옮겼다. 찰나였지만 나는 선생님과 눈을 정면으로 마주쳤다. 선생님은 순간적으로 굳은 얼굴을 감추지 않았다. 선생님과 눈이 마주친 나는 거세게 뛰는 심장을 주체할 수가 없었다. 반 친구들의 시선도 선생님을 따라 움직였다. 그러자 선생님은 황급히 종이를 돌돌 말기 시작했다. 그런 다음 그 종이를 들킨 여자애들에게 수업이 끝난 뒤 교무실로 오라는 말을 남기고 종이를 회수해갔다. 내 심장의 떨림은 멈추지 않았다. 선생님의 짧은 시선의 끝에 있던 인물인 내 이름, 그리고 하진성의 이름을 들고 수군거리는 아이들의 시선이 따갑게 느껴졌다. 나는 화를 내야 하는데 그러지 못했다. 나와 하진성을 번갈아 보며 무언의 시선을 주고받다가 이내 수군대는 소리의 점점 높아지는 데시벨을 선생님이 진정시켰다. 이 모든 일은 순식간에 일어났다. 나는 내 눈앞의 숫자들이 더 이상 보이지 않았다. 머리가 아파 왔다. 식은땀도 흘렀다. 모든 게 다 짜증이 났다. 신경이 아파 왔다. 나는 평소에 소유하고 있던 관대함을 잃어 가고 있었다. 시험 기간이라 평소보다 수면 시간도 줄고 신경도 날카로워져 마음의 여유가 없어진 탓도 있었다. 그 뒤로 어떻게 자습시간을 보냈는지 기억이 나질 않는다. 한시라도 빨리 이 교실에서 벗어나고 싶은 마음뿐이었다. 터질 듯한 감정의 무게를 애써 조절하고 있는 나를 안절부절못하며 바라보는 하진성의 눈빛도 무시한 채 그냥 이 공간에서 사라지고 싶었다. 종이 울리자 나는 자리에서 벌떡 일어나 교실 뒷문으로 향했다. 뒤에서 나를 부르는 하진성의 말은 무시했다. 나는 재빠르게 뒷문을 열고 복도로 뛰쳐나갔다. 하진성이 나를 따라오고 있었다. 멈추라는 하진성의 말은 들리지 않았다. 그런 우리를 이상하게 바라보는 다른 반 아이들의 시선을 무시하기 위해 바닥만을 보며 목적지도 정하지 않은 채 앞을 향해 나아갔다. 급하게 나를 따라온 하진성이 내 팔목을 잡았다.

"아!"

탁. 나는 그의 손길을 뿌리쳤다. 좀 세게 쳐냈다. 그가 상처 입을 것은 신경도 쓰지 않았다.

"잡지 마라."

그의 표정을 살필 새도 없었다. 고개를 슬쩍 들어 주위를 보니 우리에게 시선을 집중시키고 있는 다른 반 아이들이 먼저 눈에 들어왔기 때문이다. 나는 뒤돌아 하진성에게서 멀어졌다. 그런 나를 그는 더 이상 붙잡지 않았다. 우리의 거리는 그렇게 멀어졌다. 실질적인 거리와 마음의 거리 둘 다 아득하게 멀어졌다. 옥상에 올라와 진원지에서 최대한 멀리 벗어났을 때쯤 그가 어떤 표정이었을지, 무슨 얼굴을 하고 있었을지 생각해 보려 했다. 물론 내 머릿속을 채우는 생각들 중 7할 이상은 반 아이들이 나를 어떻게 생각할지였다. 그 여자애들을 향한 원망 또한 컸다. 나는 그 자리에 주저앉아 지끈거려 오는 머리를 손으로 짚었다. 어차피 다음 시간은 점심시간이다. 그리고 그 이후 시간은 계속 자습일 거다. 굳이 돌아가지 않아도 될 시간들일지도 모른다. 당장은 반에 있는 그 누구의 얼굴도 마주하고 싶지 않았다. 보건실에 갔다고 말해 주지 않을까? 보건실에 있으려면 허가증을 받아야 하긴 하는데 매시간 쓸 순 없을 것이고, 어떻게 해야 할지 몰라 가슴이 답답하고 너무 짜증이 났다. 내가 왜 그런 이야기들의 대상이 되어 희롱당해야 하는 건지 도저히 이해가 되지 않았다. 왜일까? 내가 말라깽이라서? 보통 남자애들처럼 어깨도 넓지 않고 힘도 세지 않아 보여서? 다른 남자애들보다 얼굴이 하얘서? 아님 그냥 내가 만만하게 보였던 걸까? 하진성은 나를 왜 좋아하는 걸까? 내 겉모습? 여자애들이 평소 쉽게 희롱의 대상으로 삼았던 내 겉모습 때문일까? 나는 끝없는 생각의 늪으로 빠져들고 있었다. 점심시간이 되어도 나는 반으로 돌아가지 않았다. 옥상에서도 최대한 아이들과 마주치지 않기 위해 몸을 숨겼다. 머리로는 내가 왜 숨어야 하는지 납득되지 않는 모순된 마음으로 혼자만의 숨바꼭질을 시작했다. 생각의 늪에서 허우적대다가 잠들어 버린 나는 어느덧 석식시간이 되어서야 정신을 차릴 수 있었다. 선선히 부는 저녁 바람에 감긴 눈을 저항하며 조금씩 떠 보니 오렌지 빛깔의 하늘이 눈에 들어왔다. 나는 찌뿌둥한 몸을 일으켰다.

"망했다."

내신이 얼마나 중요한데! 수업을 몇 개나 안 들어갔는지 뒤늦게 감이 잡히자 후회가 물밀듯 몰려왔다. 자습시간이었다고 해도 빈자리에 대한 선생님의 시선이 마냥 고울 리가 없을 터였다. 나는 적막이 흐르는 계단을 내려와 복도를 가로질러 갔다. 석식시간이어서인지 빠져나간 학생들로 교실들은 조용했다. 나는 우리 반 문 앞에 서서 한동안을 머뭇거리고 있었다. 석식시간이라도 한두 명쯤은 있을 것이다. 제발 나한테 관심 없는 애들이면 좋겠다는 작은 바람을 품고 서서히 문을 열었다.

"아!"

예상대로 아무도 없는 것은 아니었다. 내 작은 바람도 들어주기엔 너무 컸던 것 같다. 반에 들어서자 나를 반기는 너무나도 익숙한 얼굴이 보였다. 나는 나를 무진장 걱정했다는 얼굴로 쳐다보는 하진성을 무시한 채 내 책상으로 향했다. 그런 나를 보며 하진성은 불안감이 가득 섞인 분노를 얼굴에 담았다.

"얘기 좀 하자 제발!"

그는 내 팔목을 잡았다. 나는 아까처럼 그를 떨쳐 내려고 팔을 휘둘렀지만 하진성의 악력을 이기지 못했다. 그는 아마 이런 나의 행동을 예상한 듯했다. 아까보다 강한 힘으로 나를 잡고 있었다.

"무슨 얘기를 하자는 건데?"

나는 딱딱한 말투를 자제하지 못했다. 아니, 애초에 들면 안 되는 생각이 자꾸 든다. 내뱉으면 안 될 것 같은 말들이 입안에서 자꾸 맴돈다.

"그렇다고 계속 이렇게 있을 거냐? 네가 그런 식으로 나오면 애들이 더 안 좋게 오해해."

"이미 안 좋게 찍힌 것 같은데 뭐 어쩌라고."

이 말로 나는 내가 엄청 강한 사람은 아니라는 것을 확신했다. 시간이 좀 흘렀음에도 이런 일에 신경 쓰지 않고 제3자의 입장에서 바라볼 만큼 마음이 강한 사람이 아니라는 것을 다시금 깨달았다.

"네가 이런 식으로 피하면 애들은 자기가 생각하고 싶은 대로 요리하고 조리해서 지들 입맛에 맞게 얘기하고 다닐 거야. 그래도 괜찮냐?"

"누구나 그래. 누구나 자기 입맛대로 요리해서 얘기하고 기억하고 다녀. 남들이 뭐라고 하건 결국 자기 좋을 대로라고. 뭔 얘기를 더 해야 돼? 내가 왜 내 변호를 하고 다녀야 되냐고! 난 아무것도 한 게 없는데."

나는 허탈한 웃음을 지으면서 그에게 말했다. 아마 나의 눈빛에는 그를 향한 조금의 원망이 섞여 있었을 것이다. 그리고 하진성은 그런 나의 눈빛을 읽었을지도 모른다. 그는 아무 말도 하지 않았다. 그가 잡고 있던 내 팔목에 들어간 힘이 서서히 풀렸다. 이 말을 한다면, 이 말의 분말들이 그의 귀에 들어간다면, 아마 그는 나를 놓아줄 것이다. 완전히.

"야, 그리고 이것 좀 놔라. 누가 볼까 봐 솔직히 존나 걱정되니까. 누가 보고 또 이상한 지랄들 써 내려 갈까 봐 겁나니까 네 손 좀 치우라고."

내 말에 하진성은 예상대로 행동해 줬다. 스르륵 힘없이 떨어지는 내 손을 바라보다 나는 가방을 챙겨 교실을 나와 교무실로 향했다. 교무실에 들르지 않고 바로 집으로 향할 패기는 없었다. 더 이상의 고집은 내 현실에 안 좋기만 할 뿐이었다. 적어도 상황 설명은 드리고 조퇴를 하든 해야 한다. 교무실로 향하는 길에 석식을 먹고 난 뒤 올라오는 몇몇 반 아이들과 마주쳤지만 무시한 채로 그 옆을 지나갔다. 교무실에는 업무를 마저 보시는 선생님들 몇 분이 남아 계셨다. 3학년 선배들을 담당하는 선생님들은 다 남아 계셨고 나는 원래라면 퇴근했을 우리 반 담임 선생님의 자리로 향했다. 그리고 다행이라고 해야 할지 선생님은 아직 자리에 앉아 계셨다. 인기척을 느낀 선생님은 나를 발견하고서 엄격한 표정을 지었다. 내 1학년 생활을 담당하게 된 담임은 여자 선생님이었다. 20대 후반의 젊은 나이에 사립 고등학교 선생님이 된 담임은 아이들 사이에서 능력자로 통했다. 갈색 머리를 포니 테일로 질끈 묶은 선생님의 인상은 처음부터 좋았다. 동그란 얼굴에 샤프한 눈매, 웃을 때 예쁘게 휘어지는 눈. 첫인상이 좋았던 선생님은 아이들에게 당근과 채찍을 적절히 가하며 반 생활을 잘 이끌어 나가고 있었다. 선생님은 나에게 손짓했고 나는 선생님 앞으로 다가가 섰다. 혼날 준비라면 이미 마쳤다. 그러나 선생님은 예상과 달리 곧바로 나를 혼내지 않으셨다. 간이의자를 빼주시며 앉으라는 말에 나는 순순히 따랐다.

"얘기는 수학 선생님께 전해 들었어. 기분 많이 상했겠구나. 그래도 무단으로 수업 빠진 건 옳지 않아, 성현아. 다행히 진성이가 자습시간에는 정독실에 갔고, 보충수업 때는 보건실에 갔다고 선생님마다 말해 준 것 같던데. 진성이랑 자습시간 아니면 어쩔 뻔했니?"

나는 하진성의 이름에 순간 움찔한 것 외에는 아무런 반응도 말도 하지 않았다. 그저 침묵을 유지했다.

"종이에 있던 거, 여자애들이 두 달 전부터 장난으로 번갈아 가며 쓴 것 같더라. 혹시라도 들킬까 봐 파일에 학습지처럼 끼워 가며 숨기고 보관한 것 같아. 우리 반 애들만 있는 게 아닌 것 같아서 걱정이긴 한데… 물론 반에서 참여 안 한 여자애들도 있어. 내용은 안 봤어. 이걸 어떻게 처리할지는 너에게 권한을 줄게."

선생님은 사건의 발단이 되는 종이를 나에게 건넸다. 나는 떨리는 손으로 그 종이를 받아 들었다.

"화내도 돼."

그 종이를 떨리는 손으로 바라보고 있던 나에게 선생님이 말했다. 나는 고개를 들어 그녀를 바라봤다.

"화내도 된다고. 대놓고 분노해도 돼, 성현아. 기분 나쁘잖아. 나 같으면 기분 더럽겠던데. 이건 진성이와 너와의 관계가 어떻게 보였나를 떠나서, 원치 않은 상황으로 네가 성적 대상화가 되어 명예가 실추된 거잖아. 이건 명백한 성희롱이야. 그 애들은 이제 다른 사람들 눈에 네가 어떻게 보일지 생각해 보지도 않고 배려심도 상실한 채 이런 것들을 쓴 거잖아. 이건 시중에 나오는 야한 소설이랑은 달라. 물론 이 종이 속 인물이 백번 양보해서 네가 아니라고 쳐도 네가 기분 나쁠 만한 요소들이 포함되어 있잖아. 나는 그 애들에게 벌을 내릴 거야. 걔네들이 네가 아니라고 우겨도. 원한다면 네가 벌을 내려도 돼. 네가 원하는 대로 해 줄게."

선생님의 곧은 눈동자가 나를 가득 담았다. 그녀는 진심으로 나의 마음을 쓰다듬어 주기 위해 노력하고 있었다.

"괜찮아요. 무단으로 수업 빠져서 죄송해요. 벌은 됐어요. 어차 피 어떤 벌을 줘야 할지도 모르겠어요."

사실 어떤 벌을 줘도 달라지는 건 없을 거라는 걸 알았다.

"감사합니다. 덕분에 기분이 좀 괜찮아진 것 같아요."

"그래도, 성현아…."

"괜찮습니다. 진짜로요."

기분이 괜찮아진 건지 잘 모르겠다. 그리고 나는 이제 나를 잘 모를 것 같기도 했다.

단호하게 대답하며 간이의자에서 일어나는 나를 보고 선생님 은 뭔가 더 말을 하고 싶어 하는 눈치였다. 그러나 망설임 없는 내 언행에 약간은 찜찜한 표정으로 내 어깨를 토닥이셨다. 내 기 분을 무척 신경 써 주시는 것처럼 보였다. 집에 가서 푹 쉬라고 말하는 선생님에게 나는 애써 웃어 보였다. 그렇게 선생님께 인 사하고 교무실을 나가려고 할 때였다.

"성현아."

선생님이 다시 나를 부르셨다. 눈은 나를 똑바로 응시하고 있 었지만 입은 머뭇거리는 듯했다. '네?' 하고 뒤돌아선 나에게 선 생님은 잠시 침묵하다가 이내 입을 열었다.

"화살을 너 자신에게 돌리진 마. 알았지?"

선생님은 내가 무슨 생각을 할지 아는 걸까? 내가 자책할까 봐 걱정하는 선생님에게 나는 힘을 내어 입꼬리를 올려 보였다. 그리고 선생님에게 '네.'라는 짧은 대답을 남기고는 교무실에서 나왔다. 계단을 타고 학교 운동장으로 빠르게 향했다. 잘못한 게 없는데 자책하지 말라고 하시는 건 왜일까? 이유를 알 것만도 같았다. 어쩌면 내가 옥상에서 끊임없이 생각한 것과 관련 있을지도 모른다.

집으로 향하면서도 나는 끊임없는 생각의 굴레에서 벗어나지 못했다. 앞으로 하진성을 어떻게 대해야 하며, 아이들이 나를 어떻게 생각할지, 그 시선들 속에서 어떻게 살아남을지 생각해야 했다. 신경 쓰지 말라는 것은 아마도 나에게 지금으로선 최악의 위로일 것이다. 신경이 쓰이는 데 쓰지 말라니, 괜찮은 척 모르는 척 넘어갈 만큼 나는 강철의 정신력을 지니지 않았다. 집에 도착하자 엄마가 나를 의아하게 바라봤다. 아마 야간 자율학습을 할 시간에 집에 온 것이 이상해서일 것이다. 하지만 기운 없어 보이는 내 얼굴과 목소리에 더는 의구심을 품지는 않으시는 것 같았다. 나는 내 방으로 들어와 책상에 앉았다. 떨리는 손으로 가방을 열어 여자애들이 장난으로 써 내려 갔다던 종이를 책상 위에 펼쳤다. 심장이 거세게 뛰기 시작했다. 마치 후회할 짓 하지 말라고 내는 경고음 같았다. 그래도 궁금했다. 호기심이 들었다. 나는 진정시키지 못한 마음으로 첫 줄을 읽어 내려갔다. 그리고 바로 후회했다. 한 줄 한 줄 읽을 때마다 마주하게 되는 문장들에 심장

소리는 더 거세어져만 갔다. 주인공은 그냥 나였다. 상황은 다를지 몰라도 그들이 묘사한 종이 속 성현이라는 인물은 나 자체였다. 하진성도 마찬가지였다. 수학 선생님이 왜 나를 쳐다봤는지, 왜 읽는 것을 멈췄는지 알 수 있는 대목이었다. 수백 번 양보해서 과대 해석을 했다고 쳐도, 내가 예민하게 구는 것일지 몰라도, 그건 그냥 우리 둘이었다. 종이에는 차마 입에 담고 싶지 않은 저속한 내용이 적혀 있었다. 심장의 경고를 무시한 내가 원망스러웠다. 나는 끝까지 채 읽지 못하고 바로 종이를 찢어 버렸다. 분노와 울분에 찬 손이 부르르 떨렸다. 어렵사리 진정되었던 짜증이 다시 차올랐다. 저 종이를 누구와 또 누가 봤을까? 과연 우리 반 여자애들만 봤을까? 장담하건대 아닐 것이다. 나는 아득하게 멀리 밀어냈던 기억 하나를 끄집어냈다. 그리고 이제 저 종이가 만천하에 공개된 거나 다름없다는 생각이 들었다. 그렇다면 이제 함께 즐긴 공범들은 나를 볼 때마다 제 발 저려 하면서도 속으로는 무슨 생각을 계속할지 모르는 일이었다. 찢긴 종이를 책상 옆 쓰레기통에 쑤셔 넣었다. 마음 같아선 불태워 버리고 싶었다. 나는 내 셔츠를 조르던 넥타이를 풀어헤쳤다. 교복 웃옷을 벗어 침대에 던졌다. 앞으로 어떻게 해야 할까? 나는 앞으로 내게 있을 상황들을 예상해 봤다. 반 친구들이 나에게 보낼 시선들을 머릿속으로 떠올려 봤다. 어떡하면 좋을까?

　물론 내가 숨어야 할 이유는 없다. 그런데 내가 그들 앞에 당당할 수 있을지도 모르겠다. 나를 가지고 무슨 생각을 할지도 모르는 그들 앞에서 내가 얼마나 당당해질 수 있을까? 소리나 크게 지를 수 있을까? 아마 못 할 것이다. 내가 강하게 나가든 약하게 나가든 그래 봤자 그들은 달라지지 않을 텐데. 우울하고 부정적인 생각들이 신경을 자극했다. 나는 손을 들어 올려 머리를 꽉 쥐었다가 폈다. 머리카락을 움켜쥐었던 손에는 식은땀이 묻어 나왔다. 문득 차가운 물이라도 맞으면 마음을 좀 진정시킬 수 있을까 싶은 생각이 들었다. 거실에서 TV를 시청하고 있는 엄마에게 지금 내 머릿속 가득한 생각들을 털어놓을까 순간 고민했지만 곧바로 욕실로 향했다. 욕실 문을 닫고 거울에 비친 나 자신과 마주했다. 머릿속에는 여자애들이 적었던 종이 속 인물 묘사가 스쳐 지나갔다. 옷을 벗으면서 눈은 머리부터 어깨를 지나 서서히 밑으로 향했다.

나는 전체적으로 말랐다, 남자치고. 어깨도 좁다, 남자치고. 주먹을 불끈 쥐어 봤다. 힘도 약했다, 남자치고. 손을 들어 살포시 얼굴을 어루만졌다. 피부가 하얗다, 남자인데.

남자애들은 나를 어떻게 생각할까? 멸치, 유리왕자. 이제 그들이 나를 그렇게 놀리면 나는 예전처럼 반응할 수 있을까? 예전처럼 반응해도 문제고 예전처럼 반응하지 않아도 문제가 될 것 같았다. 순간 욕실 거울을 세게 내리쳤다.

'왜! 왜! 왜!'

물음표가 머릿속에 떠오른다. 왜 어깨가 넓어야 할까? 왜 피부가 곱거나 희면 특이한 걸까? 왜 강해야 하는데? 왜 누군가를 꼭 지켜 줄 수 있는 힘을 길러야 해? 그건 누구라도 그렇게 해야 하는 거 아니야?

헛웃음이 나온다, 내가 이런 생각을 해야 된다는 것에. 내가 지금 남자답게 이 상황을 강인한 정신력으로 이겨 내야 할까? 남자들은 단순하다고들 하던데 심플한 회로를 돌려 금방 잊어야 할까? 미안한데, 나는 그렇게 단순하지 않다. 다른 남자들은 어떨지 몰라도 나는 단순한 사람이 아니다. 오히려 생각이 복잡하고 이렇고 저런 모든 것에 쉽게 신경이 곤두서고 때로는 회피해 버리는 사람이다. 피하고 담아 두었다가 나중에 혼자서 아무도 몰래 폭주하는 그런 사람이다.

욕실에서 쿵 소리가 나자 드라마를 보던 엄마가 놀라셨는지 황급히 달려오셨다. 엄마는 팬티만 입고 있는 나를 보더니 지금 뭐 하는 거냐고 물었다. 나는 그냥 헛웃음만 지어 보였다. 엄마가 학교에서 무슨 일 있었냐고 나를 다그쳤지만 나는 말하지 않았다. 엄마가 나를 어떻게 생각할지 무서워서였다. 혹시라도 엄마가 그들과 똑같은 말을 한다면? 그로 인한 충격은 배로 클 것이다.

"아냐, 엄마. 그냥 넘어진 거야."

"얘는, 뭘 어떻게 넘어졌으면 그런 소리가 나? 똑바로 말해."

"그러게. 좀 크게 넘어졌네. 진짜야, 진짜. 허, 나도 어이가 없다."

"…."

"진짜라니까."

"… 진짜야?"

"응."

나는 최대한 멋쩍게 웃어 보였다. 그리고 창피함을 얼굴에 담아 연출해 냈다. 그대로 엄마가 속아 주길 바랐다. 엄마의 시선도 오래 받고 싶지 않아서였다.

"조심 좀 해."

"응, 근데 엄마."

"… 왜?"

"나 운동 다닐까? 나 너무 마른 것 같아. 피부도 좀 태우고."

"무슨 소리야 갑자기. 너 무슨 일 있는 거 아니야 정말?"

엄마의 미심쩍었던 얼굴이 걱정으로 다시 물들었다. 나는 고개를 저었다.

"아니, 그냥 나 남잔데 너무 말랐잖아. 남자답지 못하게. 여자애들도 별로 안 좋아해."

아무 일도 없다고 강조하는 내 말에 엄마는 의심을 감추지 못했지만 계속해서 단호하게 미소 지어 보이는 나에게 마음대로 하라고 하시곤 등을 돌리셨다. 다시 거실로 향하는 엄마를 보며 나는 다시 한번 욕실 안 큰 거울의 나와 마주했다. 하얗고 뼈가 보이는 마른 몸매. 오늘부터 이 모습과는 안녕이다. 오늘로써 작별이다. 사실 나는 이 모습으로 살면서 크게 불편하다고 생각해 본 적은 없다. 내 주변 사람들이 대신 불편해해 줬다. 내가 생각지도 못했던 시점과 시야에서 그들의 이야기를 들으며 나는 내 마른 몸에 대해 의문을 품기 시작했고 신경 쓰기 시작했다. 오늘은 그 신경을 마냥 덮어 둘 수만은 없음을 뼈저리게 깨달은 날이었다. 의문을 품은 이후로 주위 시선이 자연스럽게 눈에 들어오기 시작했다. 가끔은 그 시선이 나를 옭아매고 짜증 나게 할 때도 있었는데, 어쩌면 잘된 걸지도 모른다. 이제 더 이상 그러지 않을 것이다. 애초에 그럴 필요성을 없애면 되는 것이다. 나는 원인을 없애기로 마음먹었다. 다른 남자애들처럼 어깨가 넓어지고 덩치가 좋아지면 오늘 같은 시선에서 벗어날 수 있게 된다. 이런 생각이 들자 웃음이 나왔다. 일단은 멸치라고 조롱하던 다른 사람들을 신경 쓰는 그 마음만이라도 막을 내리고 싶었다. 결국 내가 그들의 틀에 맞게 변하면 되는 일이었던 것일까? 그럼 애초에 오늘 같은 일도 일어나지 않았을 것일까? 일상에서 애써 부정하던 그 생각들이 파도가 되어 나에게 휘몰아쳤다. 평소 얕은 깊이로 서서히 잠식하던 그 물살이 오늘에서야 나를 완전히 덮쳤다. 그렇게 익사할 운명이었나 보다. 나는 욕실 벽에 기대어 천천히 주저앉았다. 눈에서는 알 수 없는 눈물이 흘렀다.

그 후 내 일상에는 두 가지 변화가 생겼다. 우선 아침마다 집 주위를 계속해서 뛰기 시작했다. 운동은 거들떠도 안 보는 나였는데 학교에 가기 전까지 나는 열심히 뛰었다. 운동 중에서 뛰는 것을 제일 싫어했던 내가 그렇게 열심히 체력을 길렀다. 뜀박질후 샤워하는 아침은 피곤하면서도 또 상쾌했다. 두 번째로 나는더 이상 하진성과 함께 학교에 가지 않았다. 그에게 그렇게 하자고 부탁했다. 우리는 괜히 둘이 있는 시간을 만들지 않았고 둘이함께 있는 모습을 남들에게 보이지 않았다. 밥을 함께 먹기도 하고 이야기도 나눴지만 다른 친구들도 섞여 있을 때가 대부분이었다. 하진성은 군말 없이 내 말을 따라 줬다. 내 성격을 잘 알고있기에 그럴 수밖에 없을 터였다. 이렇게 다닌다고 해서 우리 둘을 쳐다보는 시선에 위화감이 아예 없어진 것은 아니었다. 그러나 내가 예상한 상황들이 펼쳐질 때마다 짜증은 났지만 어쩔 수없는 일이라고, 일일이 다 화를 낼 순 없는 일이라고 체념했다.

　종이와 관련이 없는 반 아이들 중 나를 의식하는 애들은 그 일이 있고 나서 나를 볼 때 흠칫하며 놀라는 것도 잠시, 기말고사기간이라 그런지 시간이 흐를수록 점점 잊히는 것 같았다. 그 종이의 창조자들을 마주할 때는 나는 한없이 차가워졌다. 나는 그들을 더러운 벌레 보듯 대했다. 그들이 무슨 벌을 받았는지는 들은 바가 없다. 궁금하지도 않고 관심을 주고 싶지도 않았다. 추측건대 교내 청소이지 않을까 싶다. 남자애들은 그런 여자애들에게 같이 욕을 해 주면서도 나를 탓할 때도 있었다. '그러니까 몸

좀 키우라고 했지, 인마, 네가 기집애 같이 생겨서 그래.'와 같은 말들이었다. 옛날 같았으면 반박했을 말들에 나는 그냥 가만히 공감했다. 이제 그들의 말에 틀린 게 없다고 생각했기 때문일 것이다. 하진성은 달라진 나를 그냥 받아들였다. 처음에는 놀라는 듯했지만 그런 상황이 반복되니 익숙해지는 듯싶었다. 그렇게 시간이 흘렀다. 기말고사는 빠르게 다가왔고 어느새 나는 시험지를 뒤로 넘기는 상황에 놓여 있었다. 급식에 시험을 응원하는 특식이 나왔다. 나는 평소보다 더 많이 먹었고, 공부했고, 운동했다. 기말고사가 끝나고 탄식과 함성이 뒤섞인 아이들 사이를 빠져나와 엄마가 끊어 준 헬스장으로 향했다. 시험이 끝나고 함께 게임방에 가자던 친구들과 하진성을 뒤로한 채 운동에 매진했다. 내 노력을 하진성이 어떻게 바라보는지 신경 쓰지 않았다. 나는 단호했다. 독하게 마음을 먹었다. 건드리면 베일 듯 날카로웠다. 그래도 기말고사 점수가 잘 나왔건 안 나왔건 간에 시험이 끝나고 자유가 찾아왔다는 사실만은 좋았다. 물론 나처럼 내신을 신경 쓰는 애들한테는 그 자유가 가볍지만은 않겠지만 말이다. 나의 일상이 조금 변한 것 빼고 여느 때와 같은 시간들이 흘러갔다. 수업은 다시 시작됐고 몇몇 아이들은 열심히 집중을, 또 몇몇은 딴짓을 했다. 나는 생각했다. 이런 게 평화일까? 이렇게 잔잔하게 흘러가는 일상들이 평화라면, 나는 평생 이대로만 지속되면 좋겠다고 생각했다. 그리고 그러한 생각들과 함께 학교의 창밖을 멍하니 바라보는 시간들도 늘어 갔다. 제발, 이제 더 이상 나를 괴롭히는 일들이 없기를. 일시적으로 찾아온 평화에 나는 안주하고 무뎌졌다. 나에게 찾아들 또 하나의 시련도 모른 채.

그렇게 잔잔한 하루하루가 쌓여 일상을 만들어 내던 어느 날, 여느 때처럼 운동을 마치고 등교하던 나는 시끌벅적해 보이는 교실 문 앞에 섰다. 밖은 한 해의 끝을 알리는 겨울이 찾아왔다. 추위가 거세진 오늘은 평소보다 교실에 들어가기 싫은 날이었다. 쉬고 싶은 마음이 컸다. 운동 뒤 상쾌함보다 피곤함이 더 컸던 탓도 있었다. 그때 쿵쾅거리는 발걸음이 우리 반을 향해 다가왔다. 나는 누가 저렇게 복도를 내달리나 생각하면서도 무슨 큰 일이 있는 것은 아닐까 속으로 궁금했다. 한숨을 내쉬며 교실에 들어서 쑥 훑어본 반의 모습은 평소처럼 시끌벅적했다. 눈은 하진성을 찾았지만 그는 보이지 않았다. 화장실에 있겠지 하며 가방 짐을 풀 때쯤 조금 전 쿵쾅거리던 소리가 우리 반 앞에서 멈췄다. 쾅 하고 거칠게 문이 열렸다. 교실의 시끌벅적함을 덮고도 남을 굉음에 아이들의 시선은 일제히 문 쪽을 향했다. 헉헉거리며 거친 숨을 내쉬는 주인공은 우리 반 친구였다. 친구들은 평소와 다른 그의 등장에 호기심 가득한 눈만 껌벅이고 있었다. 그가 숨을 다 고르고 나서 내뱉은 말은 충격 그 자체였다.

"하진성 전학 간대!"

나는 순간 가방에서 꺼내던 책을 떨어뜨렸다. 내가 지금 뭘 들은 거지? 전학이라고? 나는 그의 말을 온전히 받아들이기까지 오랜 시간이 걸렸다. 아니, 왜? 아니, 언제…? 교실은 아까와는 또 다른 주제로 시끌벅적해졌다. 몇몇 여자애들의 시선이 조심스럽게 내 쪽으로 향하는 것이 느껴졌다. 그러나 나는 그 사건 이후로 처음으로 그들의 시선에 신경이 곤두서지 않았다. 방금 들은 말이 내 시간을 멈출 뿐이었다.

"뭐 하냐, 너희?"

엄청난 소식을 물고 온 친구 뒤로 하진성은 아무렇지도 않게 등장했다. 그제야 내 시간이 다시 원상태로 흘렀다. 심장이 거세게 뛰었다. 하진성은 아이들에게 순식간에 둘러싸였다. 그에게 폭포처럼 쏟아지는 질문들을 하진성은 예상했다는 듯 견뎌 냈다. 그리고 그 많은 질문을 받아 주면서도 그의 시선은 혼자 우두커니 책상 앞에 있는 나에게로 향했다. 반 애들을 마주하고 있지만 그의 눈은 온전히 나를 향해 있었다. 오랜만에 서로를 똑바로 오랫동안 쳐다봤다. 나는 그를 바라보기만 할 뿐 다른 아이들처럼 그에게 달려가 말을 건네진 않았다. 그 이후에도 그에게 아무 말도 하지 않았다. 온종일 우리는 서로 대화가 전혀 없게 될 줄은 몰랐다. 선생님이 들어와 반 아이들을 진정시키고 상황 설명을 했다. 하진성 아버지가 다른 지역으로 전근을 가게 되어 가족이 이사를 가게 되었다고. 그가 떠나는 날은 3일 뒤인 금요일이었다. 나는 그에게서 시선을 뗄 수 없었다. 며칠 후면 그는 더 이상 이 학교에서 추억을 만들지 않을 것이다. 그가 학교를 완전히 떠난다는 사실을 듣자마자 반에 있는 친구들 중 몇몇은 놀라기도 했고 서운해하기도 했다. 그리고 이미 알고 있었다는 몇몇 반응도 있었다. 나는 주먹을 꽉 쥐었다. 그가 언젠가부터 교실 사물함에 있는 자기 물건들을 조금씩 집으로 가져가고 있었다는 것도 기억났다. 점심 줄을 선 내 앞의 그의 뒷모습이 오늘따라 달라 보였다. 평소에도 넓은 어깨가 오늘따라 더 커 보였다. 마치 거대한 벽처럼. 하루 종일 그의 뒷모습만을 바라봤다. 그렇게 3일을 보냈다. 나를 집에 데려다주며 이런저런 얘기를 하는 하진성에게 나는 아무런 대꾸도 하지 않으며 보낸 3일이었다. 마지막 날인 금요일에도 나는 그에게 하루 종일 말을 걸지 않았지만 그는 나를 평소처럼 대했다. 그가 곧 떠난다는 사실만 빼면 평소와 다를 게 없는 하루였다. 내가 말을 하지 않아도 그는 꾸준히 말을 걸고 웃었다. 반 친구들은 친했든 친하지 않았든 그에게 다가와 인사했다. 그날 하루만 해도 나는 친구들이 그에게 건네는 수많은 작별 인사를 들었지만, 정작 나는 그 작별을 준비하지 못했다. 너무 혼란스러운 탓일까? 아니면 너무 놀라서? 당황스러워서? 이런 모습들로 그와 어떻게 하교를 했는지도 모르겠다. 입은 끝까지 떨어지지 않았다. 화가 난 탓도 있었지만 그에게 무슨 말을 해야 할지 도무지 감이 잡히지 않았다. 하진성은 우리 집 앞에서 인사를 건네며 진짜 이사 날은 주말이라고 알려 줬다.

"이제 너희 아파트도 마지막이다. 이야, 내가 어? 너 데리러 온다고 고생한 것만 생각하면….."

그는 피식 웃으며 우리 집 아파트 공동 현관을 바라봤다. 우리는 대화를 하지 않고 왔는데도 그는 왠지 그 어색함마저 즐긴 것 같은 얼굴이었다. 그는 내 얼굴을 뚫어져라 쳐다봤다. 지금 내 얼굴이 어떤 표정일지 나조차 궁금했다. 원망에 가득 찬 얼굴일까, 아님 슬픈 얼굴일까? 나는 이제 말을 해야 한다. 무슨 말이든.

"푸핫. 야, 너 얼굴 진짜 웃기다. 표정이 그게 뭐냐 진짜 못….."

"왜 말 안 했는데?"

내가 3일 만에 내뱉은 첫 마디가 그의 말을 끊어 버렸다. 무슨 뜻인지 단박에 알아차린 그는 미소를 잠시 지웠다.

"아니, 왜 말 안 했냐고? 말 안 한 이유가 뭔데? 뭔 생각이었는데 도대체?"

거의 마지막일지도 모를 우리의 대화였는데, 내 말투는 한층 날이 서 있었다.

"그냥."

"그냥? 너 이 새끼, 장난쳐?"

나는 그의 멱살을 세게 쥐었다.

"그냥, 말할 수가 없었어."

"….."

내 언성이 잦아들었다. 그의 멱살을 잡은 손아귀 힘이 서서히 빠지고 있었다.

"너 그 일 있고 나서 힘들어 보였고, 기말고사가 너한테 얼마나 중요한지 아니까 그냥 말 못 했어. 시기가 안 좋았지, 타이밍이. 저번부터 말해야지, 말해야지 했는데… 입이 안 떨어지더라. 몇 명한테는 그냥 알려 줬는데 너한테는 왜 말도 못 꺼내겠던지. 너한테는 내가 직접 말한다고 애들한테 말하지 말아 달라고 부탁했어. 근데 결국 이렇게 듣게 해 버렸네. 미안."

나는 그 말에 입을 꾹 다물고 주먹을 세게 쥐었다. 우리 사이에는 다시 어색한 침묵이 흘렀다. 그의 말에 나는 어떻게 대답해야 할지 몰랐다. 그리고 침묵 속에서 내가 다시 쥐어짜 낸 말은 아마도 그에겐 최악의 마지막 인사가 되리라는 것을 한참 뒤에야 깨달았다.

"그래도, 이 새끼야. 친구잖아 우리. 어떻게 이따위로 알게 만들어!"

나는 그냥 뒤로 돌아섰다. 이렇게 가 버리면 후회할 것을 알면서 공동 현관을 향해 뛰어 들어갔다. 이제 더 이상 그를, 하진성을 못 볼 것을 알면서도 나는 비겁하고 찌질하게 집으로 숨어 버렸다. 하진성이 뒤에서 나를 부르는 소리가 들려도 무시하고 집으로 숨어 버렸다. 집에 들어와 방으로 곧장 달려갔다. 방문은 내 마음처럼 굳게 닫혔다. 거칠게 집 안으로 들어선 나를 발견해 줄 사람이 없어서 다행이었다. 이사 준비를 위한 하진성에 맞춰 일찍 하고한 탓에 집에 아무도 내 방문을 두드릴 사람이 없다는 것이 아쉬운 한편 마음이 놓이기도 했다. 그렇게 내 방에 나를 가둔 채로 나는 하루 종일 방 밖으로 나가지 않았다. 집으로 돌아온 엄마가 밥 먹으라며 방문을 두드렸지만 괜찮다며 계속해서 침대에 누워 있었다. 그리고 나는 이 순간을 죽을 만큼 후회할 것이라는 것을 알았다. 그에게 등을 돌려 집으로 숨어 버린 이때를 죽을 만큼 후회할 것이다.

하진성이 떠나는 건 일요일이었다. 토요일에 내 핸드폰 문자함에는 그의 문자로 가득했다. 나는 한 번만 더 보자는 그의 문자들을 고의로 무시했다. 주말 내내 헬스장에 틀어박혀 살겠다고 다짐했다. 내게 아무런 언급도 없이 혼자 이별을 준비하고 있던 하진성을 향한 반항이자 복수였다. 운동을 끝내고 헬스장에서 돌아오는 길에 혹시 그가 집 앞에 서 있진 않을까 노심초사했지만 다행히도 그는 없었다. 나는 약간의 실망감을 느끼면서도 안도하는 이상한 감정들에 휩싸였다. 토요일 저녁, 집으로 돌아와 땀에 젖은 운동복을 빨래 바구니에 넣고 침대에 누웠다. 헬스장에서 샤워를 한 탓에 젖은 머리카락의 물이 베개에 스며들었다. 베개에는 하나의 지도가 그려졌다. 나는 침대에 누워 협탁에 놓인 핸드폰을 바라보다 집어 들고는 화면을 켰다. 그의 문자가 눈에 계속 밟혔다. 헬스장에서 열심히 운동할 때에도 그에게 여러 번 부재중 전화가 와 있었다.

제발, 한 번만 보자.

한 번만, 성현아.

이렇게 헤어지는 건 좀 그렇잖아.

"그래… 이렇게 헤어지는 건 그렇긴 한데….."

나는 열심히 운동을 하면서도 은연중에 하진성을 만날까 하는 생각을 떠올렸다. 머뭇거려지는 이유는 내가 너무 격한 감정을 보였던 탓일까? 그를 향한 배신감이 컸다. 괘씸하기도 했다. 그 감정을 고스란히 담아 그에게 소리칠 때의 내 목소리는 지나치게 떨렸고 울음을 터뜨리는 것마냥 흔들렸다. 나는 옆으로 돌아누웠다. 처음 운동을 시작했을 때보다 근육이 조금 붙은 것 같은 팔과 다리에는 옅은 근육통이 아직 남아 있었다. 나는 욱신욱신 아파 오는 팔다리를 주물럭거리며 침대에 똑바로 앉았다가 이내 다시 눕기를 반복했다. 시선을 돌린 창 쪽에 걸친 땅거미는 네모난 틀을 넘어서는 검은 하늘을 가득 메우고 있었다. 나는 일정하게 반복되는 천장의 무늬를 계속해서 눈에 담았고 귀로는 초침이 흐르는 소리들을 모았다. 그렇게 의미 없는 동작들을 반복하며 누워 있기를 몇 분, 나는 한 가지 결론에 도달했다. 아무리 그래도 이렇게 헤어지면 앞으로 살아갈 날들에서 엄청 후회할 것이라는 사실이었다. 그와 내가 함께 보낸 시간들이 헛되지 않다는 것을 머리가 잘 기록하고 있었다. 내일 그를 만나러 가자. 그를 만나서 다시 한번 얘기를 해 보자. 나는 머리에 묻은 물기를 손으로 털어 냈다.

그를 만나겠다고 결심하고 나니 하루 종일 지끈지끈 아팠던 머릿속이 조금은 편안해지는 것 같았다. 하진성을 만날 계획을 마친 나는 일찍 잠들기 위해 눈을 감았다. 내일의 해가 뜨면 오늘보다 좀 더 기분이 괜찮은 아침이 와 있길 바라며 깊은 잠에 빠져들었다.

☾✿

여느 때보다 퍽 상쾌한 아침이었다. 나는 아침 운동을 나갈 겸 하진성을 만나기 위해 신발을 신었다. 빨리 이 뒤숭숭한 감정의 마침표를 찍고 싶었다. 하진성의 집으로 가는 익숙한 길을 걸었다. 버스를 타고 그의 집으로 향했다. 그의 집은 우리 집에서 그리 먼 편은 아니다. 정류장을 6개 정도 지나고 버스에서 내려 10분 정도를 걸어가면 하진성의 아파트 단지가 나온다. 짹짹 하고 열심히 지저귀는 새들의 노래를 들으며 인도를 걸어갔다. 날은 평소보다 춥지 않고 적당한 기온을 유지했다. 푸른 나뭇잎 위로는 하얀 눈송이들이 쌓여 있었다. 바람에 산들산들 흔들리는 나뭇가지들을 바라보니 지난 한 해의 추억이 슬며시 떠올랐다. 나는 주변을 구경하며 걸으면서 머릿속으로는 하진성과 어떤 대화를 나눠야 할지 생각했다. 그렇게 단지 안에 들어서서 구면의 경비 아저씨와 인사를 나누었다. 50대 후반쯤 되어 보이는 경비 아저씨는 찾아오는 모든 이들을 항상 인자한 상으로 맞이해 주셨다. 아저씨가 하루에 지은 미소만큼이나 단지 내 사람들에게 인기가 많은 편이었다.

"그런데 어디 가니?"

나는 발걸음을 옮기려다 말고 고개를 돌려 경비실을 바라봤다. 하진성과 나눌 대화 장면을 떠올리는 것도 멈췄다. 나는 그분의 말에 조금 당황했다. 이 아파트 단지에서 내가 방문할 곳은 단한 집뿐이란 걸 잘 아실 텐데… 알 수 없는 불안감이 서서히 밀려들기 시작했다.

"네?"

당황함이 묻어 나오는 목소리였다. 걸어오면서 누렸던 여유는 행방을 잃었다.

"아니, 매번 6동 904호 집 갔잖아. 거기 어제 이사 갔는데. 아, 다른 친한 친구가 또 있는 건가?"

나는 눈을 동그랗게 떴다. 어떻게 불안한 예감은 틀린 적이 없을까? 나는 거세게 뛰는 심장을 주체하지 못했다. 귓속으로 불안정한 심장 소리가 울려 퍼져 나갔다.

"어제… 갔어요?"

경비 아저씨는 의아해하는 얼굴로 고개를 끄덕이셨다. 실시간으로 가슴이 철렁 내려앉았다. 거친 심장 박동이 이번엔 온몸으로 퍼져 나갔다. 다리에 힘이 풀리려던 것을 겨우 다잡았다. 내 안색이 그다지 안 좋아 보였던지, 경비 아저씨가 괜찮냐고 물으셨다. 나는 힘없이 고개를 끄덕이며 경비 아저씨께 꾸벅 인사한 뒤 하진성이 살았던 6동 쪽으로 천천히 움직였다. 머릿속이 하얘진 상태로 아무 생각도 들지 않았다. 경비 아저씨의 말을 믿고 싶지 않은 건지, 현실을 받아들이기 싫었던 건지, 눈으로 직접 확인하고 싶었던 건지, 그냥 발이 저절로 움직여 6동을 향해 갔다. 6동에 도착한 후 계단을 올랐다. 보통 때라면 탔을 엘리베이터는 타지 않았다. 계단을 한 칸 한 칸 무슨 생각으로 올랐는지 모르겠다. 거의 뛰어 올라가다시피 9층까지 한 번도 쉬지 않고 도착했다. 숨도 고르지 않았다. 나는 904호의 문 앞에 섰다. 한참을 뚫어져라 문만 바라보다 초인종을 눌렀다. 응답이 없었다. 원래라면 암호를 대라는 식의 인터폰을 통한 이상한 말들이 오가야 했지만 그렇지 않았다. 몇 번을 더 눌러 보았다. 나는 이 모든 게 하진성의 장난이길 바랐다. 차라리 화난 하진성이 왜 이제야 왔느냐며 나에게 보이는 분노이길 바랐다. 그래서 몇 번이고 응답 없는 초인종을 계속해서 눌렀다. 한 스무 번 정도 눌렀을까? 그 정도 눌러야 이게 현실이라는 걸 받아들일 수 있다고 생각한 걸까? 아니, 아직이다. 혹시라는 희망의 끈은 아직 놓지 않았다. 나는 904호 대문 앞에 앉아 끊어질 듯 말 듯 붙잡고 있는 그와의 끈을 간신히 잡고 있었다. 얼마의 시간이 흘렀을까, 비상구 창밖은 이미 어두컴컴했다. 배 속에서 꼬르륵거리는 신호가 들려온 지 오래였다. 차가운 바닥에 앉아 있었던 탓에 엉덩이에 찬 기운과 저림이 느껴졌다. 아까부터 계속해서 울리는 핸드폰 진동의 주인공은 아마 엄마일 것이다. 아침 일찍 나간 아들이 아무 연락도 없이 행방이 묘연하니 걱정이 이만저만이 아닐 것이다. 그리고 나는 온몸으로 전해져 오는 냉기를 통해 정말 끝이라는 것을 체감한 지 오래되었음에도 계속 앉아만 있는 나 자신에게 헛웃음을 날렸다. 나는 조심스레 일어섰다. 다리가 지끈거리며 아파 왔다. 바지에 묻은 먼지를 털 생각도 하지 않고 뛰어올라 왔던 계단을 천천히 내려갔다. 9동에서 나와 하늘을 바라보니 검은색이 더욱 짙어졌다. 별들이 잠에서 깨어나 저마다의 빛을 과시하고 있었다. 나는 힘 빠진 걸음걸이로 놀이터를 향해 발걸음을 옮겼다.

놀이터는 하진성과 자주 들른 장소였다. 나는 놀이터 정중앙에 있는 낡은 그네에 앉아 하늘을 바라봤다. 그리고 옆의 빈 그네로 시선을 돌렸다. 우린 항상 같이 그네를 탔었다. 그네에 타서 이런저런 얘기들을 즐겁게 나눴었다. 그런데… 그런데… 이젠 아니다. 이제 나는 혼자이고 혼자일 것이다. 나는 빈자리를 바라보며 체감했다. 이제 그는 없다. 그는 이미 떠나갔다. 그리고 우리 사이는 난도질당한 그대로 멀어졌다. 그를 다시 볼 수 있을까? 아마 없을 것이다. 더 이상 내 일상 속에 나타나지 않을 것이다. 나는 빈 그네를 바라보다 이내 고개를 숙였다. 볼을 타고 흐르는 건 의미를 알 수 없는 눈물이었다. 눈물이 땅으로 떨어졌다. 한두 방울씩 떨어지던 눈물은 곧 소나기가 되어 쏟아졌다. 소리를 내지 않기 위해 한 손으로 입을 막았다. 나는 그렇게 그를 떠나보냈다. 핸드폰 화면을 켜서 그가 보낸 문자들을 확인했다. 부재중 전화 알람이 뜬 핸드폰 상단을 바라봤다. 그는 문자로 별다른 작별을 고하진 않았다. 그가 떠날 때의 상황을 나에게 알리지 않았다. 이건 그가 나에게 마지막으로 보여 준 감정일까? 달라진 모습으로 그의 말들을 무시했던 나에게 그가 내보인 분노인 것일까? 나는 핸드폰 화면 위로 떨어지는 눈물을 닦아 내지 않았다. 심장이 아리고 머리는 다시 지끈거리기 시작했다

이제 나의 시간 속에서 하진성은 추억 속으로만 존재할 것이다. 영원히. 생각에 생각을 더할수록 눈물은 더 거세게 쏟아졌다. 몇 달 동안 가뭄이 찾아왔던 심장마저 적시는 것 같았다. 이제 그는 나의 추억 속에서만 살아 숨 쉴 것이다. 영겁의 시간이 지나 운명이 다시 만나게 해 준다면 모를까, 내가 먼저 자진해서 그를 만날 일은 없을 것이다. 왜 이런 생각을 하는지 스스로도 알 수 없었다. 창피해서일까? 그를 밀어냈던 시간이 후회되면서도 그에게 느끼는 분노를 어떠한 말로도 정의할 수 없어서일까? 나는 깊어져만 가는 밤공기와 흘려보낸 눈물 속에 그와의 추억을 담았다. 나는 그렇게 그를 떠나보냈다.

"그렇게 실컷 울고 집에 와서 오랜만에 식단 같은 거 신경 안 쓰고 그냥 먹었어요. 그냥 집히는 거 아무거나 다요. 그렇게 먹고 씻지도 않고 바로 잠들었어요. 엄마한테는 말도 안 되는 이유를 대고요. 제 성격을 아셔서 엄만 그냥 넘어가 주셨고요. 그렇게 먹고 잠들었어요. 다음 날 학교에선 그 친구 빈자리가 더 잘 느껴졌어요. 그래서 그 애 생각이 날 때마다 공부하고 운동장을 돌았어요. 공부하고, 운동하고, 그 생활만 반복했어요. 그렇게 4개월 정도 지나니까 아무 일도 없었던 것처럼 살 수 있겠더라고요. 기억이 희미해진 탓인지."

"운동은 정말 열심히 했나 보다?"

큐가 질문을 던진다. 큐는 저렇게 항상 이야기를 털어놓는 사람들에게 질문을 던졌다. 때 묻지 않은 순수함으로 가득한 질문들을.

"아… 기억은 희미해졌는데, 감정이 조금 남아 있었거든요."

"어떤 감정?"

"복잡해요. 멸치라고 불리던 시절에 대한 감정, 하진성에 대한 알 수 없는 그런 감정들이요."

"네가 진성이를 좋아한다고는 생각하지 않아?"

큐의 직설적인 문구에 성현은 순간 멈칫하는가 싶더니 고개를 저었다.

"아니요, 그 뒤로 연락 한 번 주고받은 적 없어요. 좋아한다는 감정으로 돌아보기에는 뭔가 애매하고 보고 싶다는 생각도 안 들고요."

"그렇구나. 왜일까?"

"모르겠어요."

성현의 얼굴이 멋쩍은 웃음으로 채워졌다. 큐는 그의 표정을 살펴보다 이내 다시 질문을 던졌다.

"그럼 그 여자애들은? 혹시 그 여자애들이 아직도 원망스럽니?"

"그 이상한 소설 쓴 애들이요?"

"그래, 너를 가지고 야동 한 편을 제작했다던 그 애들."

"솔직히 원망스럽다기보다는 그냥 싫어요."

"차이가 뭐야?"

"흠. 그러게요. 사실 둘은 비슷한 감정을 기반으로 하는 것 같은데. 일단 걔네들은 저를 가지고 이상한 상상을 하며 그걸 구체화시켜서 싫어요. 그건 그냥 저한테 실례잖아요."

그의 말에 나도 고개를 끄덕였다. 그렇지. 그렇긴 한데, 나는 뭔가 그의 얘기를 들으면서 알 수 없는 감정에 휩싸였다. 뭔가 찝찝하고 개운하지 못한 느낌이다. 왠지 나 자신과도 아예 관련이 없는 얘기가 아니라고 생각되어서 그런 것 같았다. 나도 그의 이야기에 등장한 여자아이들과 다른 사람이라고 당당히 주장할 수 없었다. 어쩌면 그 여자애들이 했던 행동들은 내가 보였던 행동일 수도 있으니까. 물론 나는 그것을 종이에다 구체화시켜 보진 않았지만 말이다. 나는 턱을 괴고 생각했다. 그렇지만 이건 남자들도 마찬가지잖아. 남자들도 여자를 두고 이런저런 상상하고 여자에게 요구하는 특정 이미지가 있지 않나? 나는 나와 대화를 하고 있지도 않은 성현이라는 손님의 말에 반박하는 말들을 머릿속에서 만들어 냈다.

"몸이 커지고 얼굴색이 하얗지 않으니까, 강해 보이니까… 사람들이 좋아했어?"

큐가 물었다. 뭐, 딱 봐도 그 질문엔 정답이 정해져 있다. 눈에 보이니까. 예전의 모습은 어땠는지 몰라도 지금은 딱 인기 많을 상이다.

"네, 엄청 좋아하던데요. 그때 제가 좋아했던 여자애는 지금 엄청 후회하고요. 저를 보는 시선이 확 달라요. 물론… 이렇게 모습이 바뀌어도 뒷말이 안 나오는 것은 아닌 것 같지만요."

"그래서, 만족하니?"

대답 잘 하던 그의 입이 순간 굳게 닫혔다. 그는 한참을 눈앞에 놓인 찻잔을 바라봤다. 이야기 소리로 가득하던 찻집 내부가 고요해졌다. 그는 만족하고 있는 것일까? 온 신경이 선샤인으로 집중됐다.

"솔직히 만족하는데, 잘 모르겠어요."

"왜?"

그의 대답은 확신이 없는 긍정이었다.

"저 멸치로 살 때도 아무 생각 없이 잘 살아가고 있었는데, 남들이 자꾸 말해 줘서 생겼거든요. 불만이란 것이요. 그래서 지금이 모습으로 저를 가꾼 것이고요. 물론 가꾸는 것 자체가 나쁘다고 말하는 건 아네요. 그냥 사람들이 만족하니 좋은 것인지, 그냥내가 좋은 것인지….."

"그러면, 그 사람들이 미워?"

"밉기도 하죠."

"밉기도 한데?"

"근데 말로 안 꺼냈을 뿐이지 저도 누군가에게 그랬을 것 같아서요."

"똑같다고 생각하는 거야 그럼?"

"그렇죠. 저도 그런 사람들 중 한 명이 적어도 한 번쯤은 되었을 거라는 걸 알거든요."

"알아서 대놓고 안 미워하는 거야?"

"솔직히 싫다는 감정이 안 들 수는 없는데, 저도 그런 걸 알면끝이 없는 굴레잖아요."

그의 말에 틀린 게 없다고 생각했다. 살면서 내가 누군가를 한번도 상처 입히지 않았으리라는 보장이 없는 것은 확실하다. 아무렇지 않게 한 내 말이 누군가에게 세상에서 제일 큰 돌이 되어 박힐 수도 있다는 것을 매사에 인지하며 살아가지만은 못하니까.

"저도 여자에 대한 편견이 없는 게 아니거든요. 제가 좋아한 여자애는 진짜 여성스러운데, 여기서 여성스럽다는 말이 뭔지, 정확히 말로 표현하고 설명할 수 있을 정도로 아는 건 아니면서도 무슨 느낌인지 그냥 알거든요. 그냥 느낌으로 알아요. 그렇게 그런 거 하나하나 다 따지면 솔직히 뭐가 옳은 정의인 건지 잘 모르겠어요."

"네가 생각하는 옳은 정의는 뭔데?"

"저는 솔직히 여자랑 남자가 다를 수밖에 없다고 생각해요. 외형적인 것만 봐도 그냥 엄청 다르게 생겼잖아요. 솔직히 서로 발달한 게 다르면 다른 대로 그냥 인정만 했으면 좋겠어요. 인정하는 것에서 더 나아가거나 물러나게 만드니까 이런저런 다툼들이 생겨나는 거라고 생각해요."

"그게 네가 생각하는 이 문제에 대한 옳은 정의야?"

"정의라고까지 하긴 뭐하지만, 제가 생각하기에는 그래요. 그냥 한 사람으로서 보면 되는 거 아닐까요?"

"사람?"

"네, 그냥 나와는 좀 다른 그냥 사람이요."

그의 말에 반박하고 싶은 사람이 많을 거라고 순간 생각했다. 그의 가치관과 사람들의 가치관은 다를 수 있으니까. 완벽하게 정리되지 못한 그의 말들은 그저 그의 가치관을 담고 있을 뿐이다. 그리고 그의 가치관은 그와 다른 생각들로 채워진 많은 이들의 가치관과 원치든 원치 않든 부딪칠 것이다. 나는 그의 말에 어느 정도 고개를 끄덕이며 수긍하고 있었다. 나는 그의 말을 그저 수용하기로 했다. 묻고 싶은 게 생겼지만 가만히 있기로 했다. 이것저것 질문을 던지며 그의 생각을 물어보던 큐는 더 이상 그에게 궁금한 것이 없는 듯했다. 큐가 질문을 더 하지 않는다면 남은 순서는 한 가지였다.

"그래, 네 얘기를 들려줘서 고마워. 잘 들었어."

"아니요, 오히려 제가 마음이 좀 가벼워지는데요. 제 주위에는 이런 얘기 할 사람이 없어서요, 딱히."

큐는 싱긋 그에게 웃어 보였다.

"그렇담, 네가 해 준 얘기를 어떻게 하고 싶니?"

큐는 그에게 마지막으로 차를 따라 주며 물었다. 성현은 잠시 머뭇거렸다. 그는 오랜만에 털어놓은 기억의 파편에 대해서 어떻게 하고 싶은지 생각하는 듯했다. 그의 두 번째 침묵은 첫 번째보다 길었다. 그 빈 오디오의 시간을 큐는 끝까지 기다렸다. 처음에 초대장을 받고 떠올렸을 그의 기억. 그는 분명 그 기억을 수정하고자 속는 셈 치고 이곳 '더 메모리'에 왔을 것이다. 그런데 수정하고 싶은 방향은 얘기를 하다 보면, 그 기억을 다시 한번 머릿속에서 자세히 그리다 보면 바뀔 수도 있게 된다. 그는 고민하고 있는 것이다. 새롭게 수정하고 싶은 방향이 생겼을 수도 있고 아예 그냥 다른 감정과 생각이 떠오른 것일 수도 있다. 그의 고민의 시간을 나와 '더 메모리'에 있는 모두가 잠자코 기다렸다. 그가 스스로 들어간 생각의 동굴 밖에서 후회하지 않을 선택을 하길 바라며 기다렸다. 선샤인 위로 강한 햇볕이 내리쬐었다. 햇빛이 마치 별이라도 된 듯 성현 주위를 감싸며 빛을 냈다.

"저는 역시 처음 생각했던 대로 할래요."

동굴 밖으로 나온 그의 안색은 그리 나쁘지 않아 보였다.

"좀 이기적이지만, 지금 제 인생 중 가장 큰 후회인 하진성의 연락을 그때 그 토요일 날 받지 않은 거요. 그 부분을 수정하고 싶어요."

"어떻게?"

"저는 연락을 받았고 화해를 했어요. 얘기는 잘 풀렸지만, 서로 각자의 삶을 살아가느라 연락이 끊겼죠. 그렇게 자연스럽게 멀어진 걸로 수정하고 싶어요. 이제 다시는 볼 일 없으니까."

자신이 이기적이라고 말했지만, 그는 자신의 성격상 그 순간에 대한 감정과 후회를 매 순간 끌어안고 갈 것 같다고 덧붙였다. 그래서 그는 마지막으로 내린 결정에 흔들림이 없어 보였다.

"그럼 마지막 잔을 쭉 들이켜 주세요."

큐의 말에 성현은 황금 꽃이 가득 박힌 찻잔에 남은 차를 모두 마셨다. 이제 그의 기억은 이곳에서 나가는 순간 그가 요청한 대로 수정될 것이다. 그리고 이곳 '더 메모리'는 그의 머릿속에서 지워진다. 한껏 후련해진 표정으로 성현은 찻잔을 내려놨다. 그리고 고맙다는 말을 남기곤 선샤인에서 일어났다. 큐는 그를 카운터 쪽으로 배웅했고 나는 큐의 옆에 섰다. 사탕을 먹고 있던 니엘이 날아와 내 어깨에 앉았다. 나는 마지막 기회라고 생각하고 그의 얼굴을 더 자세히 관찰했다. 다시 봐도 정말 잘생긴 얼굴이었다. 성현은 우리에게 꾸벅 인사를 하고는 '더 메모리'의 문을 열었다. 그는 한껏 가벼워진 뒷모습으로 밖을 향해 나아갔다. 세상은 그런 그를 안아 주듯 맞이했다. 그가 떠난 뒤 쿵 하고 문이 닫혔다. 나는 왠지 모를 아쉬운 마음이 들었다. 첫 손님을 맞이했을 때보다 더한 아쉬움이었다.

"휴."

"휴."

왜 참고 있었는지 모를 숨을 내쉬는데, 어깨에서 나와 같은 반응을 보이는 이가 있자 나는 고개를 돌려 그를 바라봤다.

"넌 왜 한숨 쉬어?"

사탕의 흔적으로 번들거리는 그의 입은 다물어지지 않았다.

"잘생겼잖아…."

그 말에 나는 내가 왜 숨을 참고 있었는지 알 수 있었다. 고개를 옅게 끄덕이다 이내 나는 트레이를 들고 황급히 선샤인 쪽으로 사라진 큐를 따라갔다. 큐는 선샤인에 남겨진 그의 흔적을 바구니에 담았다. 씨앗이 된 성현의 기억은 그녀의 바구니에 안착했다. 나는 트레이에 찻잔과 주전자를 담고 주방 싱크대에 올려둔 뒤 화원으로 향하는 큐를 쫓았다. 몇 번 들어와 보니 이 어둠도 나름 익숙해질 수 있었다. 빨리 이곳을 벗어나지 않으면 중요한 것들을 놓칠 수도 있다는 생각이 들었기에 더 일찍 적응한 것일지도 몰랐다. 화원 속을 가로지르던 큐는 한 화분에 성현의 기억을 심었다. 나는 처음보다 익숙해진 하늘색 물조루를 들고 선글라스를 꼈다. 큐가 그의 씨앗을 흙으로 덮자 나는 그 위에다 소량의 물을 뿌렸다. 물조루에서 나온 보라색 물이 화분으로 쏟아져 내렸다. 보랏빛을 띠는 이 물은 스파티 심포라고 불렸다. 나중에 큐에게 전해 듣기를, 이 물은 씨앗의 성장을 훨씬 더 빠르게 해 주지만 과도하면 화원을 박살 낼 크기로 자라기 때문에 분량 조절이 정말 중요하다고 했다. 또한 사람을 홀리는 속성이 있기 때문에 선글라스를 써서 차단해야 한다고도 했다. 다행히 아직 그런 경험은 없다며 큐가 가슴을 쓸어내리는 것을 봤다. 그렇게 스파티 심포를 뿌린 지 10초 정도 지났을 즈음, 싹이 자라났고 줄기가 빠른 속도로 뻗으며 그의 기억의 감정을 담은 꽃을 피워 냈다.

"버드 푸드(bird food), 열엽모간."

처음 들어보는 꽃이었다. 나는 꽃말이 듣고 싶어 큐를 바라봤다. 큐는 빛나는 내 눈을 보며 피식 웃더니 입을 열었다.

"다시 만날 그날까지."

성현의 복잡한 감정은 저 문장 하나로 끝이 났다. 그는 하진성이라는 친구를 지금까지 기다린 것일까, 그가 먼저 찾아 주기를? 그렇지만 성현은 진성을 영원히 만날 일 없을 것처럼 얘기했다. 나는 호수로 향하는 큐의 뒤를 따랐다. 그녀는 꽃잎을 여느 때와 다름없이 호수에다 놓았고 나는 성현의 기억을 영화처럼 더 생생하게 바라볼 수 있었다. 호수가 그려 내는 몇몇 장면에서는 내가 다 짜증이 나는 상황이 연출되었다. 왜 성현이 더 악착같이 몸을 키우는 운동에 매달렸는지 알 수 있을 법한 장면들이었다. 성현은 확신할 수 없는 만족을 한다고 했다. 운동하기 전에 가졌던 그의 고민의 핵심이 운동을 하고 나서도 해결되지 않은 탓일까?

그는 한 시간 반가량에 걸친 얘기들을 '더 메모리'에 털어놓고 갔고 그 기억은 '다시 만날 그날까지'라는 감정을 피워 냈다. 그가 느낀 수많은 감정들 중에서도 저 말이 그의 하나된 진실을 담은 마음이라면 성현은 하진성을 기다린 것이 아닐까 하는 생각이 들었다. 그 많은 상황을 겪은 결론은 이별 즈음 그냥 하진성을 기다리고 있었던 것은 아니었을까? 보고 싶지 않았다고 했는데, 그 말은 아마 진실일 수도 있고 거짓일 수도 있다. 거인의 눈물은 객관화된 진실만을 말하게 하니까. 혹시 하진성을 그리워하는 마음이 충분히 객관적이지 못했던 탓일까? 아니면 보고 싶지는 않지만 언제 한번 다시 마주칠 그날을 기다린 것일까? 나는 여느 때처럼 수많은 생각의 소용돌이에 휩쓸렸다. 나는 항상 기억의 파편을 보고 그 감정을 읽어 낸 꽃을 보다 보면 많은 생각에 잠겼다. 생각하는 것을 멈출 수 없었다. 신비한 것들이 넘쳐나는 곳이라 어쩔 수 없었다. 기억을 수정한 이성현이 앞으로 살아갈 날들에 만족할지는 모르는 일이다. 그래도 한 가지 분명한 것은 그는 예전보다 가벼워진 기억의 무게를 안고 살아갈 것이라는 것이었다. 적어도 그의 얼굴은 그래 보였다. 그의 얼굴을 떠올리니 잘생긴 얼굴이 더 예쁘게 그려졌다. 그런 잘생긴 친구의 기억 속에서 사라진다는 것이 뭔가 슬펐지만 받아들이지 않으면 어쩌겠는가. 나는 결정을 들고 일어서는 큐를 따라 화원에서 나왔다. 큐는 결정들을 따로 보관해 둔다. 거래를 해야 하는 중요한 물품이기 때문이었다. 누구의 눈에도 잘 띄지 않을 만한 곳에 두기 위해 그녀는 주방을 홀연히 빠져나갔다. 그리고 나는 주방의 식기들을 설거지하며 성현의 얼굴을 잊지 않기 위해 되새김질하고 있었다. 관찰해 두길 잘했다며 스스로에게 칭찬해 주고 있었다. 그러자 옆에 있던 소통 가능한 거울 위로 '변태'라는 글자가 떠올랐다. 나는 그 문자를 떠올리자마자 노발대발하며 그의 말에 반박했다. 그렇게 거울과 실랑이를 벌이고 있을 때 큐가 주방으로 얼굴을 빼꼼 내밀었다. 그녀는 오늘 손님이 더 이상 없으니 식기만 닦고 퇴근하라는 말을 남기고는 어디론가 사라졌다. 나는 큐에게 짧은 인사를 건네고 남은 일들을 했다. 주전자와 찻잔을 본래의 자리로 갖다 놓고 가게의 이곳저곳을 치웠다. 그러고 나서 가게 내부 전체를 쓱 훑었다. 더 이상 할 것이 없어 보이자 외투를 챙겨 플룸에게 인사를 건네고 니엘에게는 작은 사탕을 안겨 준 뒤 '더 메모리'를 나왔다. 딱히 가게 문을 잠그지는 않았다. 따로 인간들의 열쇠로 잠글 수 있는 곳이 아니기 때문이었다. 열쇠 비슷한 생김새를 띠는 물건이 하나 있긴 했는데, 그건 큐만이 가지고 있다. 물론 '더 메모리' 자체가 잠시 주인이 없다고 해서 누군가 쉽게 침입할 수 있는 곳은 아니다.

'더 메모리'의 보안 시스템은 철저하다. 초대받지 못한 손님이 들어왔을 때, 그 불청객은 엄청 화끈하고 뜨거운 매운맛을 본다고 한다. 그게 뭔지 나는 정확히 듣지는 못했지만 여하튼 혼쭐이 나는 것만은 확실한 것 같다. '더 메모리'에서 나오자 보이는 것은 평범한 레트로 감성을 담은 찻집이었다. 나는 여전히 신기한 그 루트라는 것에 감탄하며 버스를 타기 위해 발을 옮겼다.

'더 메모리'에서 알바를 시작한 지도 이제 꽤나 시간이 지났다. 정말 괴이한 아르바이트인데 그 안에서 오는 재미는 엄청나다. 오늘도 누군가의 소중한 기억이 내 마음을 울렸다.

chapter 6

ABOUT 더 메모리

앞서 말했듯, '더 메모리'의 오픈 시간은 정해져 있지 않다. 예약제이기 때문에 정해진 특정 시간 2시간 전에 출근해서 이것저것 준비해 놓으면 그만이다. 그래도 계산은 철저해야 한다며 출근 시간을 꼭 적어 놓으라는 큐의 지시가 있어 그 부분은 명확히 하는 편이다. 사실 적어 놓지 않아도 내 출근 시간쯤은 마법으로 알 수 있을 테지만.

1. 출근

출근하면 제일 먼저 하는 일. 일단 옷을 가지런히 정리한다. 입구 쪽 옷걸이에 외투를 걸고 옷매무새를 점검하다 보면 부엌의 말하는 거울 스텔라가 이것저것 딴지를 건다. 뒤늦게 들었는데 거울도 이름이 있었다. 그는 비밀의 화원으로 들어서는 입구 반대편에 자리 잡고 있다. 그리고 그가 말하는 것은 오늘의 옷차림이나 얼굴 모양새가 대부분을 차지한다. 나는 적당히 대꾸하며 장부를 확인한 뒤 '더 메모리'의 물건들이 제자리에 있는지 확인하고 부엌을 정리한다. 가끔 먹다 남은 음식들이 주방에 남겨진 채로 있는 경우가 있는데, 이는 마담 큐가 어제 가게 안에서 숙식을 했다는 뜻이다. 바닥에 보이는 큰 먼지들을 몇 번 쓸고 창문을 닦으며 플룸과 마니또에게 이런저런 말을 붙이다 보면 첫 번째 손님이 올 시간이 다 되어 간다.

2. 마담 큐

큐는 약속이 많다. 항상 어딘가로 사라져 있다. 친구가 많아 보인다. 그중에서 제일 친한 사람은 내가 처음 면접을 보러 왔을 때 있었던 갈색 머리의 포근한 인상을 가진 여자인 것 같은데, 그 후로는 나는 그녀를 본 적이 없다. 큐는 바빴지만 그래도 호출하면 즉각 '더 메모리'로 소환되듯이 달려왔고, 첫 번째 손님이 오기 10분 전에는 미리 도착해 있었다. 내 생각에는 순간 이동을 할 줄 아는 것 같다. 그녀는 품위 있고 고상하며 어른스러워 보이는 외모와는 달리, 철없어 보이는 행동을 할 때가 많았다. 입맛부터 초딩이었다. 인스턴트와 단 음식을 달고 살았다. 말투에는 언제나 장난기가 서려 있었고 그만큼 장난치는 것을 즐기기도 했다. 그렇지만 끝은 딱히 좋지 않아 지난번에 니엘에게 줄 사탕을 숨겨 뒀다가 오히려 크게 당했다고 한다. 그녀는 키가 매우 컸는데 192cm라고 들었지만 실제로는 더 커 보인다. 마녀들은 큐처럼 다 크냐는 내 질문에 정색하며 손사래를 치는 것을 보니 모든 마녀가 그렇지는 않은 것 같았다. 그리고 그녀는 모든 마녀의 눈동자 색이 보라색이냐는 내 질문에도 고개를 저었다. 무지개색도 있고 초록색, 하늘색 등 다양하다고 했다. 가끔 약속이 없을 때 큐는 대부분 선샤인에 앉아 밖의 풍경을 감상했다. 선샤인을 통해 보이는 밖은 나에게는 호수였다. 별처럼 반짝이는 호수. 나는 이 도심에 호수가 있을 리는 없다고 생각해 이 또한 '더 메모리'의 마법이라고 판단했다. 그리고 호수는 나에게만 보이는 마법이었다. 큐는 다른 게 보인다고 했다. 그게 뭔지는 그녀에게 듣지 못했다. 내 물음에 그녀는 침묵을 지켰다. 비밀이라며 대화의 막을 내리는 그녀에게 나도 더 이상 집착하지 않았다.

기억을 수정하는 일을 하며 상대의 이야기를 듣던 그녀는 가끔 무례하지만 핵심을 찌르는 질문을 한다. 물어보고 싶어도 참을 만한 질문들을 서슴없이 할 때가 있다. 나는 그 질문에 놀라면서도 어떤 대답이 돌아올지 내심 기대를 한다. 그 대답이 정답인지 아닌지는 스스로가 판단해야 한다. 그리고 감정 기복이 있는 큐는 사람들의 이야기를 들으면서 일정한 기분을 유지하기 위해 단 것을 계속해서 섭취한다. 그래서 손님이 가고 나면 한쪽에 뜯겨진 사탕 껍질들의 잔해가 가득하다.

그녀는 기억을 수정하는 일에 만족한다고 했다. 사람들이 그 후에 어떻게 살고 있을지 궁금하지 않냐는 물음에 고개는 끄덕였다. 하지만 자신이 원해서 들어줬고 그것에 만족하는데 이후의 삶을 어떤 감정으로 살아갈지는 손님들의 몫이라고 답했다. 그녀는 직업 만족도가 매우 높기 때문에 아마 평생 '더 메모리'를 운영하지 않을까 싶다. 실제로 그녀는 감사원에 걸릴 일만 생기지 않는다면 이 일을 자신이 흥미를 잃을 때까지 하고 싶다고 말했다.

3. 감사원

판도라 행성의 모든 이들은 지구에 와서 자신의 영역을 넓힐 수 있는 반면, 매달 감사원에 평가를 받는다고 한다. 왜냐하면 그들은 인간에게 해를 끼치는 것이 금지되어 있기 때문이다. 각 대륙별로 정식 감사원이 있으며 한 달에 한 번 일정하지 않은 시간에 들이닥치는 그들에게 정기적인 감사를 받아 통과해야만 이곳 지구에 계속 머무를 수 있다. 혹시라도 인간, 즉 P들에게 해를 끼친 것이 밝혀지고 그를 수습하지 못한다면 당사자는 지구에서의 생활권을 박탈당한 채 본래의 행성으로 강제 소환당한다고 한다. 인간에게 끼친 해가 클수록 처벌도 무거워지며 중죄일 경우 다시는 지구에 오지 못할 수도 있다. 차가운 인상을 지닌 그들이 무섭다며 몸을 부르르 떨던 큐와 달리, 나는 나름 그들의 방문을 기대하고 있다. 어떻게 생겼을지 엄청 궁금하다. 아직 한 번도 그들과 마주친 적이 없었다.

4. 모습을 드러낸 마니또

이들은 인간의 생각과 상상에서 파생된 것이 아닌 판도라 행성에서 자발적으로 만들어 낸 생물이라고 한다. 물론 요정 대륙에서 말이다. 모습을 드러낸 마니또라는 요정은 원래 없지만 요정이라는 큰 개념하에 하위 개념으로 존재하며 태어났다고 들었다. 그래서 예외적으로 판도라 행성에도 판도라 행성만의 생물체가 있다는 것을 알 수 있었다. 그러나 대륙 자체가 예외적으로 만들어지는 과정은 없다고 한다. 대륙은 무조건 인간의 보편적인 상상력에 의해 만들어진다. 모습을 드러낸 마니또는 단 음식을 사랑하며 원래 누군가 한 명에게 오래 머물러 있는 경우는 없는데 '더 메모리'의 우리 마니또는 단 음식을 좋아하는 큐의 식습관이 본인과 너무나도 잘 맞아 그녀와 절친한 우정을 맺고 오래도록 함께하고 있다고 한다. 친해지려면 단 음식을 주면 된다. 그러면 사람도 그냥 쉽게 따른다. 아마도.

5. 플룸

플룸은 꽤나 무서운 존재다. 추측건대 사람들의 생각을 읽는 능력이 있다. 수많은 사람들의 생각을 듣고 그중 선정된 이들을 초대하는 것이니까. 또한 플룸은 엄청난 통신망일 것이다. 묻는 것에 뭐든 대답하는 플룸은 모르는 게 없다. 판도라 행성에 사는 모든 이들의 영역에는 플룸 같은 것들이 하나씩은 꼭 존재한다고 들었다. '더 메모리'에서는 플룸이라고 불리지만 다른 곳에서는 그렇게 부르지 않을 수도 있다. 플룸은 사람들을 초대하고 그들에게 도움을 주기 위해 그들의 생각과 뇌를 들여다본다고 들었다. 나한테는 '더 메모리'의 식구들 중에서 제일 경계 대상일 거다. 내가 무슨 생각을 하고 있을지 다 간파하고 있을 테니까.

6. 물품

'더 메모리'에는 매달 8일에 가게에 필요한 물품이 들어온다. 진실을 말하고 기억을 수정하는 것에 도움을 주는 거인의 눈물이라든지, 차를 우려낼 수 있는 찻잎들과 화원 내 꽃들의 성장을 돕는 스파티 심포 등 물품들이 떨어지지 않게 재고가 차는 날이 있다. 그래서 나는 이날을 위해 미리 재고 현황을 파악해 개수와 양을 적어 놓고 큐가 볼 수 있도록 한다. 주문은 큐의 몫이기 때문이다. 초대받지 않은 손님의 방문은 없기에 재고가 부족한 적은 없었다. 처음에는 각종 물품들을 구별해 내고 정리하기가 쉽지 않았지만 마담 큐가 재고에 대해 정리된 책을 건네준 뒤로는 헷갈리지 않았다.

7. 불청객

가끔 '더 메모리'에 초대받지 못한 손님이 들이닥칠 때가 있다. 그 손님은 기억을 수정하기 위해 난입한 손님도 아니고 말 그대로 초대받지 못한 불청객이다. 판도라 행성의 또 다른 종족들의 침입 같은 것들인데, 마담 큐는 수많은 불청객들 중 '몽유귀'라든지, '몽마' 등을 제일 조심해야 한다고 말해 줬다. 장난치기를 좋아하는 그들은 모습을 드러내지 않기 위해 투명해질 수 있고 기척을 전혀 내지 않아 잡아내기 힘들다고 한다. 그들 중 만약 심한 장난을 담아낸 '몽유귀의 속삭임'을 선사하는 악질이 있다면 기억을 수정하는 것에 곤란한 상황이 발생할 수 있다고 들었다. 그들의 주 활동 무대가 '더 메모리'가 아니라 꿈을 다루는 마법사가 있는 '드림 캐처'라는 곳이어서 나름 다행이라고 큐는 말했다. 그렇게 말하면서도 본인의 평안을 미안해하는 것 같기도 했다. 그럴 리 없겠지만 주로 밤에 활동하는 몽유귀가 대놓고 모습을 드러낸다면 즉시 자신을 소환하라는 큐의 지시가 있었다. 나는 '더 메모리'의 보안 시스템을 믿고 싶다. 그러니까 제발, 몽유귀와 마주치는 일이 없기를!

8. 보안 시스템

각 루트의 보안 시스템은 그 루트를 만들어 낸 마녀 또는 판도라 행성의 생물들의 정신력에 따라 달라진다고 한다. 그들의 정신력이 기반이 되어 루트의 안전을 책임지고 있기 때문에 그들은 언제나 긴장의 끈을 놓아선 안 되는 것이 기본 원칙이라고 한다. 물론 기존의 잠금 장치 같은 것들도 존재한다. 그래서 정신력이 약해질 것 같은 날이면 잠금장치를 켜 놓고 자야 불청객의 침입을 받지 않는다고 한다. 잠금장치는 '더 메모리' 출입문 오른쪽에 큐를 불러낼 수 있는 벨 옆에 사이좋게 위치하고 있다. 잠금장치가 켜져 있는 상태면 보안 경보가 울려 불청객들을 쫓아낼 수 있다. 그리고 보안 경보가 울림과 동시에 그들의 존재와 위치는 전부 들키게 된다. 이때 불청객들은 루트 안에서 판도라 행성의 제일 뜨겁다고 알려진 불의 용 '카이로스'의 숨결을 맛볼 수 있다고 한다. 나름 철저하다고 한 것에는 이유가 있었다.

9. 비밀의 화원

여러 찻잎들이 담긴 서랍들과 주방의 식기들이 정리된 서랍 장들을 지나서 더욱 깊숙한 곳으로 들어가면 마담 큐의 연구실로 쓰이는 공간 안쪽에 사람들의 기억을 꽃으로 피우는 화원으로 가는 통로가 존재한다. 통로의 문을 열면 어둡고 차가운 공기가 순식간에 나를 감싸 안고 빛처럼 사라진다. 눈을 감았다가 뜨고 계속해서 안쪽을 향해 걷다 보면 통로의 어둠은 사라지고 각양각색의 꽃으로 가득한 화원이 펼쳐진다. 화원이 얼마나 넓은지는 가늠할 수 없다. 끊임없이 길이 나오고 꽃으로 이어지기 때문이다. 큐는 화원 속에서 가고 싶은 곳을 머릿속으로 상상하다 보면 그곳으로 가는 길이 저절로 열린다고 했다. 꽃들이 길을 비켜서 길을 내 준다고. 그리고 화원에는 기억의 조각을 영화처럼 감상할 수 있는 호수 '그루와 드 파시'가 있다. 마담 큐는 이 호수의 이름을 어떻게 지을까 고민하다가 수많은 언어 중 자신의 귀를 매혹시킨 말을 선택했다고 한다. 그 뒷말은 비밀이라며 자신의 입술에 검지를 갖다 댄 큐는 정말 비밀이 많은 사람이었다. 더 듣지 못한 나는 아직도 무슨 뜻인지 모른다. 그루와 드 파시 주변에는 작은 오두막집이 하나 있는데, 큐가 잠을 자는 곳이다. 큐는 다음 손님이 올 때까지 가끔 그곳에서 차를 마시거나 잠을 청하곤 했다. 그녀가 주로 입는 화려한 의상들도 그곳에 보관되어 있었다. 오두막 창문 너머로 가끔 신기한 생명체들이 호수 주변에 있는 것을 볼 수 있는데, 영화나 소설 속에서나 볼 법한 생명체들이 휴식을 취하고 있다. 이른바 요정이나 유니콘처럼 보이는 생물체들이 화원의 바람을 즐긴다. 그들도 판도라 행성의 생물들이라고 한다.

화원 전체를 밝히는 불은 사람들의 기억 속에 담긴 감정을 통해 에너지를 내는 태양에서 나온다. 그 태양은 사람들의 감정을 양분 삼아 빛을 내고 화원을 유지한다. 감정과 닮은 그 태양을 나도 똑바로 마주 본 적은 없다.

10. 퇴근과 '더 메모리'

손님이 나가고 오늘의 초대 손님이 더 이상 없다면 나는 청소를 시작한다. 선사인 주변을 쓸고 닦고 부엌의 식기들을 정리하며 물품들을 제자리에 다시 갖다 놓는다. 마담 큐는 마지막 손님이 가고 나면 어디론가 급하게 사라진다. 하루는 어디를 그렇게 급하게 가는지 궁금해 물었더니, 친구 마법사가 운영하는 술집에 간다고 들었다. 그곳 또한 마법을 부리는 곳이냐는 나의 질문에 큐는 미소 지으며 고개를 저었다. 그냥 술 마시는 곳이라 얘기하고는 내 눈앞에서 사라졌다. 마니또는 퇴근 시간이 되면 카운터 책상에 놓인 꽃병 앞 작은 쿠션 위에 몸을 뉘며 잘 준비를 한다. 그런 마니또의 머리를 손가락으로 쓰다듬은 뒤 나는 플룸과 스텔라에게 차례로 인사를 한 다음 내 물건을 챙겨 가게를 나온다. 가게의 문을 열기 전 잠금장치를 켜 두진 않는다. 외출을 마친 큐가 다시 돌아와 잠을 청할 때가 있기 때문이다. 잠금장치는 켜 둔 순간부터 외부인의 출입을 금지시킨다. 그녀는 웬만해서는 귀가를 잘 하지 않는다고 했는데, 그렇다고 아예 외박만을 일삼는 것도 아니었다.

'더 메모리'의 보안이, 다시 한번 말하지만, 허술한 것은 절대 아니다. 다만, 큐의 정신력과 체력에 따라 그 철저함이 달라진다. 그녀의 마법으로 쳐 놓은 결계가 그녀의 상태에 따라 변한다. 이러한 매력을 담은 가게의 문을 열고 나오면 '더 메모리'의 또 다른 모습을 볼 수가 있다. 루트를 타기 이전의 '더 메모리'이다. 낭만을 지닌 사람이 찻집의 오른쪽 문을 열고 들어오기 전 '더 메모리'는 레트로 감성으로 유명한 찻집의 모습을 하고 있다. 사람들 사이에서 꽤나 유명한 이 찻집은 SNS 인증샷을 남기기 좋은 곳으로 입소문을 탔다. 마담 큐는 인간들 사이에서 소위 말하는 '점' 같은 것을 보러 가서 터를 추천해 달라고 했는데, 그 점쟁이가 이곳을 추천했다고 한다. 나는 큐에게 점도 보러 다니냐며 웃었고 그녀는 인간이 하는 것은 다 해 보고 싶었다고 대답했다. 그리고 이 터는 실제로 대지를 정화하는 마녀가 인정한 터였다고 한다. 그 점쟁이 용하더라 하며 진지하게 말하는 큐에 나는 한 번 더 큰 웃음을 터뜨렸다. 퇴근한 나는 대부분 하늘을 덮은 노을을 바라보며 버스 정류장 쪽을 향해 발걸음을 옮긴다. '더 메모리'에서 밖을 바라봤을 때는 마치 기차 안에 있는 것처럼 그날의 내가 원하는 풍경에 따라 밖의 모습들이 변한다. 그래서 여행을 가고 싶다고 생각하면 눈앞에 일정한 간격으로 작은 집들, 큰 나무들이 펼쳐진다. 그러나 가게를 벗어난 현실은 늘 일정했다. 나는 손님을 기다리며 밖만 보고 있어도 행복하게 만들어 준 '더 메모리'에 나름 감사한 마음이 있다. 내 감정과 생각을 나보다 더 잘 아는 것 같은 이 살아 숨 쉬는 가게가 여전히 무섭기도 하면서 내 일상의 모든 흥미를 충족해 주고 있다.

chapter 7

침입자와 감사원

평화로운 잔잔한 호수 같아 절대 깨질 리 없다고 믿었던 '더 메모리'의 평화가 산산조각 나는 날이 찾아왔다. 영원할 것 같던 그 평화에 어느 순간부터 폭풍우가 몰려오고 있었다. 여느 때와 다름없이 기억 수정이 이뤄지고 비밀의 화원에서 기억의 결정을 얻어 낼 때였다.

"아직도 울어?"

"이렇게 실제로 또 생생하게 보니깐… 너무 힘들었을 것 같아 서요. 흑흑…."

"괜찮아. 캐모마일이었잖아. 캐모마일 꽃말이 뭐라고?"

"역경에 굴하지 않는 강인함이요…."

"그 사람은 강했던 거야. 다 이겨 내고 버텨 낼 만큼. 자신을 믿 으니까."

"그래서 더 슬프잖아요… 그래서 더 울 것 같아요… 흐어어 엉…."

"그만 울어. 결정 나온다."

내가 눈물 콧물 다 쥐어짜 내며 우는 모습을 웃기다는 듯 바라보던 큐가 호수 위로 떠오르는 결정을 얻기 위해 호수 쪽으로 가까이 다가갔을 때였다. 나는 눈물을 닦으며 보통 때처럼 큐가 결정을 가져올 때까지 기다렸지만, 그녀는 왜인지 계속 등을 보이며 서 있었다. 아무리 기다려도 그녀가 꿈쩍을 않자 나는 의아한 마음에 그녀에게 다가갔다.

"큐, 왜요? 뭐 해요?"

나는 옆에 서서 큐를 바라봤다. 그러고는 흠칫 놀랐다. 그녀의 얼굴이 딱딱하게 굳어 있었기 때문이었다. 방금 전 웃음은 온데간데없고 심각한 얼굴을 한 큐는 시선을 한 곳에 고정했다. 나도 그녀가 바라보고 있는 것으로 시선을 옮겼다. 머지않아 나의 표정도 심각하게 굳어졌다.

"결정이 썩었어."

큐의 손에는 원래 하늘색 빛으로 빛나야 할 결정이 검은색을 띠고 있었다. 이를 확인한 큐의 표정도 잿빛으로 변해 가는 듯했다. 큐는 절망의 얼굴을 하고서 빠르게 걸음을 옮겼다. 그녀는 화원을 가로질러 나아갔다. 내딛는 발걸음마다 큐의 마음을 알아주듯 화원이 재빨리 응답하며 길을 만들었다. 나는 빠르게 나아가는 그녀의 뒷모습을 넋 놓고 바라보다 이내 정신을 차리고는 그녀를 뒤따랐다. 화원에서 나온 큐는 부엌 입구의 수많은 서랍장을 하나하나 다 열어 보며 잘못된 점이 무엇인지 찾으려고 하는 것 같았다. 나는 그녀의 그런 행동에 적응이 되질 않았다. 여태껏 여유를 잃은 큐의 모습은 본 적이 없기 때문이다. 그녀는 곧 울 것 같은 표정을 지었다. 그녀가 손을 떨며 가게 안을 훑어 나갔다. 나는 아무것도 하지 못한 채 계산대에 서서 그녀를 바라봤다. 니엘은 계산대 옆에서 자고 있었다. 순간 그를 깨워야 하나 망설였지만 곤히 잠든 얼굴을 보고는 단념했다. 물건 하나하나를 급하게 훑어 나가던 큐는 한 곳에서 멈춰 섰다. 그녀는 부엌 싱크대 안의 주전자와 찻잔들을 바라봤다. 큐는 힘 빠진 발걸음을 내디뎠다. 그녀는 부엌에서 선샤인 쪽으로 자리를 옮겨 떨리는 손으로 주전자를 들고서 땅바닥을 향해 내려쳤다. 주전자는 아픈 소리를 내며 산산조각이 났다. 그 소리는 '더 메모리'의 위기를 알리는 경고음 같았다. 주전자는 원래의 형태를 잃으며 산만하게 흩어졌다. 우리는 곧 흩어진 주전자 조각과 안쪽에 있던 찻잎이 탁한 검은색으로 변해 있는 것을 발견할 수 있었다. 그 검은색의 그림자들은 깨진 유리 조각으로 흩어져 있다가 저들끼리 자석처럼 이끌려 서로 붙기 시작했다. 어둠의 그림자들은 그들끼리 모여 하나의 그림을 만들어 냈는데, 큐는 그 그림을 보자마자 낮은 소리로 욕을 뱉었다.

"젠장."

그림은 만화에서 여러 번 본 것 같은 검은색 로브를 입고 손에는 거대한 낫을 들고 있는 마치 저승사자를 연상시켰다.

"몽유귀의 짓이야. 그것도 악질."

큐는 터덜터덜 힘 빠진 걸음으로 선샤인의 의자에 다가가 앉았다.

"오늘 영업 종료야. 장사 못 해."

그녀는 플룸에게 나지막이 말했다. 나는 어찌할 바를 모른 채로 큐에게 다가갔다. 그녀 앞에 내가 앉자 이마를 짚고 있던 그녀가 나를 바라봤다.

"손님에게 악영향을 끼쳤을 거야. 틀림없어. 근데 어떤 악영향인지 몰라. 그 손님에게 무슨 일이 분명 일어날 건데, 그게 얼마나 나쁠지… 몰라. 가늠이 안 돼."

그녀는 흐느끼듯 말했다. 집에 혼자 남겨져 두려움을 느끼는 아이처럼 큐는 떨고 있었다. 그런 큐를 보며 내가 할 수 있는 일이란 건 없었다. 당황해하며 떨리는 그녀의 손을 잡아 주는 것밖에는.

"오늘 오는 손님의 초대장은 전부 태워져 없어졌을 거야. 그들의 기억에 오늘의 초대는 없어. 물론 플룸이 다시 초대하겠지만."

"어떻게… 왜…?"

나는 말을 잇지 못했다.

"내 탓이야. 내가 어젯밤 무도회에 가서 술만 많이 안 마셨어도… 잠금장치만 켜 놓고 잤어도… 정신력이 약해진 틈을 타 들어온 게 틀림없어. 내 탓이야… 요새 좀 잠잠해서 하루쯤은 괜찮을 거라고 방심한 내 탓이라고….”

그녀가 머리를 뜯어 버릴 것처럼 거세게 움켜쥐며 말했다. 어제 큐는 자주 가는 술집에 무도회가 열린다며 들뜬 채로 무슨 옷을 입고 가야 무도회의 퀸이 될 수 있을지 스텔라와 상의했었다. 이 옷, 저 옷 걸쳐 보던 그녀의 모습이 떠올랐다. 큐는 아마 만취한 상태로 귀가했을 것이다. 잠금장치를 켜 놓는 것을 깜먹을 만큼. 그 때문에 가게에 침입하게 된 몽유귀의 흔적이 그녀의 마음을 휘저어 놓았다. 그녀의 정신이 잇따라 흔들리자 ‘더 메모리’도 그녀를 따라 반응한다. 굉음이 울리며 ‘더 메모리’의 벽에 금이 가기 시작했다. 지진이라도 난 것처럼 사정없이 가게 전체가 흔들리기 시작한다. 큐와 내가 앉은 선샤인 쪽을 제외하고는 금방이라도 무너져 내릴 것처럼 ‘더 메모리’는 본래의 모습을 잃어갔다. 가게에 일어난 엄청난 변화에 웬만한 큰 소리에도 낮잠에서 깨지 않던 니엘이 깜짝 놀라 날아왔다.

“뭐야? 애 왜 이래? 미쳤냐?”

니엘이 눈을 동그랗게 뜨고 물었다. 그의 색이 불투명하게 변해 간다. 당황한 그를 보면서도 나는 상황을 정리하는 내 말이 큐의 마음을 다시 한번 후벼 팔까 두려워 아무 말도 할 수 없었다. 무너져 내리는 가게에 놀란 내 심장이 크게 뛰고 있던 탓도 있다. 무슨 말이라도 해야 하는데 눈앞에서 벌어지고 있는 이 상황이 믿기지 않아 이대로 정신을 놓을 것 같았다. 한 명이라도 정신을 차려야 하는 이 상황에 말이다. 여기서 올곧은 정신을 가지고 있는 자는 없었다. 풀룸은 평소와 달리 초대장을 써 내려 가지 않고 가만히 있었다. 가만히 공중에 떠 날고 있었다. 나는 무서웠다. 순간 죽을까 봐 두려웠다. 내 옆에서는 상황을 모르는 니엘이 계속해서 입에 무슨 말들을 담아 소리친다. 귀가 멍해지고 심장 소리는 점점 커져만 갔다. 그 와중에 가게의 중앙에 장식되어 있던 샹들리에가 쿵 소리를 내며 바닥으로 추락했다. 영화 속 한 장면처럼 슬로우 모션으로 떨어진 샹들리에는 큰 굉음으로 내 머릿속을 다시 헤집어 놓았다. 큐는 여전히 머리만 쥐어뜯으며 흐느끼고 있었다. 큐를 통해 보이는 '더 메모리'의 창밖은 온통 새카맸다. 말이 통하는 상대가 없다고 생각한 니엘은 가게 안을 빠르게 날아다니다가 수화기를 들고 어디론가 전화를 걸었다. 나는 여전히 당황한 표정을 감추지 못한 채 큐 옆에 있었다. 눈에 보이는 가게는 여전히 빠르게 무너져 내리고 이대로 어둠에 잠식되어 사라져 버릴 것 같았다.

　나는 마음속으로 소리쳤다. 누가, 누가… 제발 좀 이 상황을 멈춰 줘. 제발 누구라도 도와주길 바랐다. 누군가 영웅처럼 나타나서 이 모든 혼란을 잠재워 주길 바랐다. 나는 주저앉은 채로 비정상적으로 흘러가는 사고 회로를 다시 작동시키기 위해 노력했다. 평상시에 배워 뒀던 재난 상황에서 필요한 침착함은 쉽게 마음속에 들어와 주지 않았다. 누군가의 도움만을 바라며 무너져 내려 가는 큐와 '더 메모리'를 바라본 채 후들거리는 다리를 붙잡고 일어나기 위해 안간힘을 썼다. 큰 흔들림 속에 내가 할 수 있는 최대한의 노력이었다. 눈물범벅이 된 나는 눈을 질끈 감았다 뜨기를 반복했다.

제발, 누가 좀 도와주세요⋯ 제발, 제발. 나는 구원을 간절히 염원하며 계속해서 외쳤다. 지금까지 살아왔던 날들을 반성하고 앞으로 더 바르게 살 것을 약속하며 어디론가 크게 소리쳤다.

이 말만을 반복하기를 수십 번, 그렇게 계속 마음으로 크게 외치던 나의 소리를 들은 누군가가 있는 듯했다. 분명 누군가에게 닿았다.

띠링 소리와 함께 가게의 문이 열리고 누군가 들어온다. 이 무너져 내리는 '더 메모리' 속으로. 나는 소리가 나는 쪽을 향해 천천히 시선을 옮겼다. 검은 정장을 입은 사람들이 줄줄이 내 눈동자에 가득 담겼다. 그들은 '더 메모리' 속으로 들어와 질서를 유지하며 각자의 자리를 찾아 흩어졌다. 그들이 들어오자 '더 메모리'의 붕괴 속도가 조금이나마 줄어들었다. 그들은 '더 메모리' 곳곳에 서서 자신들의 힘으로 이 지진을 막고 있었다.

"꼴사납군, 마담 큐."

검은 정장을 입은 사람들 중 한 명이 중저음의 목소리로 말했다. 목소리가 그렇게 건조할 수가 없었다. 많은 이들 중 가운데로 걸어 나온 그의 목소리가 귓가를 스치자마자 마담 큐는 머리를 잡고 있던 손을 흠칫 떨었다.

"뭐 하는 짓거리지?"

그의 말에 신기하게도 그녀의 떨림이 서서히 잦아들었다. 중 저음의 울림에 안정이라도 되찾은 것일까? 머리를 땅에 박고 있던 그녀가 서서히 고개를 들었다. 얼굴에는 물기가 가득했다. 눈물임이 분명했다.

"… 테일런."

그녀가 검은 정장을 입은 사람의 것으로 추정되는 이름을 부르자 그는 눈썹을 들어 올리더니 인상을 찌푸리며 그녀의 얼굴을 천천히 뜯어보았다. 그러고는 손을 높게 추켜올렸다. 나는 그 다음 장면을 여러 개 만들어 예상해 봤지만 그의 행동은 그 모든 추측을 빗나갔다.

짝!

테일런은 높이 치켜든 손으로 촉촉한 눈망울로 자신을 바라보는 마담 큐의 뺨을 사정없이 후려쳤다. 얼마나 세게 쳤는지 큐의 고개가 순식간에 돌아갔다. 나는 가게가 무너져 내릴 때보다 더 놀랐다. 무거운 정적이 안정을 되찾은 '더 메모리' 안을 가득 메웠다. 숨소리라도 내면 안 될 것 같은 분위기였다. 낯선 이들의 등장에 다시 선샤인 쪽으로 날아온 니엘도 나와 똑같이 느끼고 있는지 우리 둘은 똑같은 얼굴을 하고 있었다.

수십 시간을 담은 것 같은 몇 분간의 정적이 흘렀다. 나는 큐가 어떤 얼굴을 하고 있을지 궁금했지만 섣불리 아무 행동도 하지 못했다. 그녀가 또 울진 않을까 걱정했다. 시간이 얼마나 더 지났을까, 그녀가 돌아간 고개를 들었을 때 그녀의 표정은 의외였다. 그녀는 빨갛게 부어오른 뺨에 손을 대고는 힘없이 웃고 있었다. 조금은 냉정을 되찾은 눈빛이었다. '더 메모리'의 떨림도 점점 잦아들더니 이내 완전히 사라졌다.

테일런은 잘 정돈된 검은색 머리칼에 옆으로 찢어진 사나운 눈매의 사나이였다. 머리는 빳빳하게 서 있었고 한 올의 머리카락도 이마에 침범하는 것을 허용하지 않는 듯했다. 그는 반쯤 무너진 '더 메모리' 안을 살피다 마담 큐가 건네준 몽유귀의 흔적을 보며 인상을 찌푸렸다.

"몽유귀 중에서도 심한 악질이군."

마담 큐는 다소 평안을 되찾은 듯했지만 여전히 불안한 기색이 역력했다.

"일단 네가 왔다는 것은…"

"그래, 플룸 덕에 감사원에 경보음이 울렸지. 게다가…"

"…."

"상황 RED. 미래를 보는 마녀 에르니가 얼른 해결하는 게 좋을 것이라더군."

어렵게 찾은 이성을 마담 큐는 금방이라도 다시 놓아 버릴 것 같았다. 나는 그들의 대화를 완전히 이해할 수 없었다. 대략 엄청 안 좋은 상황에 놓여 있다는 것만 느낄 수 있었다. 나는 눈물을 닦으며 슬금슬금 발걸음을 카운터 쪽으로 옮겼다. 니엘은 어디로 숨었는지 보이지 않았다. 그에게 물어보려고 했는데… 정장 차림의 다른 이들은 테일런의 명령에 어디론가 사라지듯 떠난 지 오래였다. 그 덕에 가득 찼던 내부가 휑해졌다.

"일단, 이리로 와서 앉지."

테일런이 흔들리는 눈동자를 주체 못 하는 큐에게 말했다. 그는 카운터에서 큐가 건넨 주전자의 조각을 이리저리 살펴보다 선샤인 쪽으로 다가가 앉았다. 이내 시원하게 뻗은 다리를 꼬고는 자신의 반대편 의자 쪽을 향해 눈짓했다. 마담 큐가 그의 앞에 슬그머니 앉았다.

"상황 RED, 마담 큐의 '더 메모리'."

그가 중얼거리자 공중에서 두꺼운 책 같은 것이 생겨났다. 그 책은 검은색을 띠고 있었고 표지에는 독수리와 호랑이가 입을 벌리며 서로 마주 보고 있는 모양의 장식이 있었다. 책은 테일런의 손에 안착했고 스스로 장을 넘겨 그가 원하는 정보를 펼쳤다.

"몽유귀의 습격으로 인해 지구의 P에게 해를 입혔다."

"…."

"몽유귀가 들어올 수 있도록 정신을 놓아 버리다니. 제정신인 가?"

"… 미안."

"피해를 본 P의 신상 정보는 K-A 구역의 신하림. 나이 24살. 여자. 직업 인터넷 BJ. 최근 그녀를 둘러싼 힘든 일에 대한 기억 을 치유하기 위해 이곳에 방문. 그러나 몽유귀의 장난으로 그녀 가 바라던 대로 기억이 수정되지 않았음. 그로 인해 지금 그녀의 정신 상태는 한 단어로 표현하자면 절망."

"…."

"이대로 그녀를 내버려 두었을 시 일어날 최악의 사태는."

알 수 없는 말들을 술술 던지고 있는 테일런에게 나는 약간 소름이 끼쳤다. 그가 한마디 한마디 내뱉을수록 더 떨리는 마담 큐의 어깨를 발견했을 때 그의 입을 막아 버리고 싶었다. 날카로운 눈으로 베일 듯 큐를 바라보는 테일런은 마치 드라마에서 봤던 범죄자를 심문하는 형사의 모습과 흡사했다. 테일런은 마담 큐 가 대역죄라도 지은 것마냥 그녀를 대했다. 마담 큐는 다음 말을 기다리면서도 듣기를 원치 않아 하는 것 같았다.

"사망이다. 그것도 자살."

큐의 표정에서 모든 감정이 드러났다. 테일런이 말한 단 하나의 단어가 다시금 '더 메모리'를 흔들리게 했다. 멈췄던 붕괴가 다시 시작되려고 하는 것 같았다.

"큐."

현재로선 테일런의 목소리가 그녀의 진정제인 것 같았다. 그의 냉랭한 목소리가 다시 그녀를 강제적으로 안정시켰다. 큐는 마치 훈련이라도 받은 것처럼 안정을 되찾았다.

"또 맞아야 정신 차리나?"

나는 흠칫 놀라 그를 바라봤다. 마담 큐가 고개를 젓는다. 항상 여유 넘치는 어른 같았던 그녀가 그 앞에선 어린아이처럼 작아졌다.

"이래서 어렸을 때부터 난 네가 지구에 가지 않길 바랐어. 약해 빠진 그 정신력으로 잘도 버틴다 생각했지. 기억을 수정하는 마법으로 P를 도와? 도움은 정신적 여유를 지닌 강한 사람이나 줄 수 있는 것이라고 말했을 때 귀담아듣지 그랬어? 지금 네 모습을 봐, 이런 문제 상황이 발생했을 때 네 그 꼬락서니가 어떻게 변하는지."

테일런의 날카로운 말에 큐는 사정없이 베였다. 상처로 물들어 가는 큐가 보였다. 이성을 간신히 붙든 채 손을 떠는 큐가 무슨 생각을 하고 있을지 걱정됐다. 안 그래도 스스로를 절벽으로 몰아세우고 있을 것 같은데. 그녀가 더 상처받는 것은 원치 않았다. 그리고 나는 그런 큐를 더 이상 지켜보고 있지만은 않았다.

"아니에요!"

큐의 축 늘어진 모습에 무슨 패기였는지 모르지만 나는 입을 열었다. 옆에서 병풍처럼 가만히 서 있던 내가 첫 마디를 던지자 테일런의 사나운 시선이 내 쪽을 향해 날카롭게 꽂혔다. 나는 순간 심장이 덜컹했지만 물러서지 않았다.

"이건 몽유귀라는 나쁜 놈 짓이잖아요! 큐는 충분히 강해요!"

말을 하면서도 머리로는 큐의 떨림이 멎었으면 좋겠다고 생각했다. 스스로를 벼랑 끝으로 내몰고 있을 그녀가 그만 자책하기를 바랐다. 그녀가 기억을 다루는 자신의 마법으로 얼마나 많은 사람들의 우울한 표정을 행복한 웃음으로 바꿨는지 익히 알고 있기 때문이었다. 거창한 위로의 말보다는 손님의 이야기를 있는 그대로 경청하며 그들의 마음 한구석을 담백하게 채워 주기 위해 노력했던 큐였다. 나는 그녀가 상처받지 않기를 바랐다. 그런 바람을 안고 입을 열었다. 내 말이 공중에 흩뿌려져 큐에게 닿기를. 큐는 우렁차게 할 말 다하는 나를 당황스럽게 쳐다봤다. 테일런은 그런 나를 계속해서 노려봤다. 나는 큐에 대해 정신없이 머릿속에서 생각나는 말들을 그에게 쏟아부었다. 그러고는 뒤늦게 나에게 무슨 일이 생길까 걱정하며 그의 시선에 맞섰다. 그가 어떤 말로 반박할지 긴장하며 바라봤다. 그가 내뱉을 잔인한 말에 버틸 자신은 없었지만 할 말은 다 했으니 후회는 없었다. 그런데 나를 노려보던 테일런은 얼마 안 있어 내게서 시선을 거두고 다시 마담 큐로 눈빛 화살을 돌렸다. 나는 기다린 시간들에 허무함을 느꼈지만 한편으론 안도했다. 그러나 그가 큐에게 또 무슨 말을 할지 몰라 다시 걱정을 해야만 했다. 테일런은 나는 신경도 쓰지 않은 채 다시 큐를 향해 말했다.

"만약 이 상황을 해결 못 할 시, 마담 큐는 RED급의 대역죄를 지은 것으로 판도라 행성 밖으로 다시는 나갈 수 없으며 지구로 돌아올 수도 없다. RED라는 표식을 달고 다녀야 하며 매일 감사원에 출입하여 죗값을 치러야 한다. 판도라 행성으로 강제 소환당하는 그날이 '더 메모리'의 마지막 날이 될 것이다. 이 일을 해결하기까지 다른 영업 또한 할 수 없다. 해결하는 데 마법도 금지다. 오로지 너의 힘으로만 해결해야 한다. 이상."

테일런이 말을 마치자 그의 손에 안착했던 책이 닫혔다. 그의 충격적인 말에 어깨를 잔잔히 떨고 있던 마담 큐는 더 이상 고개를 들지 못했다. 테일런이 자리에서 일어났다. 그는 우울의 늪에 빠진 마담 큐를 한심하게 한번 쳐다보고는 나를 투명인간 취급하며 카운터 쪽으로 향했다.

띠링. 그가 문을 열고 '더 메모리'를 나가려고 하는데 누군가 그보다 먼저 선수를 쳐 가게 안으로 들어왔다.

내가 처음 이곳에 방문했던 날 만났던 포근한 인상의 여자였다.

"줄리아."

테일런과 여자는 잠시 서로에게서 시선을 떼지 않았다. 이내 테일런의 한쪽 눈썹이 위를 향했다. 줄리아라고 불린 포근한 인상의 여자는 뛰어왔는지 숨을 급하게 몰아쉬었다. 바람에 흩날려 헝클어진 갈색 머리칼과 발갛게 상기된 볼은 그녀가 얼마나 내달렸는지 말해 주는 듯했다. 그녀의 동그란 눈이 테일런을 향했다.

"테일런."

뭔가 못마땅한 얼굴로 그녀를 몇 초간 바라보던 테일런은 그녀의 이름을 부르는 것 외에는 아무 소리도 내지 않고 '더 메모리'를 떠났다. 그가 떠나자마자 나는 애써 힘을 주고 서 있던 다리가 무너져 내렸다. 땅바닥에 반쯤 주저앉은 나와 고개를 아래로 떨어뜨리고 있는 마담 큐, 그리고 엉망이 된 '더 메모리'. 줄리아는 시선을 어디에 먼저 둬야 할지 갈피를 못 잡으며 선샤인을 향해 다가왔다.

줄리아는 무겁게 축 처진 마담 큐의 어깨에 살포시 손을 올렸다. 그러고는 큐의 어깨를 부드럽게 토닥였다. 미세하게 떨리던 어깨의 진동이 서서히 잦아들었다. 큐가 자신의 어깨에 얹힌 줄리아의 손에 자신의 손을 겹쳤다. 자신을 찾아와 준 줄리아에 대한 묵언의 감사 표시였다.

테일런이 그렇게 가 버리고 몇 분간 나는 줄리아에게 자초지종을 설명했다. 마담 큐는 본래의 이성을 되찾고도 설명하기는 아직 힘들어 보였기 때문이다. 나는 큐가 '더 메모리'의 박살 난 부분을 조금씩 고치는 동안 화원 속에서 줄리아와 대화를 나눴다. 화원은 의외로 지진의 타격이 전혀 없는 것처럼 멀쩡했다. 폭삭 무너져 내렸을 것이라고 상상했던 화원 안이 제일 안전한 곳이었을지도 모른다는 생각이 들자 얼떨떨했다.

"그렇구나. 상황 RED라니, 심각하네 엄청⋯."

나는 고개를 끄덕였다.

"그런데 아까 그 사람은 감사원에서 온 것 같던데. 큐랑 무슨 사이예요?"

"테일런?"

"네."

줄리아는 그 이름을 곱씹으며 화원을 이리저리 살펴봤다. 그에 관한 얘기를 나누는 동안 줄리아의 표정이 시시각각 변해서 나는 조금 당황했다. 그러다 그녀는 갑자기 주먹을 거세게 쥐고는 악! 하고 소리를 질렀다. 나는 깜짝 놀라 그녀를 바라봤다.

"미안. 내가 테일런이랑 그리 좋은 사이는 아니라서."

줄리아는 자신의 행동에 대해 즉시 반성하며 나에게 사과했다. 나는 손바닥을 좌우로 휘저으며 괜찮다고 말했다.

"테일런이랑 큐는 소꿉친구야. 유년 시절을 함께 보냈지. 비슷

한 환경에서 함께 자랐지만 둘이 걷고 싶었던 길이 달라서 지금
은 각자 다른 위치에 있어."

"테일런은 큐랑 달리 조금 무섭던데…."

"푸핫. 무섭다니. 테일런은 무서운 게 아니라… 엄청 무서운
거야."

줄리아는 웃다가도 갑자기 진지한 표정으로 내게 말했다. 나
는 잘 이해가 되지 않았지만, 곧 줄리아식의 농담인 것 같아 어색
한 미소를 지어 보였다.

"안 웃어 줘도 돼. 하하. 흠. 테일런은 어렸을 때부터 유독 큐에
게 엄격하게 굴었대. 큐는 엉뚱한 면도 많고 우유부단할 때가 종
종 있었거든. 그리고 공감 능력은 딱히 없는데 마음이 약했지. 그
부분이 테일런한테는 제일 마음에 안 들었을 거야."

"마음 약한 게 나쁜 건 아니잖아요!"

"그렇지. 그렇긴 한데, 여기 지구에서 자신의 루트를 만들어서
P들을 도우려고 한다면 정신력이 강해야 하거든. 모든 루트들은
만든 사람의 정신력에 따라 유지되니깐. 그 사람이 흔들리면 루
트라는 공간 자체가 흔들려. 만약 붕괴될 때까지 탈출 못 하면 영
원한 루트의 미로에 갇히게 될 수도 있어."

나는 흠칫 놀랐다. 그럼 아까 큐가 끝내 정신을 못 차렸다면…
그 뒤는 상상만 해도 무서웠다.

"테일런은 남에게 폐 끼치는 건 절대 못 보는 성격이 또 강해

서 큐가 이런 식으로 쓰러질 때마다 자신만의 방식으로 잡아 주는 거지. 다소 과격하지만 말이야. 나는 그의 방식이 마음에 안 들기 때문에 테일런과 사이가 그렇게 좋진 않아."

테일런도 내가 별로 마음에 안 들 거야. 서로의 가치관이 다르다는 걸 알고 있는 탓이겠지. 줄리아가 화원의 꽃들을 바라보며 나지막이 말했다. 상황을 대충 설명하고 큐, 테일런 그리고 줄리아에 대한 관계사를 듣다가 우리 둘 사이에 잠깐의 정적이 찾아왔다. 그러다 또다시 궁금증이 생긴 나는 줄리아에게 이것저것 물어보기 시작했다.

"줄리아는 어떤 마녀예요?"

"흠… 나는 술을 잘 만들어."

"그럼 술에다 마법을 부리나요?"

"… 세상에는 여러 종류의 마법이 있지. 태리라고 했지? 너도 부릴 수 있어."

줄리아는 세상 밝은 미소를 지어 보였다. 그 미소에는 긍정이라는 단어 그 자체를 담은 것 같았다.

"마녀가 아니어도요?"

"그러엄."

"근데 저번에 처음 봤을 때는 큐가 다른 이름으로 불렀던 것 같은데. 뭐더라…?"

"마담 어비? 그건 내 활동명이야."

"아, 정말요? 그럼 큐도 활동명이에요?"

"아니, 큐는 본명을 쓰고 있어. 마녀들은 대부분 본명을 쓰는데 난 예외야."

"그렇구나."

시시콜콜한 대화를 나누며 줄리아와 나는 화원을 나왔다. '더 메모리'의 내부는 다행히 화원에 들어가기 전과 후로 나뉠 만큼 원래의 모습을 되찾아 가고 있었다. 니엘이 큐를 도와 바쁘게 움직였다. 줄리아는 마법으로 '더 메모리'의 내부를 고치고 있는 큐에게 다가갔다. 큐는 줄리아가 다가오자 힘없이 미소 지으며 그녀를 안았다. 나는 테일런과 줄리아의 차이를 큐의 얼굴에서 느낄 수 있었다. 따뜻한 감성과 냉정한 이성의 차이랄까. '냉수 마시고 정신 차려'와 '따뜻한 차 한 잔 마시고 진정해'의 차이라고도 할 수 있겠다. 그 둘을 보며 나는 고개를 위아래로 끄덕였다. 이렇게 내가 머릿속으로 엉뚱한 생각을 하고 있을 때 줄리아가 나를 불렀다.

큐와 나, 줄리아, 니엘은 선샤인에 모여 앉아 앞으로 어떻게 해야 할지, 어떻게 이 사건을 해결해 나가야 할지에 대해 얘기하기 시작했다.

"지금 나는 벌 받는 중이라 해결하는 부분에 마법은 사용 못 해. 오직 우리가 직접 나서서 해결해야 해."

큐가 진지한 얼굴로 말했다. 그녀를 제외한 나머지 세 명은 고개를 끄덕였다.

"일단 그 고객을 다시 '더 메모리'에 올 수 있게 해야 해. 기억을 되찾아 주고 다시 수정할 수 있도록. 우리 측이 잘못했으니까."

"기억은 어떻게 되찾아 줘요?"

"그녀의 기억이 피워 낸 꽃잎을 우려낸 차를 마시면 돼."

"그렇구나."

"일단 그녀를 찾아야겠다."

"그녀가 거주하고 있는 구역이 어디지?"

줄리아의 말에 큐가 부엌으로 향하더니 이내 실망한 얼굴을 하고는 다시 선샤인으로 돌아왔다.

"마법을 이용해야 지도에 그녀의 위치를 나타나게 할 수 있는데…."

"해결하는 데 마법을 사용하면 안 되잖아. 그녀가 거주 중인 구역이 어딘지 기억나는 거 없어?"

"K-A 구역이라고 했던 것 같은데."

"흠… 그런데 구역으로 나누니깐 역시 너무 광범위해."

사건을 해결하고자 하는 의지를 활활 불태우다 선샤인의 모든 사람들은 축 늘어졌다. 우울한 기운과 아무 말도 오가지 않는 순간들이 시간을 채우고 있었다. 끄응 앓는 소리를 내며 좋은 생각이 나기만을 모두가 기다렸다. 실마리를 찾으며 서로 골머리를 앓는 얼굴로 지도를 내려다보고 있을 때 나는 문득 떠오르는 것이 있었다.

"아! 그 사람 방송 일을 하잖아요!"

테일런이 이곳에 남기고 간 말들과 '더 메모리'의 붕괴로 인해 잠시 잊었던 그녀의 사연 속에서 그녀의 직업이 기억난 내가 소리쳤다. 나는 서둘러 핸드폰을 뒤지기 시작했다. 내 덕에 상황이 한결 나아졌다는 것을 깨달은 나머지는 자리에서 벌떡 일어나 내 머리를 쓰다듬어 주기 시작했다.

"잘했어, 잘했어!"

"그 사람 이름, 신하림이야. 신하림으로 검색해 봐! 이름으로 그냥 검색해 보면 됐었네!"

큐는 희망을 조금이나마 되찾은 얼굴로 나를 재촉했다. 선샤인의 인물들이 흥분하기 시작했다. 그들이 내 팔을 여기저기 붙잡고 흔들자 글자가 잘 쳐지지 않던 나는 다시 한번 꽥! 하고 소리를 질러야 했다. 나의 외침 뒤에 다행히 정적이 찾아왔다.

"여기 있어요! 신하림, 인터넷 방송 인기 BJ!"

그녀가 사람들에게 관심을 크게 일으킬 수 있는 사람이라 다행이었다. 검색창에 그녀의 이름만 쳐도 수십 가지 연관 검색어가 떴고 최신 근황도 검색되었다.

"신하림, 바람. 신하림, 마약."

그녀를 둘러싼 최근의 기사들은 자극적인 것이 대부분이었다.

선샤인의 모든 사람들은 다닥다닥 붙어 여러 명이 보기엔 작은 내 휴대폰 액정에 시선을 꽂았다. 덕분에 서로 어깨를 최대한 구부려야만 했다. 정보를 얻기 위해 신하림 씨의 기사들을 하나하나 살피다 보니 그녀의 사연이 다시 한번 수면 위로 올라왔다. 나는 큐를 힐끔 바라봤다. 아니나 다를까 큐도 그 사연이 떠올라 표정이 좋지 않았다.

신하림 씨는 최근에 BJ들 사이에서 일어난 불화로 사람들 입방아에 자주 올랐다. 유명 남자 BJ인 P 씨의 전 여자친구가 이별을 원치 않았던 본인에게 헤어지자는 통보 문자를 날린 P 씨에게 복수를 하기 위해 없던 이야기를 지어내 BJ들에 대해 폭로하는 방송에 제보한 것이다. 그녀는 P 씨가 자신과 교제 도중 바람을 피웠다는 소문을 퍼뜨렸다. 상대는 유명 여자 BJ들 중 한 명이라고 얘기했고, 사람들은 그 말을 듣고 저마다 추리를 하기 시작했다. 평소 P 씨와 친분 있던 신하림 씨는 같이 방송한 적이 많다는 이유로 강력한 후보로 올랐다. 맹세코 그런 관계가 아니었음에도 사람들은 재미있는 건수를 잡은 것마냥 그들을 몰아붙이기 시작했다. 아무 의미 없이 지었던 미소 사진 등이 돌아다니며 없던 상황까지 만들어 냈다. 그렇게 인터넷은 신하림 씨와 P 씨의 이야기로 한창 뜨거워졌고 신하림 씨에게는 평소보다 더 많은 건수의 협박 문자가 날아갔다. 그리고 이상한 내용을 담은 그녀 관련 소설들이 퍼져 나가기 시작했다. 그녀가 마약을 했고 임자 있는 다른 남자를 꼬시는 것을 봤다는 사람들이 나타났다. 그게 사실이든 아니든, 사람들은 각자 입을 열기에 바빴다. 만약 P 씨가 전 여자친구와의 연락 내용과 전 여자친구의 집착 증세가 담긴 연애의 실체를 밝히지 않았다면 신하림 씨는 매번 두려움 속에서 살아야 했을 것이다. 삼자대면으로 만난 전 여자친구는 사실 이렇게 해서라도 P 씨의 관심을 끌고 싶었다고 토로했다. 신하림 씨는 그때 당시 너무나도 어이가 없던 나머지 자리를 박차고 나왔다고 했다. 사건이 종결된 뒤 신하림 씨는 자신에게 더 이상 도를 넘는 연락들이 오지 않았음에도 그간의 말들이 날카로운 비수로 가슴에 꽂혀 괴로워하다가 '더 메모리'에서 기억을 수정하기로 마음먹었던 것이다. 그리고 기억을 수정한 뒤 방송일을 접으려고 했었다. 모든 채비를 마치고 새로운 출발을 하려고 했던 그녀의 계획이 '더 메모리'에 침투한 몽유귀로 인해 무산된 것이었다.

"얼른 그녀에게 가자."

인터넷 검색을 통해 그녀가 어디 사는지 대충 알아낸 우리는 팀을 나눠 움직이기로 했다.

"큐랑 니엘은 남아서 '더 메모리'를 마저 복구시켜. 태리랑 내가 신하림 씨를 데려올 테니까."

"뭐? 그렇지만…!"

큐가 눈을 동그랗게 뜨고 손을 휘저었다. 큐가 무슨 말을 하고 싶은지 모두가 알고 있었다. 그러나 그런 큐에게 줄리아는 더 단호하게 말했다.

"알아, 네가 무슨 말을 하려고 하는지. 그래도 그 손님이 다시 왔을 때 기억을 수정시킬 수 있는 곳이 온전한 상태여야 하잖아?"

"…."

줄리아의 표정에는 큐가 어떤 말을 해도 물러서지 않겠다는 강단이 있었다. 그녀의 다짐을 굽힐 수 없다는 것을 깨닫자 큐는 더 이상 아무 말도 하지 않고 고개를 푹 숙였다. 그런 큐에게 다가가 등을 부드럽게 토닥인 뒤 줄리아는 내게로 왔다.

"가자, 태리야."

나는 기운 빠진 큐가 안쓰럽기도 했지만 서둘러 외투를 챙겨 밖으로 향하는 줄리아를 뒤따랐다. '더 메모리'의 출입문을 열려고 하는 순간 큐가 나를 불렀다.

"태리야."

나는 가만히 그녀를 바라봤다. 고개를 든 큐는 흔들리는 눈동자로 나를 바라보다 이내 마음을 다잡은 듯 말을 이었다.

"잘 부탁한다."

나는 살며시 고개를 끄덕였다. 그 간단한 몸짓 외에는 아무 말도 오가지 않는 어색한 침묵에 어찌할 바를 몰라 하다가 문득 그녀에게 찡긋 윙크를 날렸다. 걱정 말라는 표시였다. 나름 밝은 분위기를 연출해 보려고 했는데 큐는 내 윙크를 보더니 고개를 빠르게 돌려 버렸다. 뻘쭘해진 나는 황급히 줄리아의 뒤를 쫓았다.

chapter 8

달밤의 추격전

'더 메모리'를 나온 줄리아와 나는 버스를 타고 BJ 신하림 씨의 집으로 향했다. 신하림 씨가 첫 손님이었기 때문에 밖은 아직 해가 떠 있는 오후였다. 그녀는 찻집에서 나와 맛있는 것들을 사 들고 집으로 갈 것이라고 웃으며 얘기했었다. 그리고 신하림 씨가 다녀간 지 그리 오랜 시간이 지난 건 아니어서 빠르게 움직인 다면 앞으로 벌어질 참사를 막기에 충분할 것이었다. 정확한 주소는 모르지만 그녀가 인터넷 라이브 방송에서 공개했던 아파트를 우선 찾아갔다. 몇 동 몇 호에 사는지는 몰라도 아파트 주변에서 또 다른 단서를 얻어 낼 수 있을 것으로 생각했다.

"지금 뭐 하고 있을까, 신하림 씨는?"

버스에서 줄리아는 신하림 씨 관련 기사와 영상들에 달린 댓글들을 보며 말했다. 나는 지금 그녀가 어떤 상태인지 테일런에게 대충 들어서 알고 있었기에 그 질문에 어떤 대답을 해야 할지 망설였다. 줄리아는 그런 나를 보더니 옅은 미소를 지었다. 고민하는 내 얼굴에 표가 난 듯했다. 그녀는 내 머리를 쓰다듬으며 대충 알 것 같다고 말했다. 덕분에 나는 무슨 말을 할지 더 이상 고민하지 않을 수 있었다. 신하림 씨의 집은 '더 메모리'에서 그리 멀지 않았다. 버스를 환승할 필요가 없는 30분 안짝의 거리였다. 버스에서 내려 도착한 신하림 씨의 아파트는 엄청 호화스럽지도 낡아 보이지도 않았다. 우리는 꽤 높은 층수를 자랑하는 아파트 꼭대기를 바라보다 단지 내로 들어섰다. 첫 시작은 당당하게 들어섰지만 우리의 망설임 없던 걸음은 곧 자신감을 잃게 되었다. 그녀의 아파트에는 왔지만 어떻게 그녀를 만나고 다시 '더 메모리'로 데려올지에 대한 묘수가 아직 없었기 때문이었다. 물론 고민을 아예 안 해 본 것은 아니었다. 줄리아와 버스에서 내내 상의했지만 좋은 방법이 떠오르지 않았다. 인터넷을 검색해 보니 신하림 씨는 이 아파트의 105동에 산다고 나와 있었다. 그 외에는 이상한 광고가 뜨는 사이트에 가입하고 들어가야만 더 볼 수 있다고 적힌 게시글들을 보고 우리는 더 알아내기를 포기했다. 가입 절차도 복잡하고 전체적으로 난잡해 보이는 사이트들이었기 때문이었다. 일단 줄리아와 상의한 후, 신하림 씨가 사는 105동 앞 놀이터에 앉아 더 고민해 보기로 했다. 우리는 그녀의 집 주변 놀이터에 도착했다. 그곳에는 교복을 입은 몇몇 아이들이 벤치에 앉아 핸드폰을 보고 있었다. 줄리아와 나는 그 아이들 옆 벤치에 자리를 잡았다. 아이들은 꽤나 시끌벅적하게 자기들만의 담소를 나누고 있었다. 한 명은 머리를 단정하게 빗어 내린 긴 머리를 하고 있었고, 나머지 두 명은 깔끔하게 자른 단발머리였다. 긴 머리칼을 작은 머리빗으로 계속해서 정돈하고 있는 여자애와 입술에 틴트를 바른 그들의 모습에 몇 개월 전까지만 해도 나도 똑같이 저러고 있었던 때가 생각나 피식 웃었다. 얼마 되지도 않은 과거지만, 나는 그 시절로부터 아주 멀리 걸어온 어른이 된 것마냥 미소를 지었다. 그런 회상도 잠시였다. 나는 곧바로 신하림 씨와 어떻게 접촉할지 줄리아와 의논하기 시작했다. 머리를 꽁꽁 싸매며 좋은 수가 떠오르기 기다리기를 몇 분, 큐를 위해 해 줄 수 있는 게 아무것도 없으면 어쩌나 싶어 걱정되기 시작했다. 상상하기도 싫은 '더 메모리'의 끝이 무의식적으로 자꾸 그려져서어서 빨리 해결 방안을 떠올리라고 머리에 명령했다. 줄리아도 마찬가지 생각을 하는 것 같았다. 그렇게 지끈거리는 이마를 손으로 받치고 아이디어를 찾아 헤매는 우리 둘 사이의 정적을 깨는 목소리가 들려왔다.

"신하림이 요즘 영상 안 올리던데, 커뮤니티에 글 하나 올려놓고."

"그니깐. 근데 야, 사람들이 좀 너무하긴 했잖아. 그 사기꾼 년이 올린 글이 초반에 올라오자마자 신하림이 욕을 얼마나 먹었냐?"

줄리아와 나는 동시에 같은 곳을 바라봤다.

"솔직히 말하면, 나도 좀 욕하긴 했는데."

"못된 놈."

"아니, 근데 솔직히 둘이 많이 붙어먹긴 했잖아."

"난 신하림이 이번 사건 아니었어도 여우 느낌이어서 불호임."

신하림 씨에 대한 얘기를 거리낌 없이 하는 아이들에게 우리는 시선을 집중시켰다. 뭔가 단서를 찾을 수도 있을 것만 같았다. 몇 분을 무의식적으로 그들을 뚫어져라 보고 있었던 탓일까, 그들이 우리의 시선을 감지한 것 같았다. 그들은 의아한 눈빛으로 우리를 힐끔힐끔 바라보기 시작했고, 자기들끼리 속삭이며 우리를 이상한 사람 취급하는 것 같았다.

"저기, 궁금한 거 있는데. 물어봐도 돼요?"

줄리아와 나는 그들에게 다가가 서로를 보고 고개를 한번 끄덕이고는 입을 열었다. 아이들은 처음에는 흠칫 놀란 듯 보였지만 곧 호기심 반, 두려움 반으로 우리와 시선을 교환했다.

"혹시 오늘이라든가 신하림 씨 본 적 있어요?"

"어… 아니요. 원래 이 근방에서 방송 많이 켜고 해서 자주 볼 수 있었는데. 요즘 알죠? 그 사건 뒤로는 본 적 없어요."

긴 머리의 여자애가 대답했다.

"집에 틀어박혀서 안 나오는 것 아님?"

"악플 많이 달리고 해서 충격 먹었나 봄."

긴 머리 여자애의 대답이 끝나자 그들은 저마다 한마디씩 거

들었다.

"혹시 105동 어디 사는지 알아요?"

"흠….'

정작 우리가 필요한 정보를 묻는 말에는 학생들은 침묵했다. 아직 우리를 향한 경계심을 늦추지 않는 듯했다. 그리고 그들만의 대화가 오갔다.

"야, 이거 무슨 상황이냐?"

"흠, 사실 이건 뭐, 알면 안 되는 건데….'

"야, 이거 알려 줘도 되는 거야?"

"몰라….'

두 명은 서로 속삭이며 지금 이 상황을 경계했고, 다른 한 명은 그 두 명을 번갈아 지켜보며 대화를 듣다가 고민하더니 이내 입을 열었다. 그 아이가 입을 열자 나머지 두 명은 적잖이 당황한 얼굴이었다. 그 한 명은 처음 대답해 주었던 긴 머리의 여자애였다.

"뭐, 저희 학교 애 중에 조금 관종기 있는 애가 있어서. 그 집 벨튀를 했다고 자기 입으로 주소 떠벌리고 다니는 걸 봐서….'

"야!"

"그래서 신하림 씨 방송 영상에도 올라와 있어요. 벨튀 하지 말아 달라고."

"혹시 알려 줄 수 있어요?"

우리의 조심스러운 마지막 질문에 경계심이 막바지로 치닫는 모습이었다. 속삭이던 두 명과 나머지 한 명은 여전히 확신 없는 얼굴로 우리를 의심하고 있었다. 자신들에게 피해가 올까 두려워하는 것처럼 보이기도 했다.

"에이, 어디 가서 안 일러바쳐요. 저희 경찰도 아니고 꼭 만나야 될 일이 있어서 그래요. 우리 절대 나쁜 사람 아니에요."

우리는 상황이 급박한 만큼 최대한 불쌍한 표정을 지어 보였다. 아이들의 동정 어린 시선을 얻는 데에는 성공한 것 같았다. 아이들은 각자 고민하는 것 같더니 마침내 한 명이 머뭇거리며 신하림 씨의 주소를 알려 줬다.

"이래도 되는 거야 정말…?"

"뭐, 얼굴이 나빠 보이려야 나빠 보일 수가 없잖아."

"그건 그렇긴 한데…."

아이들의 대화는 우리에게 칭찬인지 욕인지 알 수 없었다. 얼굴 덕분에 그들의 의심 선상에서 벗어난 것이 과연 좋은 일인지 의구심이 들었다. 그러나 울컥할 시간조차 사치임을 깨달은 우리는 한시바삐 움직였다. 우리는 학생들에게 고맙다는 인사를 건네고 한결 가벼워진 마음으로 105동 현관으로 향했다. 그런데 공동 현관은 비밀번호 없이는 입장이 불가했다. 경비실에 연락하니 경비 아저씨는 우리의 용무를 물어 왔다. 우리는 아무 말도 할 수 없었다. 이 아파트에 지인이 있는 것도 아니었다. 우리는 인터폰의 검은 화면만 바라보다 결국 다른 주민이 문을 열고 들어갈 때까지 밖에서 기다려야 했다. 그렇게 우리는 오랜 수고 끝에 105동 안으로 입성할 수 있었다. 주민인 척 자연스럽게 걷는 게 어딘가 부자연스러운 우리는 엘리베이터를 타고 13층에서 내려 학생들이 알려 준 1302호 앞에 섰다. 우리는 두근거리는 심장을 안고 누가 초인종을 누를지 잠시 고민했다. 초인종은 줄리아가 눌렀다. 땡동 소리가 세 번 울릴 동안 내 심장은 매우 거세게 뛰었다. 드디어 신하림 씨를 만나게 될지 아닐지 아직은 알 수 없었지만 그녀의 집 앞에 서 있다는 것만으로도 긴장됐다. 그녀가 '더 메모리'에 다녀간 건 하루가 채 되지 않은 시간이었지만, 그녀에게 일어난 그 사건은 상당한 시간이 흐른 시점이었다. 신하림 씨는 그 사건 이후 사람들의 시선이 무서워 처음엔 집 밖에 잘 나가지 않았다고 했다. 사람들의 시시각각 바뀌는 시선에 방송을 더 이상 켜고 싶지 않았고 방송에 대한 열정도 사라져 버렸다고 털어놨다. 시간이 어느 정도 흐르고 나서야 자신의 결백을 믿도록 노력하기 시작했고 굳은 의지로 우울증을 이겨 냈다고 했다. 그녀의 마지막 말은 휴식을 원한다는 것이었다. 그건 우울의 시간을 견딘 자신에게 주는 포상이라고 했다. 나는 머릿속으로 희미하게 웃어 보이던 신하림 씨의 얼굴을 떠올렸다. 갈색의 웨이브 진 머리칼과 평소 방송에서 보던 것과는 달리 화장기 없는 수수한 모습이 인상적이었던 그녀였다.

초인종이 복도에 울려 퍼졌지만 소리가 다할 때까지 그녀는 나오지 않았다. 줄리아와 나는 두어 번 더 초인종을 눌렀지만 그녀의 현관문은 열릴 생각이 없어 보였다. 줄리아와 나는 조심스레 노크했다. 아무런 응답도 없었다. 순간 이제 더 이상 누구의 참견도 받고 싶지 않다고 말하던 그녀가 떠올랐다. 그녀에게 무슨 상황이 일어나고 있는지 알고 싶은 마음은 굴뚝같지만, 그녀가 마지막으로 원한 자유를 침범하고 있다는 생각에 초인종을 누르는 손가락이 점점 더 무거워졌다. 몇 번의 시도가 실패한 뒤 줄리아와 나는 신하림 씨의 현관문 앞에 주저앉았다. 혹시 그녀가 집에 없는 것은 아닐까? 줄리아와 나는 여러 추측을 하기 시작했다. 그렇게 아무 대답 없는 문 앞에 서 있기만을 몇 시간, 여전히 굳게 닫힌 문에 우리는 피곤한 몸을 기댔다. 벌써 밖의 풍경은 처음 이곳에 왔을 때의 하늘과는 달라져 있었다. 파랬던 하늘이 모든 색을 다 삼켜 버린 것 같은 색으로 칠해졌다. 우리는 몇 시간 동안이나 앉아 있어 저린 다리와 오래도록 이어진 공복을 더 이상 참지 못했다. 줄리아와 나는 끼니를 해결하고 나서 다시 오기로 마음먹었다. 마치 영화나 드라마에서 보던 잠복근무를 하는 것처럼 우리는 신하림 씨의 현관문 주변에서 밤을 새우기로 마음먹었다. 나는 귀가가 늦어질 것을 대비해 엄마에게 문자를 넣어 놓았다. 오랜만에 만나는 고등학교 친구들이랑 연말 파티를 열 예정이라 늦을 것 같다고. 곧 있으면 성인이지만 엄마에게 문자를 보내고 나서야 밤을 새우는 것에 안심이 된 나는 줄리아와 근처 편의점을 찾았다. 끼니는 간단하게 때우기로 했다. 컵라면과 삼각 김밥, 핫바를 선택한 나는 계산을 하고 난 뒤 자리를 찾아 앉았다. 줄리아는 처음에는 신중하게 음식들을 고르다가 결국엔 나와 똑같은 조합으로 식사를 하기 시작했다.

"어떡하죠…? 이러다 신하림 씨를 데려가기는커녕 얼굴도 못 볼 것 같은데."

"그러니깐… 이렇게 단서가 없을 줄 몰랐네. 집 안에 사람이 있는지 없는지 알 수 없으니… 뛰쳐나와 욕이라도 하면서 내쫓으면 오히려 더 좋은데."

"그게 더 안 좋은 거 아녜요?"

"그럼 얼굴이라도 보잖아. 얼굴 딱 보이는 순간에 대문에 발넣고 문 못 닫게 하고…."

"흠…."

"그치? 너무 무례하려나? 미안."

"그런데 그녀를 '더 메모리'에 다시 데려가기 위해선 어쩔 수 없을지도…."

공복 뒤에 먹는 짭쪼름한 라면과 삼각김밥의 조합은 환상 그 자체였다. 줄리아와 나는 식사를 하며 앞으로의 계획을 세우려고 했지만 우선은 정신없이 음식들을 해치우는 데 집중했다. 음식에 완전히 정신이 팔렸다고는 둘 중 누구도 말하지 않았다. 빠르게 비워 낸 잔해들을 치우며 서로 멋쩍게 웃었을 뿐이다. 우리는 음료수를 하나씩 사 들고 편의점에서 나와 길을 걸으며 목을 축였다.

"미안하네… 내가 어른인데 도움도 못 되고."

"에이, 뭐가 미안해요. 이 상황은 누가 와도 마법 없이는 해결 못 해요."

나는 살며시 웃으며 얘기했다. 아직 아무런 성과도 없는 상황이었다. 우울한 얘기를 하면 할수록 더 안 좋을 것이다. 그렇기에 나는 암울한 상황을 풀기 위해 나름대로 농담 삼아 한 말인데 줄리아는 웃지 않았다. 재미가 없었나? 아니, 정확히 말하자면 그녀는 미소를 지어 보이며 웃고는 있지만 오히려 슬퍼 보였다.

"그… 그래도 이렇게 발로 뛰고 몸으로 부딪쳐 보는 것도 나쁘진 않죠, 뭐. 마법 이용해서 모든 게 쉽게 해결되면 사건의 깊이를 받아들이는 것에 있어서도 차이가 있을 거고…."

내가 왜 이런 변명처럼 들리는 이유를 덧붙이고 있는지 몰랐다. 그냥 순간적으로 줄리아의 표정이 너무 슬퍼 보여서 횡설수설하며 계속 말을 이어 나갔다.

"그렇지. 몸으로 부딪쳐 봐야 그 벽의 높이를 알고 아픔을 알지."

줄리아의 씁쓸한 표정이 점점 빠르게 사라졌다. 그녀에게도 말 못 할 사연이 있는 걸까? 어떠한 아픔이라도 있는 걸까? 나는 내가 한 말 중에 줄리아의 마음속을 파고들 만한 비수가 있었던 것은 아닌지 걱정되었다. 그래서 괜히 미안해졌다. 그리고 나 자신을 책망했다. 분위기가 이렇게 된 게 내 탓인 것 같았다. 어느 부분에서 줄리아가 슬퍼졌는지는 알 수 없었다. 아까처럼 마법을 사용 못 해서 이 일을 해결 못 할까 봐 걱정된 것일까? 큐가 처벌받을까 봐 걱정되어서일까? 온갖 생각들이 머릿속에 침투해 안 그래도 복잡한 생각의 터를 헤집어 놨다. 그래서인지 땅만 보고 걷던 나는 앞을 보지 못했다. 아니, 볼 수가 없었다. 툭 튀어나온 돌부리에 걸려 넘어질 때까지.

"까악!"

나는 말 그대로 발라당 넘어져 땅바닥에 대짜로 뻗어 누웠다. 내 방 침대에서도 이렇게 누워 본 적이 없는데… 무릎을 감싸고 도는 깊은 통증에 상처가 꽤 크게 났음을 직감할 수 있었다. 아픈 것도 컸지만 창피한 마음이 더 컸다. 나는 고개를 들지 못했다. 줄리아가 날 어떤 표정으로 보고 있을지 알 수 없었다. 얼마나 지났을까, 넘어진 나를 보고도 아무런 말도 건네지 않은 줄리아에게 슬며시 고개를 들었다. 그녀는 고개를 돌려 먼 산을 바라보듯 나에게서 등을 지고 시선을 피하고 있었다. 처음엔 무슨 상황인가 싶었지만 이내 들썩이는 그녀의 어깨를 보며 그녀가 애써 웃음을 참고 있다는 것을 알 수 있었다. 나는 조용히 고개를 숙였다. 얼굴이 뜨거웠다. 나는 곧바로 별일 아니라는 듯 옷매무새를 정돈하며 일어났다. 그리고 줄리아에게로 다가가 그녀의 어깨를 잡았다.

"그냥 크게 웃어요!"

"아니야… 푸흡… 나 웃는 거 흡… 아니야….'

그건 누가 봐도 웃는 모습이었다. 나는 줄리아에게서 손을 거두고 그녀를 지나쳐 앞으로 치고 나갔다. 물론 다리가 아파 절뚝거리며 걷느라 속력을 내진 못했다. 줄리아는 여전히 웃고 있었고 절뚝거리는 나를 재빨리 따라왔다. 그녀는 뒤늦게 나에게 걱정하는 투로 이것저것 물었지만, 터져 나오는 웃음을 여태도 관리 못 하고 있었다. 괜찮냐고 묻는 그녀가 처음으로 미워지는 순간이었다. 줄리아는 감정을 다듬고 난 뒤 내 손을 잡아 근처 약국을 향했다. 약국 앞에 나를 앉혀 두고 잠시 기다리라는 말과 함께 그녀는 약국 안으로 들어갔다. 나는 약국 앞 벤치에 앉아 따끔거리는 무릎을 바라봤다. 창피해서 넘어졌을 당시 신경을 제대로 못 쓴 상처는 예상대로 꽤 컸다. 피가 흐르고 흙이 군데군데 묻어 있었다. 나는 울상을 지었다. 아주 어렸을 때 빼고는 이렇게 크게 넘어져 본 적이 없었는데, 한편으론 이미 성장판이 닫혀서 다행이라는 생각도 들었다. 그렇게 조심스럽게 상처를 후후 불며 흙을 털어내고 있는데 약국 출입문에 달린 종소리가 나며 네모나게 생긴 뭔가가 내 발 앞으로 떨어졌다. 갑자기 나타난 물체에 순간적으로 놀란 것도 잠시, 흘러내린 머리칼 사이로 떨어진 물건을 대충 살펴보니 신용카드 같았다. 나는 카드가 떨어진지도 모르고 가 버리는 카드 주인을 향해 소리쳤다.

"저기요!"

내 부름에 앞서가던 사람은 흠칫 놀라며 천천히 반쯤 뒤를 돌아보았다. 얼핏 살핀 카드의 주인은 모자에다 후드를 뒤집어썼고 마스크로 얼굴을 가리고 있었다. 나는 자리에서 힘겹게 일어나 카드를 주워 앞으로 내밀며 말했다.

"카드 떨어뜨리셨는데요!"

꽤 힘차게 내민 카드였다. 그런데 내가 카드를 내밀자마자 카드의 주인공은 갑자기 뒤돌아 뛰기 시작했다.

"어어어? 저기요! 잠시만요! 카드 떨어졌다니까요! 저기요!"

아무리 애타게 불러도 후드는 뒤돌지 않았다. 나는 순간 얼이 빠져나간 상태가 되었다. 아니 이 카드가 대체 무엇이길래. 나는 카드를 건네기 위해 일어날 때 아픈 무릎을 잘못 짚은 대가로 엄청난 고통을 뒤늦게 맛봐야 했다. 작은 신음을 내며 나는 혼비백산 달려간 후드가 놓고 간 카드를 살펴봤다.

"어…?"

카드는 신분증이었다. 그리고 그 신분증은 곧 다친 내 다리가 열일을 하게 만들었다. 밴드와 연고를 사서 약국을 나오는 줄리아도 신경 못 쓸 만큼 급박했다. 뒤에서 줄리아가 나를 애타게 부르는 소리가 들렸다. 그러나 나는 뒤돌아볼 겨를도 없었다. 줄리아는 영문도 모른 채 어딘가로 미친 듯이 뛰어가는 나를 따라 뛰었다. 나는 다리의 통증을 느낄 새도 없이 냅다 달렸다. 절대 후드를 놓쳐선 안 됐다. 그 후드는 우리가 하루 종일 간절히 기다렸던 신하림 씨였다.

아픈 다리에도 나는 점점 후드를 따라잡고 있었다. 아마도 신하림 씨가 슬리퍼를 신고 있었기 때문일 것이다. 그녀는 자기가 어디로 달리고 있는지도 모르는 것 같았다. 그냥 앞만 보고 계속 달리기만 했다. 그렇게 우리의 추격전은 시작됐다. 줄리아는 나와 그리 멀지 않은 거리에서 뒤따라오고 있었다.

"신하림 씨! 잠시만요! 잠시만요!"

나는 내가 이렇게 목청이 큰 사람인 줄 처음 알았다. 그리고 자신을 알아본 것 같다고 생각했는지 신하림 씨가 더 박차를 가해 달리는 것을 보고는 후회했다. 끝을 모른 채 달리는 그녀의 뒷모습에서 자신의 존재를 감추고 싶어 하는 의지가 보였다. 들고 있던 봉지도 내치고 목적지도 모른 채 달리던 그녀는 이내 어떤 건물로 들어갔다. 그녀는 숨을 곳을 찾아 큰 상가 건물의 화장실로 향했다. 나도 서둘러 그녀를 따라갔다. 모자와 마스크로 꼭꼭 숨겨 둔 그녀의 얼굴을 정면으로 마주할 찰나, 그녀는 화장실 첫째 칸으로 숨어들어 문을 잠가 버렸다.

"신하림 씨! 정말 죄송한데요. 진짜 죄송한데요. 제 얘기를 들어 주시면 안 될까요?"

나는 그녀가 숨어 버린 칸의 문을 두드렸다.

"정말 죄송해요. 근데 꼭 드리고 싶은 말이 있어서…!"

어렵게 그녀와 마주한 기회를 절대 놓치고 싶지 않았다. 그래서 나는 더 필사적으로 문을 두드렸다. 뒤따라온 줄리아가 내 손을 잡지 않았더라면 계속해서 문을 두드리고 있었을 것이다. 이 상황이 그녀에게 얼마나 위협적으로 다가올지 당시는 몰랐었다. 나는 내 손을 갑작스레 잡는 줄리아에 놀라 그녀를 바라봤지만, 이내 시선을 다시 화장실 칸 문에 고정시켰다. 문을 두드리느라 듣지 못했던 소리가 귓속으로 들려왔다. 명백한 흐느낌의 소리였다.

"죄송해요… 정말 죄송해요… 제가 안 그랬어요. 근데… 사실 잘 모르겠어요… 죄송해요….."

문을 두드리는 것을 멈추자 화장실 안에는 신하림 씨의 흐느낌만이 울려 퍼졌다. 나는 그녀의 겁에 질린 듯한 목소리에 더 이상 아무 말도 하지 못했다.

"제가 죽을게요… 제가 진짜 못된 년인가 봐요… 제가 진짜 죽을게요."

그녀는 연신 무거운 말들을 다급히 내뱉었다. 그녀의 떨림이 문을 넘어 느껴질 정도였다. 두려움과 공포가 뒤섞여 흔들리는 목소리였다. 나는 줄리아를 바라봤다. 줄리아는 나를 보며 고개를 저었다. 순간 아까 테일런이 했던 말이 뇌리를 스쳤다.

'신하림 씨의 현재 상태는 절망, 최악의 상태로 치닫게 되면 사

망이야. 그것도….'

몽유귀의 장난을 실제로 겪게 되니 두려웠다. 멀쩡한 사람을 이렇게 만들 수 있다니. 겁에 잔뜩 질린 듯한 저 목소리, 떨림. 보지 않아도 그녀가 얼마나 피폐해져 있을지 가늠할 수 있었다. 그녀의 의식을 채우고 있을 수많은 생각들이 그녀를 얼마나 괴롭히고 있는지 온몸으로 체감할 수 있는 순간이었다. 나는 눈물이 나려고 했다. 그리고 몽유귀가 너무나도 미웠다.

"신하림 씨. 우리는 결코 신하림 씨를 탓하려는 게 아니에요. 신하림 씨 잘못은 없으니까…."

줄리아가 그녀에게 다정하게 말을 건넸다.

"기다릴게요. 진정되면 그때 봐요, 우리."

우리는 화장실 칸 문 앞에 그저 가만히 서서 그녀가 마음을 열길 기다렸다. 신하림 씨는 좀처럼 울음을 그치지 않았다. 계속해서 울며 잘못했다고 빌었다. 줄리아는 반복되는 사과에 끊임없이 괜찮다고 그녀를 다독였다. 빙하도 녹일 수 있을 정도의 다정한 목소리였다. 문 하나를 사이에 두고 위로와 자책이 오갔다. 나는 신하림 씨가 마음의 문을 열기를 간절히 바라며 그 둘을 지켜봤다. 제발 줄리아의 위로가 그녀의 마음에 닿기를… 두 손 모아 간절히 빌었다. 염원을 담은 시간은 느리게만 흘러갔다. 그렇게 그녀의 사과만 들은 지 한 시간 정도 됐을까, 신하림 씨의 목소리가 점차 작아지더니 화장실에 정적이 흘렀다. 아무 소리도 들리지 않는 시간이 몇 분이나 계속되자 줄리아와 나는 눈을 동그랗게 뜨며 문을 조심스럽게 두드렸다.

"신하림 씨…? 신하림 씨…!"

조심스럽게 그녀를 불러 봤지만 아무런 소리도 나지 않았다. 무슨 상황인지 알 수 없었다. 줄리아와 나는 놓아 버릴 것 같은 이성을 간신히 붙잡고 있었다. 우리는 문을 거세게 두드리기 시작했고 아무 반응이 없자 마음이 다급해졌다. 온갖 나쁜 생각들이 머리를 뒤덮었다. 문을 강제로 열어야겠다고 생각한 우리는 화장실을 뛰쳐나가 관리실을 찾아 헤맸다. 관리실을 발견하자마자 나는 벼락같이 안으로 뛰어들었다. 갑작스러운 난입에 관리실 직원은 동그래진 눈만 껌뻑였다.

"119 좀 불러 주세요! 화장실에 사람이 쓰러져 갇혔어요!"

빨갛게 상기된 내 얼굴에 관리실 직원은 자리에서 벌떡 일어나 내가 안내하는 화장실로 향했다. 그는 초조해 보이는 줄리아와 굳게 잠긴 칸을 보더니 핸드폰을 들어 전화를 걸기 시작했다. 어떤 상황이든 늦지 않길 바라며 우리는 두 손을 꼭 모았다. 약 20분 뒤 호출을 받고 달려온 119 대원들이 문을 열었다. 나는 신하림 씨의 모습을 보자 참아 왔던 눈물이 왈칵 쏟아졌다. 그녀는 좁디좁은 화장실 칸 안에서도 어딘가로 더 숨고 싶었는지 구석에 다리를 모으고 한껏 웅크리고 있었다. 미동도 없이 눈을 감고 있는 그녀의 모습에 줄리아와 나는 다급해졌다. 우리가 그녀에게 다가가려고 하자 119 대원들이 우리를 막아섰다. 그들은 신하림 씨와 우리의 관계를 물은 후 먼저 신하림 씨를 조심스럽게 문밖으로 꺼냈다. 무슨 정신으로 구급차에 탔는지도 모른 채 줄리아와 나는 끊임없이 흐르는 눈물을 닦으며 곤히 눈을 감고 있는 신하림 씨의 손을 잡고 있었다. 구급대원은 그런 우리를 안쓰럽게 쳐다봤다.

"저기… 흐윽… 흐극… 많이 위험한 거예요?"

"곧 어떻게 된다든가… 뭐, 그런 거 아니죠? 흐엉….'"

한참 더 연배인 줄리아는 나보다 더 울고 있었다. 조금 전 내 손을 막아섰던 침착함은 온데간데없었다. 그래서인지 내 눈물은 점점 그쳐 가고 있었다. 이젠 내가 그녀를 달래야 할 시점이었다.

"그냥 많이 울어서 탈진한 거예요. 잠든 겁니다. 걱정 마세요."

나는 줄리아의 떨리는 손에 내 손을 겹쳤다. 걱정 말라며 재차 말하는 구급대원의 말에 줄리아는 점점 안정을 되찾아 가는 것 같았다. 도로를 내달리는 구급차의 여정은 짧지만 강렬했다. 우리는 서로의 손을 맞잡고 어서 목적지에 도착하기를 바랐다. 병원에 도착해 응급실로 들어선 신하림 씨는 우선 수액부터 맞았다. 그녀를 이리저리 살펴본 의사는 일단 괜찮은 상태라고 알렸다. 그 말을 듣고는 우린 다리에 힘이 풀려 그 자리에 풀썩 주저 앉고 말았다. 주위에서 우리를 어떻게 바라볼지는 신경 쓰지 않았다. 조금 뒤 간호사가 피가 흐르는 내 무릎을 보고 치료를 받는 게 좋겠다고 했다. 나는 그제야 내 무릎에서 피가 철철 흐르고 있는 걸 발견했다. 이내 심한 통증도 찾아왔다. 나는 줄리아를 흘끗 쳐다봤다. 줄리아는 지그시 고개를 끄덕였다. 나는 곤히 누워 있는 신하림 씨와 그 옆에 앉아 있는 줄리아를 번갈아 본 후 간호사를 따라갔다. 간호사의 조심스럽고 부드러운 손길에도 상처는 무척 따가웠다. 수차례 인상을 찌푸리는 나를 보고 간호사가 괜찮냐고 물었다. 아마도 처참한 내 몰골도 한몫했을 것이다. 나는 어색한 미소를 지으며 괜찮다고 답했다. 간호사는 웃으며 연고를 바른 뒤 내 머리를 한 번 쓰다듬고는 사라졌다. 나는 절뚝거리며 다시 줄리아가 있는 쪽을 향해 걸어갔다. 사시나무 떨듯 했던 아까와는 달리 가만히 신하림 씨를 바라보고 있던 줄리아는 나를 발견하고는 내 무릎으로 시선을 옮겼다.

"괜찮아?"

"넵."

나는 줄리아 옆에 섰다. 우리는 몇 분간 아무 말도 하지 않고 신하림 씨를 바라보기만 했다.

"괜찮겠죠?"

"응."

한시름 던 우리는 이성을 되찾은 얼굴을 하고 있었다. 위급함과 고요함이 모순되게 교차되는 응급실에서 우리는 아무 말 없이 그녀를 바라봤다. 하루에 허락된 에너지를 모두 소비한 우리는 진이 다 빠진 채 침묵만을 유지했다. 그렇게 여러 사람이 오가는 걸 보며 멍을 때리다가 문득, 줄리아는 잊고 있었던 것을 생각해 냈다.

"… 생각해 보니 우리, 더 큰 문제가 있어."

신하림 씨를 보던 줄리아가 갑자기 고개를 돌려 내게 말했다. 그녀의 얼굴은 비장했다. 그 문제가 뭔지 물어보려던 순간 나도 같은 생각이 떠올랐다.

"아, 맞다. 신하림 씨를 데려가야 하는데…."

쌔액쌔액 조금은 가쁜 숨소리를 내며 신하림 씨는 잠들어 있었다. 아까는 정신없어서 몰랐는데 그녀에게선 술 냄새가 많이 났다. 의사도 그녀의 혈중 알코올 농도가 꽤 높게 나왔다고 했다. 퇴원 수속을 밟기 위해서는 보호자가 있어야 했다. 우린 신하림 씨가 핸드폰을 갖고 있는지 찾아보았다. 다행히 그녀의 후드 주머니에서 그녀의 핸드폰을 발견할 수 있었다. 비밀번호도 설정되어 있지 않았다. 주소록에 들어가 보니 매니저라고 적힌 이름 밖에 없었다. 이 핸드폰은 촬영용이었다. SNS도 실제로 친한 친구나 지인 목록은 없어 보였다. 매니저와의 마지막 연락도 좋은 끝맺음은 아닌 것 같았다. 방송에 복귀하자는 매니저의 말에 지쳤다는 말을 반복하며 거절하는 신하림 씨에게 매니저는 화가 난 듯했다.

"흠, 이 사람을 부르는 게 맞는 건지 모르겠네."

"그러게요… 더 이상 만날 일 없었으면 좋겠다고까지 했는데…."

"이 사람도 별로다. 내용 보니까 신하림 씨를 돈줄로밖에 생각 안 하는 것 같지 않아?"

"그런 것 같네요."

매니저의 관심사는 그녀의 안부보다는 그녀가 앞으로 벌어들일 수 있는 금액에만 꽂혀 있었다. 눈빛으로 잠시 수많은 욕을 교환하던 우리는 이내 안 좋은 생각은 빨리 멈추자는 듯 고개를 빠르게 저었다. 분노는 나중으로 미뤄도 됐다. 대신 그녀를 어떻게 '더 메모리'로 데려갈지 모색하기 시작했다. 그녀가 얼른 악몽에서 벗어났으면 좋겠다는 생각에서였다. 처음 나온 제안은 아무도 없을 때 그녀를 빼돌리자는 것이었다. 그런데 그녀를 데리고 '더 메모리'까지 들키지 않고 가는 건 거의 불가능해 보였다. 요즘은 CCTV 카메라 성능도 좋다는 내 말에 줄리아는 곧바로 시무룩해졌다. 우리는 정당하지 않으면서도 정당한 방법은 없는지 계속 고민했다. 그리고 생각의 끝에 도달한 결론이 일치했는지 우리는 서로를 잠시 바라봤다.

"그 방법을 쓸까요?"

"일단, 급하니깐 어쩔 수 없지, 뭐."

우리는 서로 고개를 끄덕인 후 어딘가로 전화를 걸었다. 그리고 통화의 주인공을 기다렸다. 40분쯤 흘렀을까, 또각또각 소리를 내며 그 주인공이 응급실 안으로 걸어 들어왔다. 키가 큰 탓에 우리가 호출한 그녀는 너무나도 눈에 잘 띄었다. 줄리아와 나는 벌어진 입을 다물 생각도 못하고 그녀를 바라봤다.

"어때, 이 정도면 셀럽의 사촌 언니쯤 될 수 있으려나?"

큐가 선글라스를 벗으면서 말했다.

"그래도 이건 좀 심하잖아, 큐."

"제 말이요. 큐, 어디 클럽 가요?"

큐는 우리의 불평에도 아랑곳하지 않았다. 신하림 씨의 일시적 사촌 언니로 고용된 그녀는 몸에 착 달라붙는 짧은 호피 무늬 원피스와 털이 날리는 재킷을 걸치고는 킬힐까지 신고 있었다. 게다가 화장을 진하게 한 얼굴은 솔직히 좀 무섭기까지 했다.

"큐, 너 급하게 나오느라 렌즈도 안 끼고 나온 거야?"

"아, 이건 일부러 그런 거야. 내 눈동자는 마법을 부리지 않고도 사람을 홀릴 수 있으니까."

"그래도, 큐! 네 눈동자 색이 얼마나 튀는데 그걸!"

큐는 우리의 전화에 급하게 갖춰 입고 나온 것 같았다. 자세히 살펴보니 콘셉트는 확실했지만 옷매무새가 깔끔하진 못했다. 아침에 비해 큐는 꽤나 여유를 되찾은 모습이었지만 여전히 어딘가 모를 불안정함도 남아 있었다.

"특별한 마법 없이도 홀릴 수 있는 눈…."

짙은 보라색은 사람을 홀리는 색이라고 줄리아와 실랑이를 벌이며 웃는 큐에게 나는 순간 넋을 놓았다. 그녀의 말처럼 정말 내가 홀리기라도 한 것 같았으니 효과가 좋을 것만은 확실했다. 그러나 줄리아는 나와 생각이 달랐던 것 같다. 한심하게 큐를 바라보며 그녀의 등짝을 내리치는 그녀였다. 맞은 곳이 찌릿했는지 큐가 용수철처럼 몸을 떨었다.

신하림 씨의 사촌 언니라는 명분으로 우리는 어렵게 신하림 씨를 다시 '더 메모리'에 데려올 첫걸음을 뗐다. 역시 그녀의 보랏빛 눈동자는 만능인 듯했다. 그녀가 상대한 사람은 그녀의 눈동자에서 눈을 떼지 못했다. 처음에는 큐의 눈동자를 보고 놀랐지만, 이내 그녀의 눈동자 속으로 깊게 빠져들었다. 그러고는 무언가에 홀린 듯 큐가 원하는 것을 차례차례 들어줬다. 어느새 신하림 씨는 큐가 몰고 온 차 안 뒷좌석에 누워 있었다.

"그런데, 큐. 운전면허 있었어요?"

이건 좀 의아했다. 텔레포트로 어디든 빠르고 쉽게 다닐 것 같은 이 마녀가 마법 금지 명령 때문에 차를 운전하고 있는 모습이 생소하기 그지없었다.

"무슨 일이 생길 줄 알고. 그리고 말했잖아, P들이 하는 건 다 해 보고 싶었다고."

나는 고개를 끄덕이며 뒷좌석에 올라타 신하림 씨를 내 무릎에 뉘었다. 무표정의 그녀는 한껏 지친 얼굴이었다. 큐가 운전대를 잡고 거울을 통해 뒷좌석을 힐끔힐끔 쳐다봤다. 말은 없었지만 그녀가 지금 무슨 생각을 하고 있을지 모두가 짐작할 수 있었다. 줄리아도 그런 큐를 눈치채고는 큐의 손을 바라봤다. 큐의 손은 긴장감에 미세하게 떨리고 있었다. 줄리아는 살포시 그녀의 손을 잡아 주었다. 큐는 깊은 한숨을 내쉬었다.

"고마워, 너희들…."

나지막이 큐가 말했다. 나는 순간적으로 감정이 복받쳐 올라 고개를 푹 숙였다. 오늘 하루에 있었던 일들이 전부 필름처럼 스쳐 지나가며 눈에서 찔끔 눈물이 흐르려던 순간이었다.

"앞에! 앞을 보고 운전해!"

줄리아가 큐의 어깨를 치며 소리친 덕분에 마음이 다잡혔다. 흐느끼던 큐도 마찬가지인 것 같았다. 이렇게 보니 줄리아와 테일런이 서로 별반 다른 것 같진 않다는 생각마저 들었다. 그 뒤로 큐는 운전에만 집중했다. '더 메모리'에 도착하자 큐는 신하림 씨를 업고 가게 안으로 들어갔다. 이곳에 다시 돌아오니 줄리아와 내가 자리를 비운 동안 큐와 니엘이 얼마나 열심히 일했는지 한눈에 알 수 있었다. '더 메모리'는 붕괴되기 이전의 모습 그대로 완벽히 돌아와 있었다. 몇 시간 만에 다시 보게 된 니엘은 열심히 노동한 흔적을 얼굴에 고스란히 남겨 두고 있었다. 마담 큐는 신하림 씨를 선샤인에 데려가 눕혔다. 선샤인의 폭신폭신한 소파에 누운 신하림 씨에게 줄리아가 담요를 덮어 주었다.

"근데 그녀가 일어났을 때 이 모든 상황을 더 혼란스러워하면 어쩌죠?"

나는 신하림 씨가 화장실에서 벌벌 떨던 모습이 생각났다. 구석에서 어쩔 줄 몰라 하며 사과를 반복하던 목소리가 뇌리에 강하게 박혀 있었다.

"괜찮을 거야. 기억을 수정하는 이곳의 햇빛은 몸도 마음도 따뜻하게 감싸 안아 주니까. 그 햇빛들이 그녀를 진정시켜 줄지도 몰라."

나는 큐의 말에 고개를 끄덕였다. 큐는 신하림 씨가 일어났을 때 기억을 수정할 수 있도록 그녀의 기억이 피워 낸 꽃을 찾으러 화원으로 들어갔다. 줄리아는 나에게 쉬라며 머리를 쓰다듬어 줬지만 나는 신하림 씨 곁에 있기로 했다. 줄리아도 나와 같은 마음인지 내 옆자리에 앉았다. 줄리아와 나는 응급실에서처럼 아무 말도 하지 않고 신하림 씨를 바라만 봤다. 카운터에서는 먼저 잠에 빠져든 니엘의 코 고는 소리가 울려 퍼졌다. 모두에게 고된 하루였을 것이다. 이곳 식구들 모두가 소중한 것을 지키기 위해 자신을 희생한 하루였다.

"좋은 꿈을 꾸나 봐."

줄리아가 잠든 신하림 씨의 얼굴을 보며 말했다. 신하림 씨는 차에 있을 때와 달리 정말 좋은 꿈이라도 꾸는지 웃고 있었다.

"그러게요."

입꼬리가 살짝 올라간 상태로 편안히 미소를 짓고 있는 그녀는 이곳의 따뜻함으로 꿈에서 평안이라도 되찾은 것일까?

"수고했어, 태리."

"줄리아도요."

짧지만 강렬했던 몽유귀의 습격. 그로 인해 닥친 '더 메모리'의 위기. 행운의 여신이 도운 걸까, 해결이라는 문 앞에 우리는 좀 더 이른 시간에 설 수 있게 됐다. 그렇게 안도의 숨을 내쉬며 우리는 길고 긴 하루 뒤 찾아온 평화를 온몸으로 즐겼다.

chapter 9

신하림 씨

'더 메모리'에 아침이 밝았다. 선샤인에도 따스한 햇볕이 별처럼 내렸다. 나는 밤을 지새우다 스르륵 잠든 것 같았다. 아침 햇살이 내 눈을 간질였다. 슬며시 눈을 떠 아침 인사를 건네는 햇빛들과 기쁜 마음으로 마주했다. 불편한 자세로 잔 탓인지 찌뿌둥한 몸을 일으켜 기지개를 켜고는 다시 감기려 하는 눈꺼풀에 저항하고 있는 나를 누군가 지켜보고 있었다. 흐릿한 시야를 바로잡고 초점을 맞춰 보니 신하림 씨였다.

"어어어어어어!!"

나는 기지개를 펴던 자세 그대로 괴성을 질렀다. 아침이라 그런지 정돈되지 않은 성대에서 나오는 목소리는 정갈하지 못했다. 신하림 씨도 적잖이 놀란 것 같았다. 내 괴성에 먼저 일어나 있던 줄리아가 부엌에서 나와 선샤인 쪽으로 헐레벌떡 달려왔다.

"뭐야! 무슨 일이야?"

아침을 만들고 있었는지 줄리아는 앞치마를 두르고 한 손에는 집게를 들고 있었다. 줄리아는 급하게 뛰어와 나를 한 번 보고 잠에서 깬 신하림 씨도 확인한 뒤 눈을 동그랗게 뜨며 소리쳤다.

"우어어어엉어어!"

내 목소리보다 더 큰 괴성이었다. 얼핏 본 신하림 씨의 얼굴이 조금 전보다 더한 당황스러움으로 물들기 시작했다. 줄리아가 일어났을 땐 신하림 씨는 아직 잠이 든 상황이었나 보다. 그렇다면 신하림 씨도 잠에서 깬 지 얼마 안 된 것 같았다. 줄리아가 소리를 지르자 저 멀리 화장실에서 이번엔 큐가 뛰쳐나왔다. 샤워 중이었는지 그녀의 머리에선 물이 뚝뚝 떨어지고 있었다. 신하림 씨는 기다란 몸에 수건을 칭칭 두른 채로 갑자기 등장한 큐를 향해 고개를 뒤로 젖혔다.

제발, 큐만은 소리 지르지 않길 바랐다.

큐 역시 잠에서 깬 신하림 씨를 보고 입이 벌어질 찰나 줄리아가 서둘러 입을 틀어막았다. 자신이 낸 소리에 깊은 성찰을 마친 뒤였다. 덕분에 세 번째 고함은 '더 메모리' 안에 울려 퍼지지 않았다.

신하림 씨는 아직 기억을 수정하기 전이지만 어제와는 사뭇 다른 모습이었다. 피곤하고 지치고 공포에 질려 있던 화장실에서의 모습은 찾을 수 없을 정도로 안정을 되찾았다. 그녀는 줄리아가 해장도 할 겸 아침으로 가져온 콩나물국을 맛있게 먹고 있었다. 과음한 뒤라 그런지 목도 많이 말랐을 것이다. 줄리아와 나, 큐는 허겁지겁 아침을 먹는 신하림 씨를 보며 아무 말 없이 숟가락을 성실하게 움직였다. 빠르게 비워진 신하림 씨의 국그릇을 보며 줄리아가 더 권했지만 그녀는 얼굴을 붉힌 뒤 고개를 저었다. 뒤늦게 자신의 게걸스러웠던 모습을 부끄러워하는 것 같았다. 아침 식사 후 우리는 각자의 위치로 향했다. 빠르게 사건을 해결하기 위해 나는 부엌에 들어가 찻잔을 준비했다. 그리고 신하림 씨의 기억이 담긴 꽃잎도 가지런히 정비했다. 줄리아와 나는 기억 수정에 필요한 물품들을 준비한 뒤 선샤인에 가지런히 갖다 놓은 다음 카운터 쪽으로 자리를 비켰다. 카운터에서도 대화 소리가 들리므로 최대한 신하림 씨가 부담을 느끼지 않도록 배려하고 싶었다.

"지금 기분이 어때요? 낯선 곳에 갑자기 와 있는데 이상하지 않아요?"

큐가 신하림 씨에게 말을 건넸다. 그러나 신하림 씨는 일말의 동요도 없어 보였다. 아침을 먹고 나서부터 가게 이곳저곳을 훑어보던 신하림 씨는 오히려 큐보다 여유로운 표정이었다.

"이상해요… 다. 여긴 처음 와 본 곳이지, 머릿속은 안 좋은 기억투성이지, 그런데…."

"… 그런데요?"

"그런데 따뜻해요. 왠지 모르게 그냥 이 모든 게 다 괜찮다고 말해 주는 것처럼 따뜻해요, 마음속이."

지난밤 사투의 흔적은 아직 남아 있었다. 모자를 푹 눌러쓰고 있었던 탓에 정돈되지 못한 머리칼, 눈 주위로 번진 눈물 자국들, 달라진 것이 있다면 오로지 그녀를 둘러싼 분위기였다.

"이걸 마시면 좀 더 편안해질 거예요."

큐가 신하림 씨의 기억이 담긴 꽃잎으로 우려낸 차를 따르며 말했다. 신하림 씨는 자신의 찻잔을 물끄러미 바라봤다.

"진짜 믿어 주세요. 이건 절대 독극물 같은 건 아닙니다."

혹시라도 그녀가 안 좋은 생각을 하고 있는 것은 아닐까 큐가 다급하게 말했다.

"아, 상관없어요. 독극물이든 아니든. 뭐든 내 머릿속을 지배하는 생각들보다 안 아플 것 같거든요."

"그건 신하림 씨의 진짜 생각들이 아니에요."

"… 어제는 죽을 생각이었는데, 너무 추웠어요."

신하림 씨가 몽유귀의 장난이 깃든 상태인 걸 알기에 최대한 긍정의 말을 건네려던 큐였다. 그런데 큐의 말을 끊으며 그녀는 자신의 말을 이어 나갔다.

"나 자신이 너무 벌레만도 못한 존재 같아서 죽을 생각이었는데, 너무 추운 한기가 느껴지더라구요. 그래서… 너무… 그런데 여긴 따뜻하게 느껴져요. 따뜻해서 어제보다 더 괜찮게 죽을 수 있겠다는 생각이 들 만큼."

"…."

"여기라면 괜찮겠다. 이 생각이 들어요."

"마시면 생각이 달라질 거예요. 그리고 신하림 씨는 절대 벌레 같은 존재가 아니에요."

큐의 직접적인 위로를 듣고 나는 조금 놀랐다. 그동안은 누구에게도 상대방의 감정을 공감하며 자신의 의견을 피력한 적이 없던 그녀였다. 내가 아는 큐는 상대방의 말을 충분히 경청한 뒤 질문만 던지는 사람이었다. 손님이 스스로 생각할 수 있도록 말이다. 아마 큐가 위로하는 이유는 일이 이렇게 된 건 본인의 탓이라고 생각하기 때문인 것 같았다.

"감사합니다."

신하림 씨는 찻잔을 들어 자신의 입가에 가져갔다. 그녀가 한 모금씩 자신의 기억을 마실 때마다 부드러운 목 넘김 소리가 공기 중으로 울렸다. 그런 그녀 주변으로 선샤인 특유의 햇살이 쏟아졌다. 신하림 씨에게서 빛이 났다. 평온하고 따스한 빛이 그녀에게서 뿜어져 나왔다. 차를 음미하며 감겼던 눈이 서서히 열리며 다시 세상을 바라보았다. 그녀의 눈가에는 알 수 없는 눈물이 맺혀 있었다. 그러나 그녀는 미소를 잃지 않았다.

"괜찮아요?"

큐가 조심스럽게 물었다. 신하림 씨는 맺힌 눈물을 찔끔 흘려보내고는 아이 같이 해맑은 웃음을 터뜨렸다.

"네!"

그 장면을 실시간으로 지켜보던 나도 울음이 터져 나올 것 같았다. 줄리아는 그런 나의 머리를 토닥였다. 보통 때라면 울보라며 나를 놀렸을 니엘도 내 어깨에 앉아 이제껏 들어 본 적 없는 노래를 흥얼거리기 시작했다. 잔잔하게 머리와 귀에 전달되는 온기에 이 모든 순간이 아름답게 느껴졌다.

신하림 씨는 기억을 되찾았다. 그녀의 잃어버린 진짜 기억을.

"어제의 저는 진짜 누가 보면 미친 사람인 줄 알겠어요."

"왜요?"

신하림 씨는 부드러운 미소를 지으며 자신의 새로운 기억을 입 밖에 냈다.

"여기서 나온 후 미치겠더라고요."

"…"

"제가 P랑 바람을 피운 게 맞고, 저희의 조작된 해명에 P의 전 여자친구는 미친 사람으로 몰렸고, 그래서 그 여자가 자살했죠."

"그렇게 기억이 수정되었군요."

"그 과정이 대단했어요. 사람들의 힘은 정말… 대단했어요. 다수가 한 사람을 몰아가니 그 사람이 정말 미친 사람이 되었죠. 사람들의 시선의 무게를 견디지 못한 그 여자는 죽었고, 난 방관자가 되었고요."

"…."

그녀의 새로운 이야기가 '더 메모리' 속으로 급물살을 타기 시작했다.

"어제 이곳을 나와 길을 걷는데 사람들의 시선이 너무 무서운 거예요. 저를 힐끔힐끔 쳐다보고 사진도 막 찍는데 너무 무서웠어요. 예전 같았으면 괜찮았을 그 시선들이요. 저는 그 시선들과 관심들로 먹고살았는데 너무 무섭더라고요. 한순간에 바뀐 사람들의 마음이, 민심이요. 사람들이 저를 보며 서로 귓속말을 하는데, 저를 방관자이자 가해자라고 욕하는 것 같았어요. 그들이 진짜 무슨 말을 했는지 알 순 없었지만요. 저도 그 여자가 저 때문에 죽은 것 같아 괴로웠고, 그래서 사람들이 수군거리는 것 같은 기분을 없애기 위해 집에 가는 길에 술을 샀어요. 저를 보고 같이 사진을 찍어 달라는 사람들이 있었는데 그 사람들마저 그냥 공포 대상 그 자체였죠. 그 사람들은 저를 욕하지 않았다 해도 그 여자는 사람들의 말에 난도질당해 죽었으니까요. 만약 진실을 안다면, 사람들이 진실을 알아 버린다면? 그럼 다음 차례는 내가 되는 것이 아닐까? 차라리 먼저 죽어 버릴까? 이런 생각에 지배당한 채 집에 가서 술을 퍼마셨어요. 나중에는 목매달아 자살할 생각에 준비를 하는데, 웃긴 게, 죽는 것도 무섭더라고요. 엄청 아플 것 같고 막. 그래서 나중에는 수면제를 먹어야겠다는 생각이 들었죠. 그냥 해 볼 건 다 해 보자는 심정이랄까… 그런 마음으로 약국에 간 거였어요. 지금은 이렇게 구원당해서 다행이지만. 사실 그날 초인종 누르면서 저를 찾은 사람들이 꽤 있었어요. 사람들한테 알려진다는 건 좋으면서도 안 좋은 거잖아요. 저는 방송을 하는 사람이었기 때문에 많은 사람들의 관심을 얻어야 했지만 안 좋더라고요. 이 잘못된 기억에 사로잡히기 전에도 원래의 기억들 역시 이 사건에 대한 사람들의 시선과 관심이 절 너무 주저앉게 만들었으니까요. 제 결백이 입증되기 전까지는 사람들의 달라진 태도가 정말 칼과도 같았으니까요. 원래의 기억에서도 사람들은 저를 하루아침에 나락으로 떨어뜨릴 수 있었으니까요. 어제 저를 응원하던 사람들이 오늘은 저를 욕하며 제가 바닥으로 곤두박질치길 바란다고 하니까요. 걸레 년, 나쁜 년, 온갖 욕들. 진짜 세상 살면서 내가 이렇게 욕을 많이 먹을 수 있을까 싶을 정도로 욕을 먹었어요. 나중엔 내가 진짜 그런 년인가 싶기도 하고. 그런데 제 결백이 입증되고 나니까 사람들이 또 달라져요. 판을 뒤집는 거죠. 현실에서는 이젠 그 여자가 욕을 먹고 있고 뭐, 욕먹을 짓 한 게 맞긴 하지만. 저요… 진짜 방송하는 것에 애정을 뒀거든요. 소통하고 관심받는 게 진짜 재미있었으니까요. 근데 욕은 진짜… 그렇게 많은 욕은 정말 못 견디겠더라고요. 앞으로 이런 일이 또 있을 때 내가 견딜 수 있을까? 나는 사람들의 사랑을 원했던 거지, 미움만을 바란 건 아닌데. 물론 받을 수 있는 관심에는 다양한 형태가 있었고 간간히 악플을 다는 사람도 언제나 있었어요. 방송을 하면서 욕을 안 먹어 본 것도 아니죠. 욕이 적힌 댓글을 보면 우울하기도 했어요. 왜냐하면 나쁜 건 확실히 임팩트가 크거든요. 그게 팩트든 아니든 말이죠. 그래도 저를 응원하는 사람들이 저를 버틸 수 있게 해 줬는데, 이번엔⋯ 그 사람들마저 저에게 등을 돌리고 나니까 견디기 힘들었죠. 저를 의심하니까요⋯. 그래서 방송을 접기로 마음먹은 거고 난 아직 그렇게 강한 사람이 아니구나, 엄청 대범한 사람은 아니구나 생각했어요. 매니저도 그 말을 하더라고요. 정신력이 왜 이렇게 약하냐고. 그래서 방송 일 어떻게 해 왔냐고. 그냥 평소와 달리 욕을 더 많이 먹었을 뿐인데, 그게 뭐 대수냐고. 사람들은 이제 다시 네 편이고, 다시 널 응원할 거다. 근데 저는 그 많은 욕을 한꺼번에 먹으면서 일상생활을 하고 버틴 것만으로도 제가 강하다고 생각했는데, 그 말을 들으니까 순간 짜증도 좀 나기도 하고 허무하기도 하고 그랬어요. 매니저랑 싸운 뒤 마지막 영상을 찍어 놓고 이곳에 온 거였어요. 마지막 영상을 올리고 잠시 휴식을 취할 겸 좋은 기분으로 여행이나 떠나려고요. 그토록 좋아하고 원하던 사람들의 관심인데, 이젠 너무 무겁고 힘겨워서 훌훌 털어 버리고 그냥 떠나고 싶더라고요. 이번에 대중들의 힘이 얼마나 무거운지 알아 버려서 그냥 자유롭게 아무 신경 안 쓰고 사람들

눈 때문에 못 하던 것도 다 해 보고요, 그렇게 시간을 보내고 싶더라고요.

그리고… 정말 이번에 느낀 건데요, 다수나 대중은 너무 대단한 것 같아요. 그 와중에 그런 생각이 들더라고요. 여러 사람이 모이면 정말 대단해요. 진짜 대단한 것 같아요. 음, 그게, 예를 들면, 하루 종일 많은 사람들이 저한테 예쁘다고 하면 저는 제가 예쁜 줄 알 거예요. 오늘 내가 좀 많이 예쁜가 보네? 하고요. 그렇지만 사람들이 오늘 좀 못났다고 하면 오늘 좀 부었나? 하며 의문을 가지겠죠. 그래서 다수가 쏟아 내고 만들어 내는 것들은 두려워요. 어떠한 생각을 쉽게 심어 주니까요. 반면 사람들이 잘만 모이면 누구에게나 멋진 정의가 탄생할 수도 있겠다고 생각해요. 누구에게나 옳게 들어설 그런 정의…. 사실 제가 이 말을 하는 게 맞는진 모르겠지만, 긍정적인 척해 보고 싶은 것 같기도 하고 이 시행착오를 겪으며 제가 느낀 것들이라 나름 멋진 생각을 얻었다고 생각해요. 그런데 지금 저 너무 횡설수설하는 것 같네요."

신하림 씨는 그렇게 자신의 기억들을 훌훌 털어놓더니 고개를 끄덕이며 경청하는 큐와 눈을 맞췄다. 이야기를 끝낸 그녀는 미련 없는 사람처럼 선샤인에서 일어났다. 고맙다며 큐와 악수하는 그녀는 처음 이곳에 왔을 때보다 더 자유로워 보였다. 신하림 씨는 강한 사람이라는 것을 알 수 있게 해 주는 대목이었다. 자신에게 일어난 힘든 일들을 버틴 것만으로도 그녀는 이미 강한 사람이었다. 신하림 씨는 '더 메모리'를 떠나기 전 나에게 BJ P를 그렇게 좋아하지는 말라고 했다. 이유를 물으니 그녀의 답변은 나에게 적잖은 충격을 줬다.

"P가 나를 이용한 것 같거든. 지금 생각해 보니 연락을 주고받은 내용 본이 과연 처음부터 없었을까? 더 빨리 해명할 수 있었는데, 영상 조회수를 늘리려고 일부러 해명을 더 늦춘 느낌이야. 그 덕에 P는 구독자가 더 늘었지. 개는 손해 볼 것도 없으니까, 이번 사건으로."

잘생기고 화려한 언변 때문에 자주 챙겨 봤었는데, 그 후로 P의 영상을 볼 때마다 찝찝한 기분이 들었다. 신하림 씨는 '더 메모리'를 나서며 그 어느 때보다도 홀가분해 보였다. 줄리아, 나, 니엘 그리고 큐는 떠나는 신하림 씨를 배웅했다. 지난번과 달리 그녀는 따로 기억을 수정하길 원치 않았기 때문에 '더 메모리'에서 있었던 모든 순간도 마음속에 안고 가기로 했다. 그녀의 부탁에 큐는 잠시 고민하는 것 같더니 고개를 끄덕였다. 그리고 그녀의 이마에 자신의 주문을 담은 입김이 담긴 손가락을 갖다 대었다. 짧은 순간 신하림 씨의 이마에서 큐의 문양이 반짝였다. 신하림 씨는 더 강해지기 위해 새로운 선택을 한 것 같았다. 그녀는 새로운 경험으로 터득한 시야로 더 많은 것들을 보고 느끼기 위해 세상을 향해 나아갔다. 줄리아와 나는 선샤인의 테이블을 새로 정비했다.

"어때? 신하림 씨가 한 모든 말들."

줄리아가 테이블을 치우며 내게 물어 왔다.

"사람들의 시선이 여럿 죽일 수 있다는 건 익히 알고 있었는데, 직접 경험담을 들으니까 또 새롭네요."

나는 쿠션을 털며 말했다.

"그렇지? 그리고 다수가 모이면 새로운 정의를 만들 수 있다는 거 나도 찬성이야."

"아, 맞다. 그렇죠? 그거 멋진 말인 것 같아요. 어떻게 그 와중에도 그런 생각들을 했을까요?"

"멋져?"

"네."

"더 멋진 게 뭔 줄 알아?"

"뭔데요?"

"그 어떤 정의에도 흔들리지 않는 나 자신. 물론 타인에게 손해를 끼치지 않는."

나는 줄리아를 쳐다봤다. 줄리아는 빙긋 웃으며 나를 내려다봤다. 우리는 그렇게 따뜻한 햇볕이 감도는 선샤인에서 수십 초간 서로를 바라보았다.

"맞아요. 멋지네요."

그 어떤 것에도 흔들리지 않을 내 신념. 나 자신.

그 말을 되뇌며 나는 찻잔을 트레이에 옮겼다. 큐는 화원으로 들어갔는지 보이지 않았다. 한 시름 돌린 표정의 니엘은 여느 때처럼 카운터에서 사탕을 먹고 있었다. 큰 사건이 해결됐으니 이제 내일부터는 '더 메모리'의 일상이 다시 시작될 것이다.

다시금 찾아올 평화롭고 따스한 그 일상들을 떠올리며 나는 감사했다. 그리고 안도하며 찻잔들을 주방 제자리에 차례차례 가져다 놓았다. 이젠 정말 괜찮을 것이다.

chapter 10

나, 이태리

'더 메모리'에 큰 사건이 있은 후 며칠 뒤 수능 성적이 나왔다. 실기를 준비한다고 수능에 전념하지 못한 내 성적은 예상한 대로 좋을 리 없었다. 수능은 다양한 목적을 가진 사람들과의 싸움이다. 나보다 열심히 한 사람들은 당연히 존재한다. 수능 성적을 부모님께 보여 줄 생각에 나는 벌써부터 한숨이 나왔다. 성적을 받아 든 내 친구들이나 우리 학교 학생들은 가채점과 비슷하게 나온 수능 성적에 울고 웃었다.

"이제 정시로 학교 상담을 할 거야. 반 번호에 따라서 할 거다. 그리고 오늘 이후로 방학인 거 알지? 선생님은 언제나 너희들의 의견과 선택이 최우선이야. 주어진 시간 동안 본인이 할 수 있는 최선의 선택을 하길 바란다. 이상."

고등학교 시절의 마지막을 장식해 주신 선생님이 반을 떠났다. 어차피 곧 있으면 다시 만날 그녀라 크게 아쉽진 않았다. 선생님이 교실을 떠나자 반은 시끄러워졌다. 다른 반에서 찾아온 친구들과 하교하는 친구들, 뒤늦게 가방을 챙기는 친구들, 같이 다니는 무리끼리 움직이며 하교하는 친구들, 나는 뭔가 허무한 기분이 들었지만 어서 떠나자며 재촉하는 친구에게 이끌려 서둘러 교실을 빠져나왔다. 학교를 나오며 친구와 나는 이런저런 수다를 떨었다. 친구에게 내가 알바를 하고 있다는 사실은 비밀이었기에 일자리를 얻은 친구가 자신의 일터에 대해 얘기하는 것을 듣기만 했다. 나는 계속해서 그녀의 불만 사항에 공감해 줘야했다. 친구는 열변을 토하다 문득 내가 아직 백수라는 생각이 들었는지 머뭇거리며 나에게 제안을 했다.

"나 요 밑 큰 상가에 있는 중국집에서 알바 하잖아. 너 꽂아 달라고 말해 볼까?"

"됐어, 무슨 수로. 일하기 시작한 지 얼마 안 됐다며."

"그래도, 야. 대학 가기 전에 돈 모아서 여행도 하고 옷도 사고해야지!"

"내가 알아서 구해 볼게…."

친구는 안타까워하는 눈으로 나를 쳐다봤다. 내 옆의 그녀는 유치원 시절부터 함께한 친구로 재치 있고 성격도 쾌활하다. 우리는 첫 만남부터 친하게 지내지는 않았지만 긴 세월을 함께하며 서로 마음속 깊은 근심을 자주 털어놨었다. 그런 그 친구에게도 '더 메모리'에 관해 언급하는 건 쉽지 않았다. 그 친구라면 내 말을 진지하게 들어 줄 것 같았지만, 왠지 모르게 입이 떨어지지 않았다. 이유는 정확히 알 수 없었다. 그냥 이 마법을 나 혼자만 간직하고 싶은 것일까? 친구와 나는 같은 아파트 단지에 살아서 자연스럽게 하굣길도 늘 함께했다. 집으로 향하며 우리는 우리 앞에 놓일 짧은 미래에 관해 얘기를 나눴다. 나는 내가 지금 제일 걱정하고 있는 것을 그녀에게 털어놨다.

"우리 아빠, 아마 방학이라 집에 있을 건데, 무슨 소리 할지 너무 걱정이다."

나는 내 성적표를 들고 매서운 눈빛으로 날 바라볼 아빠가 두려웠다. 수도권 지역 대학 교수인 아빠는 이번 방학을 맞아 집에 와 계셨다. 호랑이처럼 불같은 성격을 가진 아빠였다. 권위적이고 가부장적인 아빠가 무슨 말을 할지 대충 감이 잡혔지만 집에 들어서자마자 직격으로 들을 생각을 하니 기운이 쭉 빠졌다. 아빠는 어렸을 적 나에게 지나가는 환경미화원 아저씨를 가리키며 무시해도 될 사람은 무시해도 된다고 말한 전적이 있다. 생각이 커진 지금 시점으로 본 그 말은 너무도 충격적인 언사였다. 어떻게 어린아이한테 그런 말을 할 수 있는지 이해가 가질 않았다. 아빠는 그 짧은 문장으로도 대충 설명이 되는 사람이었다. 나는 한숨을 내쉬었다. 그리고 곧 알바를 가야 한다는 친구에게 인사를 건넸다. 엘리베이터를 타는 발걸음 하나하나가 무거웠다. 현관 도어록을 연 뒤 나는 집 안으로 들어섰다. TV 소리가 복도를 타고 나에게 닿았다. 아빠가 거실에 있는 게 분명했다. 나는 짧은 복도를 지난 뒤 아빠와 마주했다.

"어, 왔니?"

아빠의 시선이 TV에서 나에게로 향했다. 두 눈엔 건조함이 담겨 있었다. 바빴던 일상이 끝나자 무료함을 느끼는 것 같았다. 나는 순간 매도 먼저 맞는 게 나을 것 같다는 생각에 아빠를 불렀다. 그리고 빠르게 내 목적을 전달했다.

"아빠, 나 수능 점수 나왔어."

TV에 대한 아빠의 관심은 순식간에 사라졌다. 아빠는 나를 거실로 불렀고 나는 아빠 옆에 자리 잡고 슬며시 성적표를 건넸다. 성적표를 보고 있는 아빠의 표정이 좋지 않았다. 예상한 표정이었지만 무슨 말을 하실지 두려웠다.

"태리야."

"응?"

"넌 앞으로의 꿈이 뭐니?"

"어?"

"대학 가서 뭘 하고 싶냐고."

나는 순간 고민했다. 내가 예상한 첫 마디가 아니었기 때문이었을까? 생각한 것만큼 혼나지 않을 수도 있다는 생각에 긴장이 조금 풀리기 시작했다. 그리고 열심히 머리를 굴렸다. 내가 정말 뭘 하고 싶은지 말해도 될까? 난 사실 아무 학과나 가도 상관없다고? 이 사실을 그대로 아빠에게 전달해도 될까? 나는 그냥 내가 관심 있는 분야면 좋고, 대학 생활을 하면서 이것저것 경험해 보면 좋겠다고. 그리고 그 경험들을 토대로 내가 쓰고 싶었던 글들을 쓸 수 있으면 좋겠다고 말하고 싶었다. 이렇게 한번 솔직하게 아빠에게 털어놓으면 과연 어떻게 될지 궁금했다. 아빠도 내가 글 쓰는 것을 좋아한다는 걸 알고 있었다. 그런 나를 응원한다고도 했다. 그렇지만 글을 쓰는 것만으로는 이 세상을 살아가기 힘들다는 얘기도 줄곧 했었다. 글을 쓰면서 안정적으로 돈을 벌수 있는 또 다른 직업을 나에게 생각해 보라고 하셨다. 도서관에서 하루 종일 책을 읽고 글 쓰는 것에만 만족해하는 나에게 아빠가 현실과의 타협점을 제시한 것이다. 그래서 아빠의 말대로 나는 글 쓰는 것은 취미 정도로 생각하며 고정 수입을 얻을 수 있는 다른 직업들을 생각해 보기도 했다. 그런데 그렇게 말하는 아빠의 목소리가 마냥 부드럽지만은 않았던 것을 기억한다. 그 대화를 나누고 나는 방에 들어와 한참을 울었으니까. 아빠의 말은 날카로웠다. 그 잔인했던 대화의 영향으로 안정적인 직장을 갖는 것에 대한 끊임없는 고찰은 일상에서 계속 글을 쓰고 싶은 내 고집과도 타협하도록 만들었다.

"흠… 저는 솔직히, 아빠. 딱히 상관없어요."

많은 고심 끝에 나는 아빠에게 솔직하게 말해 보기로 결심했다.

"물론 대학이 중요하긴 한데, 저는 글 쓰는 게 인생 목표예요. 대학 가서 글 쓰면서 저번에 아빠가 말한 공무원 준비를 해도 되고… 글을 쓸 수만 있으면….”

세상을 살아오며 산전수전 각박한 현실을 다 겪은 아빠에게 철부지의 상상의 나래뿐일지도 모른다. 그렇다, 나는 예상했었다. 역시 아빠의 반응은 내 기대를 저버리게 했다. 아빠의 비웃는 듯한 표정은 나를 우울의 구렁텅이에 빠지게 하기에 충분했다. 품었던 실낱 같은 희망도 다 부질없었다. 나는 단박에 아빠가 지은 웃음의 의미를 파악할 수 있었다. 아빠는 나를 한심하게 바라봤다. 나는 더 이상 아무 말도 할 수 없었다.

“태리 넌 그러면 아무 학과나 가도 상관없다는 뜻이네? 그만큼 네 인생이 뭐 아무렇게나 흘러가도 괜찮다는 뜻이야?”

아빠가 비꼬듯 말했다. 나는 전혀 그렇게 생각하지도 않았고, 그렇다고 말하지도 않았다. 전달하는 방식이 세련되지 못했거나 의사가 왜곡되었을 수는 있다. 확실한 건 나의 답변이 아빠의 마음에 들지 않는다는 것이었다. 아빠가 낸 문제에 나는 정답을 제시하지 못한 것이다. 나는 내 말을 끝까지 들어 보지도 않고 멋대로 결론 짓는 아빠에게 더는 말하고 싶지 않았다. 그럴 힘도 없었다. 그리고 어설픈 희망은 사람을 무색하게 만든다는 사실을 다시금 깨달았다.

“태리야, 네가 아직 세상 물정을 몰라서 그런 말이 쉽게 나오나 본데. 지금 네 수능 성적으로….”

“….”

"네 인생이 성공했다는 생각이 드니?"

아빠가 한마디 한마디 더할수록 심장이 차갑게 내려앉았다. 감정이 메말라가는 기분이었다. 물론 아빠의 말이 틀린 건 아니었다. 하지만….

"네 수능 성적을 보면 답이 나오지 않아? 이건 실패야. 네 인생은 이제껏 실패한 거라고. 실패작이라고."

하지만… 전달 방식이 너무 잔인하다는 생각이 들었다.

"글 써서 넌 네가 성공할 수 있다고 생각해? 그건 극히 소수야. 네가 이제 네 인생을 조금 더 나은 방향으로 성공시키려면…."

"…."

"현재로선 공무원이 답이야. 공무원 준비나 하는 게 널 위해 제일 좋아. 네가 성공하려면 공무원밖에 없어. 공무원 하나에 집중해도 모자랄 판에 글을 쓴다니, 세상을 몰라도 너무 모르는 것 같네. 그래서 네가 아직 어린 거야. 이렇게 생각이 어린 네가 글은 또 어떻게 쓰겠다는 건지 난 참 모르겠다."

아빠의 말은 틀리지 않았다. 나는 아직 사회 경험이 없기 때문에 글을 쓰고 싶다는 막연한 생각만 가지고 있을 수도 있다. 그건 스스로도 어느 정도 인지하고 있는 부분이었다. 그렇지만 아빠의 말은 새로운 목표를 세워 앞으로 나아가도록 하는 게 아닌, 나를 저 밑바닥으로 끌어내리는 말이었다. 아빠의 말 마디마디가 비수가 되어 날아왔다. 그리고 나는 그 비수들을 견뎌 내기엔 너무 여렸다. 수년간 들어 익히 알고 있는 아빠의 생각들, 그 날 카로움에 베여 눈물 흘리는 나를 아빠는 안일하고 약한 사람으로 정의했었다. 그렇기에 나는 아빠 앞에서 더는 눈물을 흘리고 싶지 않았다. 흘리면 안 됐다. 지금껏 살아온 내 인생이 몽땅 부정당한 기분이었지만 아빠 앞에서 더 이상은 약한 모습을 보이고 싶지 않았다. 내 눈물에 또 어떤 말을 하실지도 이미 알고 있기 때문이다. 말을 마친 아빠는 한숨을 내쉬고는 방 안으로 들어갔다. 안방 문이 닫히는 소리를 듣고는 나는 한동안 내 수능 성적표를 공허하게 바라보다가 집 밖으로 나왔다. 소리에 민감한 아빠가 어떻게 나올지 몰라 여닫는 문소리에도 주의를 기울였다. 딱히 갈 곳은 없었다. 친구를 불러서 하소연할 수도 없는 노릇이었다. 아까 그 친구는 집에 들렀다 바로 아르바이트 간다고 했으니까. 그렇다고 아직 영업정지 처분에서 벗어나지 못한 '더 메모리'에도 갈 수 없었다. '더 메모리'는 지난번 사건이 해결된 뒤 감사원으로부터 도착한 편지 한 통을 받았다. 사건은 일단락되었으나 경위 보고서를 작성해야 하니 감사원의 편지가 재차 도착할 때까지 영업정지를 풀지 못한다는 메시지였다. 그래서 두 번째 편지가 오기만을 기다리고 있는 '더 메모리'였다. 그 사실을 잘 알면서도 내 발걸음은 이미 익숙한 버스 정류장을 향해 가고 있었다. 버스가 아파트 단지를 벗어나고 나서야 내 눈에 눈물이 고였다. 이내 눈물은 사정없이 볼을 타고 흘러내렸다. 내가 뭘 기대한 건지 모르겠다. 아빠를 누구보다 잘 아는 나였다. 그런 아빠에게 다정한 그 무엇이라도 기대한 것일까? 글 쓰는 일에 도전해 보라고 말해 줄지도 모른다고 왜 또다시 기대를 한 건지 나 스스로도 알 수 없었다. 아빠 앞에선 힘겹게 참았던 울음을 터뜨리는 나를 몇몇 버스 승객들이 이상하게 쳐다봤다. 나는 아랑곳하지 않고 버스가 '더 메모리'에 다다를 동안 하염없이 울었다. 그 덕에 하마터면 내려야 할 곳을 놓칠 뻔했다. '더 메모리'의 또 다른 모습 레트로 찻집이 보였다. 내부는 사람들로 가득 차 있었다. 나는 눈 주위를 한 번 더 닦았다. 차라리 이 찻집에 들어가 있을까? 나는 시선을 끄는 카페 안 디저트에서 눈을 떼지 못했다. 우울한 기분을 달래 줄 달콤한 것이 먹고 싶었다. 레트로 찻집 안으로 들어가기 위해 손잡이를 잡는 순간 유리문에 비친 눈물범벅이 된 내 얼굴과 마주쳤다. 나는 흠칫 놀라며 손잡이에서 손을 뗐다. 만약 이 유리문이 스텔라였다면 어떤 혹평이라도 날렸을지 모를 일이었다. 나는 다시 조용히 '더 메모리' 속으로 들어가는 문을 열었다.

가게 안은 조용했다. 아무도 없으려나? 나는 조심스레 안으로 들어갔다. 선샤인으로 향하는 통로에 놓인 책상에서 플룸이 열심히 무언가를 적고 있었다. 아직 영업 정지 중이라서 초대할 손님이 없을 텐데도 바쁘게 글들을 써 내려갔다.

"안녕, 디어 플룸."

나는 어색하게 손을 들어 올려 플룸에게 인사를 건넸다. 플룸은 촉을 들고 그런 나를 힐끔 바라보더니 적고 있던 것을 마저 써 내려 갔다. 나는 선샤인에 앉아 잠시 창밖을 바라봤다. 창밖은 온통 검은색이었다. 만약 저게 내 마음을 반영한 것이라면 내 기분이 지금 저렇다는 뜻일까? 끝없는 심연으로 빨려 들어가는 듯한 기분….

"뭐야, 태리, 너였어?"

바스락거리는 소리에 니엘이 주방에서 선샤인으로 날아왔다. 손님이 없어 할 일이 없는 그는 전해 듣기로 매일 잠만 잔다고 했다. 평소 한 번 잠들면 누가 업어가도 모르는 그가 이렇게 소리에 민감하게 반응하는 건 몽유귀의 습격이 있고 난 후부터였다. 그는 스스로에게도 책임이 있다고 생각하는 것 같았다. 몽유귀가 '더 메모리'에 침입했을 때 그도 곯아떨어져 있었으니까. 우리는 소리 없이 침입하는 몽유귀에 반응하는 건 불가능한 일이라고 입을 모아 위로했지만 니엘은 한동안 자책감에 빠져 있었다.

"울었냐?"

니엘이 내 얼굴을 보더니 퉁명스럽게 말했다. 전체적으로 빨갛게 물든 내 얼굴을 보며 한심하다는 듯 쳐다봤다. 선샤인의 탁상만을 뚫어져라 보는 나에게 왜 울었냐는 질문도 하지 않고 그는 부엌으로 향했다. 그리고 이내 부엌에서 쿠키 하나를 꺼내 와 내 앞으로 내밀었다. 나는 고개를 들어 그를 바라봤다.

"크흠. 뱀파이어의 피가 든 쿠키야. 엄청 비싼 거라고. 저번에 큐가 상인한테서 몇 개 산 거 내가 어? 목숨 걸고 어?"

내가 아무 말도 하지 않고 그를 뚫어져라 쳐다보자 그는 새빨간 색으로 변하더니 이내 빠르게 카운터를 향해 날아가며 소리쳤다.

"싫음 먹지 말든가! 근데 엄청 맛있다, 그거!"

부끄러웠는지 그렇게 새빨갛게 변한 니엘은 처음 봤다. 화났을 때 빼고.

"고마워!"

나는 니엘이 들을 수 있도록 크게 소리쳤다. 저 까칠하기만 한 요정이 신경 써 준 것은 감사하게 생각해야 했다. 그런데 막상 쿠키를 먹으려니 망설여졌다. 뱀파이어의 피가 섞였다고 했던 것 같은데, 으… 듣기만 해도 엄청 비릴 것 같은 이 쿠키를 어떻게 하면 좋을지 몰랐다. 그래도 준 성의를 봐서 맛은 봐야 할 것 같았다. 나는 조심스럽게 쿠키의 냄새를 맡았다. 고소한 향이 났다. 슬쩍 핥아 조금 음미해 보니 그리 나쁘진 않은 것 같았다. 큰맘 먹고 한 입 크게 베어 먹으려고 입을 벌렸는데, 뜸 들인 시간이 허무하게도 쿠키와의 작별은 급작스럽게 찾아왔다.

쾅! 내가 화들짝 놀라는 바람에 들고 있던 쿠키가 바닥으로 곤두박질쳤다.

"아아!!!!!!!!!"

문을 연 주인공은 큐였다. 웬일로 그녀가 텔레포트를 쓰지 않고 문을 통해 들어왔다.

"어, 뭐야, 태리. 너 있었어?"

괴성을 지르며 들어온 큐의 손에는 웬 종이쪽지 하나가 들려 있었다. 나는 벌어진 입을 다물지 못한 채 그녀를 바라봤다. 큐는 선샤인 쪽으로 들어오다 문득 놀란 표정을 지었다. 바닥에 떨어진 쿠키 때문일까? 내 몰골 때문일까? 아니면 둘 다일까?

"얘 얼굴 왜 이래?"

후자인 것 같았다. 큐가 천천히 선샤인으로 다가와 내 앞에 앉았다. 과격한 등장에 놀란 것도 잠시, 왠지 큐의 얼굴을 보니 다시 감정이 차오를 것 같았다. 나는 점점 촉촉해지는 눈망울로 큐를 바라보았다.

"왜, 무슨 일이야?"

큐가 평소와 달리 다정하게 물었다. 나는 그 따스한 목소리에 눈물을 주체하지 못했다. 내가 울기 시작하자 큐는 그런 내 머리를 아무 말 없이 쓰다듬었다. 준비가 되면 얘기해 주길 기다리는 것 같았다. 사실 내가 뭔가를 말해 주길 바라는 것 같지는 않았다. 그저 눈물 흘리는 나와 함께하며 달래 주는 듯했다. 그렇게 한참을 울다가 더 이상 나올 눈물도 없어질 때쯤 나는 고개를 들었다. 큐는 여전히 부드러운 시선으로 나를 내려다보고 있었다.

"그건 뭐예요?"

나는 조금 진정된 마음으로 큐가 들고 있는 종이를 가리켰다.

"아! 이거? 우리 영업정지 풀렸어!"

"어? 정말요?"

"응, 감사원에서 온 편지야. 이제 영업 다시 해도 괜찮대."

"시간이 은근 걸렸네요."

"아마 보고서가 올라가고 신하림 씨가 안전하게 여행을 떠난 것까지 확인하고 나서야 풀어 준 걸 거야."

"아…."

"좀 엄격하거든."

"그럼 테일런이 보낸 거예요?"

"뭐, 그렇다고 할 수 있지."

그럼 플룸이 아까부터 계속 쓰고 있던 것은 초대장인가? 나는 플룸을 힐끗 바라봤다. 큐가 내 시선을 알아차렸는지 피식 웃었다.

"맞아, 쟤는 그냥 다 알아. 이런 게 오는지 안 오는지."

"플룸이 제일 무섭다니까요."

"그니깐. 나도 동의한다."

손바닥을 가슴에 대고 근엄하게 말하는 큐의 모습에 나는 살포시 웃었다. 우울했던 감정의 무게가 조금 가벼워진 것 같았다. 그래서인지 내가 겪은 일을 조금은 쉽고 빠르게 털어놓게 되었다.

"아빠한테 혼났어요."

"왜, 집에 늦게 들어갔어?"

"푸흡, 그게 뭐예요? 아니에요!"

"아빠가 소중히 생각하는 쿠키를 바닥에 떨어뜨렸니?"

아… 후자가 아니라 둘 다였던 것 같다.

"… 그건 죄송해요."

"푸흐… 괜찮아. 니엘이 줬나 보구나."

"아, 그건, 제가 우울해 보여서. 그냥 뭐."

"쟤는 참 널 아낀다니깐. 안 그런 척하면서."

큐의 말이 떨어지기가 무섭게 부엌에서 '아니거든!' 하고 소리치는 소리가 들려왔다.

"뱀파이어의 피가 담긴 쿠키는 달콤함의 끝판왕이지. 우울할 때 먹기 딱 좋을 거야."

"피인데, 달아요?"

"뱀파이어의 피는 달아, 엄청. 안 좋았던 기분을 집어 삼킬 만큼의 당도야."

"신기하네요."

"나중에 하나 줄게. 엄청 비싸니깐 떨어뜨리면 안 된다."

"네, 진짜 고의는 아니었어요."

나는 꽤나 진지한 표정을 하고 목소리를 낮게 깔며 그녀의 장난을 받아쳤다. 큐가 살며시 웃음을 흘렸다. 나는 그녀를 따라 웃다가 이내 목소리를 가다듬고 다시 말을 이어 나갔다.

"큐, 저는 제가 아직 어리다고 생각해요."

"어리지, 그럼."

"근데 제가 걸을 수 있는 속도에 비해 세상은 너무 빠른 걸 요구하는 것 같아요."

"세상이?"

"네."

큐가 귀 기울여 내 말을 신중히 듣기 시작했다. 그 모습에 나는 마음속 머릿속 할 것 없이 모두 끄집어내기로 했다.

"큐, 음. 저는요, 아직 어린가 봐요. 뭐 어리죠. 냉혹한 현실 같은 거 간접적으로 들어나 봤지 직접 겪은 건 얼마 되지도 않으니까요. 기껏해야 성적순에 따른 차별 정도? 근데 이건 아마 사회에서 받을 차별과 시선들에 비하면 아무것도 아닌 거겠죠? 그걸 걱정해서 아빠가 그런 말을 한 걸 알아요. 그래도 저는 글 쓰는 게 너무 좋아서 말씀드린 거예요. 정답이 아닌 걸 알면서도… 어렸을 때부터 저의 진통제는 누구에게도 제 상처를 공유하지 않을 종이였거든요. 순수하게 글 쓰는 것이 정말 좋았어요. 그래서 글 쓰는 걸 포기하는 게 저는 상상이 안 가요. 아빠도 포기하란 뜻으로 말한 건 아닐 거예요. 그냥 그때 저한테 실망이 커서 그렇게 말씀하신 거겠죠. 그런데 저는 제 인생이 실패했다고 생각해 본 적은 없어요. 뭐, 인생을 다 살아 봤어야 실패인 줄 알죠. 저는 아직 사는 중이잖아요. 무늬만 성인인 20살이지만, 그래도 저는 이때까지 제가 보고 듣고 느낀 게 나름 값진 거라고 생각하거든요. 앞으로 살아갈 수많은 시간들 속에 도움이 될 만한 경험들이 없지 않다고 생각하거든요. 근데 아빠가 그 자체를 부정하는 느낌이었어요. 아빠는 예전부터 제가 공부해야 할 시기에 다른 것에 너무 신경 쓴다고 싫어했어요. 근데 저는 그 나이 때 제 또래들이 할 만한 행동을 똑같이 한 것일 뿐이라고 생각해요. 친구들과 다툰 거, 좋아하는 사람이 생긴 거, 뭐 그런 것들 말예요. 제가 사회에서 살아남기 위해 계속 고민하려고 태어난 건 아닐 텐데, 그냥 그 시기에 누구나 다 겪을 수 있는 것들에 신경 쓰는 걸 싫어하시더라고요. 시간 낭비래요. 뭐, 돌이켜 보면 시간 낭비일지도 모르긴 해요. 다 쓸데없고 필요 없는 것일 지도요. 근데 저는 자기만의 매력과 개성을 지닌 친구들과 다퉜을 때 어떻게 풀어 나가야 할지 알게 되었고, 그런 인간관계에서 제가 너무 손해만 보지 않는 방법도 알 수 있었어요. 사랑 관련해서도 저의 소극적인 태도가 나중에는 후회로 이어진다는 것도 배울 수 있었죠. 당시의 마음은 너무 아팠지만요. 이러한 모든 기억과 경험이 다 저를 성장할 수 있게 해 줬고 저는 그 순간들이 그래서 다 소중해요. 그 많은 시행착오를 겪으며 제가 왜 글을 쓰고 싶은지, 써야 하는지도 나름 발견했고요. 제가 좋아하는 일을 하면서 풍족하게 사는 거, 진짜 운과 천부적 재능에 따르는 일이라는 거 알아요. 좋아하는 일이 업이 되면 전처럼 그 일을 대할 수 없을지도 모른다는 것도 알고요. 제가 소중하게 생각했던 그 꿈에 현실이 더해지면 순수한 값만 매기지는 못한다는 것도 잘 알고 있어요. 만약 제가 글을 못 쓴다면, 글과 제일 가까운 곳에라도 위치하고 싶어요. 안정적인 쪽으로 저도 나름 제 미래를 생각하고 있기도 해요. 아빠와 생각이 조금 다를 뿐이지 아예 안 하는 건 아니에요. 아빠의 조언은 현실적이고 제가 살아갈 수 있는 가장 안정적인 길일 거예요. 아빠가 원하는 공무원? 근데 공무원도 아무나 될 수 있는 게 아닌데 너무 쉽게 말해요 아빠는. 어른들이나 아빠, 정작 그분들이 중요하게 전달하고 싶다고 생각하는 범위 외의 것들은 무엇 하나 쉬운 게 없는 것처럼 말하면서 자신들이 저한테 제시하는 길은 다른 길보다 가기 쉬운 것처럼 말해요. 그들이 걸어 본 길 중에 쉬웠던 것을 알려 주는 거겠죠. 근데 그러다 보니 저의 길을 잃어버리는 것 같아요. 그래서 정해진 길에서 벗어나면 어디로 가야 할지 잃어버리기가 더 쉬워요. 그리고 그 길을 잘 따라 좋은 대학에 간 친구들은 어른들에게 이미 반쯤 인생이 성공한 걸로 취급받죠. 그럼 그 친구들은 저보다 훨씬 더 앞서 간 게 되고요. 그리고 그 말이 틀린 게 아니라는 게 저는 너무 슬퍼요. 대학을 잘 못 가게 된 저는 이미 제가 살아온 인생에 아무것도 한 게 없는 것처럼 취급받고 있으니까요. 경주로 따지면 저는 이미 그 친구들보다 한참 뒤떨어진 거죠. 근데요, 큐, 전 애초에 뛰고 싶지 않았어요. 그런데 뛰어야 되는 거잖아요. 도대체 어떤 변수가 생길지도 모르는 이 경주에서, 정해진 하나의 길에서 저는 애들이 뛰니까 계속 뛰어야 해요. 제가 왜 뛰어야 해요? 저는 뛰려고 태어난 게 아닌데. 이 말이 어떻게 들릴지 모르지만 진짜 너무해요. 잠시라도 쉬면 늦어요. 쉬는 순간 다른 애들보다 뒤처져요. 저는, 저는 그냥 천천히 걷고 싶거든요… 큐, 그렇지만 이런 말을 한다는 것 자체가 제가 아직 너무… 너무 어린 거겠죠. 네, 저는 어려요… 아직 어리거든요."

나는 이야기를 쏟아 내면서 복받쳐 오르는 감정을 주체할 수 없었다. 큐는 언젠가부터 울먹이며 말하는 내 얘기를 꿋꿋하게 듣고 있었다. 속사포처럼 토해 내듯 전하는 내 말 하나하나를 마음 한편에 차곡차곡 쌓고 있는 듯 보였다. 큐는 흥분한 나머지 흘러내려 온 내 머리칼을 귀 뒤로 넘겨 줬다

"혹시 너 기억을 수정하고 싶니?"

큐의 첫 마디에 나는 고개를 저었다.

"제 이야기는 이때까지 방문했던 손님들의 스케일에 비하면 아무것도 아닌데요, 뭘."

"난 스케일에 따라 기억을 수정하진 않는데."

"알죠."

"같은 것이라도 각인되는 아픔의 깊이는 사람들에 따라 다른데, 스케일을 어떻게 측정해?"

"그렇죠."

큐는 신념을 담은 진지한 표정으로 단호히 말을 이었다.

"나는 정신력이 약하지. 다른 마녀들에 비해 그리 센 편이 아니야. 그래도 P들을 돕고 싶었어. 잘할 수 있을지 몰랐지만 무작정 지구로 왔어. 참 많은 일들이 있었지. 얻는 것도 많았고."

"그렇긴 하죠."

"푸흐… 솔직히 판도라 행성에서 없는 것 중 하나가 바로 네가 말한 경주야. 네가 열심히 달리고 있다는. 그래서 난 다행이라고 생각해. 달릴 필요가 없어서."

"염장이에요?"

"뭐, 그렇게도 볼 수 있겠네."

큐는 위로라고 보기엔 애매한 말들을 덧붙였다.

"사실 상처받은 너에게 어떤 위로의 말을 건네야 할지 잘 모르겠어. 그렇지만 네가 조금이라도 마음의 짐을 덜었으면 하는 바람은 있어. 네가 글 쓰는 걸 좋아하듯이 나도 기억을 다루는 내 마법이 너무 좋아. 내 생각엔 글을 향한 네 열정과 낭만의 크기가 이곳에서 일하게 해 준 제일 큰 이유일 것 같다. 나는 뭐, 소소하게 '더 메모리'를 잘 이끌어 나가고 있고 지구에 있는 동안 내가 다룰 수 있는 이 기억들에 대해 더 많은 생각을 해 볼 수 있었어. 기억은 시간의 흐름에 따라 다르게 회자되기도 하고, 같은 기억이라도 사람들에 따라 다르게 그려지거든. 이미 알지도 모르겠지만. 기억은 사람에게 상처를 주기도 하고 기쁘게 만들기도 해. 그래서 난 이런 기억을 다룰 수 있는 내가 대단하면서도 좋아."

큐는 선샤인의 창밖을 바라보며 말했다. 나는 슬픔에 울먹이면서도 문득 그녀의 눈에는 어떤 풍경이 보일지 궁금했다.

"그거 위로예요?"

"글쎄, 딱히 위로처럼 안 느껴질 것 같은데, 내가 너라면."

"맞아요."

"하하. 그래도 네 마음의 짐이 덜어졌으면 하는 건 진심이야."

"그건 고맙네요. 뒤에는 그냥 큐의 자랑처럼 들리지만."

"의도한 건 아니야. 그냥 있는 그대로 말하다 보니 그렇게 되어 버렸네."

"그니까요."

"어때?"

웃음기 있던 그녀의 얼굴에 얕은 긴장이 보였다.

"뭐가요?"

"나 말이야. 잘 사는 것처럼 보여? 성공한 것 같아?"

"뭐, 큐는 만족해요?"

"아직 덜 살아 봐서 모르겠지만, 지금은 만족해."

"그럼 된 거겠죠, 뭐."

입을 삐죽 내미는 나를 큐는 긴장을 지우고 함박 미소로 바라봤다.

"너는 만족하니?"

"저요? 제 인생이요?"

"그래. 얼마 살지도 않은 너의 인생."

"글쎄요."

"아빠가 말한 너의 인생 말고, 네가 생각해 온 너의 인생."

나는 짧게 고민하다가 미소 짓는 큐에게 장난을 치고 싶은 마음이 들었다.

"흠, 만족하진 않아요."

"그래?"

"큐의 얘기를 듣다 보니 저도 제가 좋아하는 일로 만족하는 삶을 살면서 아빠한테 복수하고 싶어졌거든요."

장난과 진심이 둘 다 섞인 내 말에 미소 짓던 큐의 얼굴이 순간 굳어졌다. 뭐지? 큐라면 장난으로 받아들이고 그러려니 하면서 나를 응원할 줄 알았는데. 그녀는 내가 지금이라도 장난이었다고 말해야 할 것 같은 얼굴을 하고 있었다. 그런 큐의 표정이 나를 불안하게 했다.

"가정을 깨고 싶진 않은데."

"됐거든요."

큐는 자꾸만 진심이라며 굳은 표정을 풀지 않았다. 나는 그런 큐에게 계속해서 됐다고 말했지만 그녀는 아랑곳하지 않고 혼자 고심에 빠졌다. 그녀의 머릿속에선 이미 나는 패륜을 저지른 범죄자가 된 것만 같았다.

"큐가 자랑하는 걸 들으니 기분이 한결 나아진 것 같아요."

나는 큐의 관심을 다른 곳으로 돌리기로 마음먹었다. 큐는 그 말에 숙였던 고개를 천천히 들며 나에게 신경을 집중했다.

"진짜 복수를 꿈꾸는 거야?"

살짝 떨리는 그녀의 목소리에 나는 선샤인에서 박차고 일어나 부엌으로 향했다. 그런 내 뒷모습에 큐는 복수는 나쁜 것이야! 하고 계속해서 소리쳤다. 나는 두 귀를 닫았다. 그게 편했다. 조금 전 우울했던 기분들이 완전히 없어지는 것이 느껴졌다.

부엌에 들어선 나는 아까 놓쳐 버린 뱀파이어의 피가 담긴 쿠키를 찾아 먹을 생각에 선반을 이리저리 뒤지고 있었다. 계산대에 누워 있는 니엘과 시선을 주고받으며 이것저것 들추던 때였다.

"난 네 인생이 충분히 빛나고 있다고 생각해."

갑작스러운 소리에 고개를 돌리자 큐가 부엌 입구에 서 있었다.

"뭐, 뭐야. 나 쿠키 먹으려던 거 아녜요."

"알았어."

"근데 뭐라고요?"

"못 들었으면 말고."

큐가 뒤돌아섰다. 나는 높은 키를 자랑하는 큐의 뒷모습을 바라봤다. 부엌을 빠져나가는 그녀의 뒷모습에 대고 나는 고맙다고 말했다. 큐의 걸음은 빨랐지만 아마 내 말을 들었을 것이다.

chapter 11

I WILL BE BACK

  방학이 시작됐다. 선생님께서 예고한 대로 번호순으로 우리는 선생님과 정시를 준비하는 상담 시간을 가졌다. 나는 내가 관심 있어 하는 학과를 선생님과 공유하며 최대한 맞출 수 있도록 얘기를 나눴다. 그렇게 시간이 흘렀다. 대강 어떤 학교에 갈 수 있는지 정리가 됐고 그 학교들에 지원했다. 며칠 뒤 마주한 결과는 예상한 대로였다. 다행히도 지원한 모든 곳에 합격이었다. 내 합격 소식은 부모님을 안심시켰고 '더 메모리'의 식구들도 기뻐했다. 몇몇 친구들은 상담을 하던 중에 눈물을 흘리기도 했다. 또한 번의 기회를 노리기 위해 공부를 다시 선택한 친구들도 있었다. 선택의 방향은 여러 가지였다.

  '더 메모리'는 영업정지가 풀리고 나서 더 바빠졌다. 밀린 손님이 많았기 때문이다. 그래서 나도 보통 때보다 더 일찍 출근하는 날이 생겼다. 다시 시작된 '더 메모리'에서의 일상과 그곳을 찾는 손님들의 이야기는 여전히 흥미로웠다. 지구에는 수십억 명이 사는 만큼 사연이 다양할 수밖에 없을 것이다. 다행히 '더 메모리'의 비밀 화원은 그 어느 곳보다 넓었기 때문에 그 모든 이들의 이야기를 피워 내기에 충분하고도 남았다.

이런저런 생각들을 하며 나는 손님이 떠난 자리를 또다시 치웠다. 많은 일들이 일어난 이곳에 나는 벌써 정이 지독하게 들었다. 그래서인지 오늘이 '더 메모리'를 방문한 모든 날 중에 가장 슬픈 날인 것 같았다. 나는 찻잔과 주전자를 제자리에 가져다 놓고 선샤인 바닥을 한 번 더 쓸었다. 평소라면 거들떠보지도 않았을 것들을 괜히 한 번씩 어루만졌다. 그리고 '더 메모리' 안을 이리저리 휘젓고 다니며 선샤인 쪽으로 모두를 불렀다.

"왜?"

"할 얘기가 뭐야?"

귀찮다는 듯 선샤인의 탁자에 누워 사탕을 먹는 마니또, 마법을 끝낸 후라 피곤해 보이는 큐, 여전히 무언가를 계속 적어 내려가는 플룸. 나는 그 셋을 한 번씩 천천히 바라봤다.

"저, 잠시 아르바이트 쉬어야 해요."

방학이 끝나고 다시 학교를 다니게 되면 시간을 낼 수가 없었다. 나로서는 쉽게 꺼낼 수 없는 말이었다.

"그래."

큐의 단답형 대답은 허무하기 그지없었다. 큐는 그게 뭐 대수냐고 묻는 듯한 표정으로 나를 바라봤다. 니엘도 마찬가지였다.

"그거 말하려고 이렇게 집합시킨 거야?"

귀찮아 죽겠다는 듯이 말하는 니엘에게 나는 은근 상처를 입었다.

"아니, 저…."

"대충 알고 있어. 인간들의 대학 생활이란 거."

내가 언젠가 이 말을 할 거라고 예상한 반응들이었다. 그들은 오히려 나를 할 말 없게 만들었다.

"아니 뭐, 폭풍 눈물까진 바라지도 않았는데, 너무 쿨한 거 아네요? 그리고 저는…."

그만두고 싶은 게 아니라, 잠시 동안만 쉬겠다는 게 관건 포인트였다. 물론 친구들한테 듣기론 아르바이트를 한 곳에서 잠시 쉬면 나중에 다시 잘 안 받아 준다는 것쯤은 알고 있었다. 그래서 아주 조심스럽게 꺼낸 얘기였다. 나와의 이별이 전혀 아쉽지 않은 모양인지 그들의 반응은 무미건조했다. 그런 반응을 보고 서운한 마음이 티가 날까 봐 걱정까지 해야 했다. 자존심도 상했다.

"아니, 쉰다며. 그럼 방학 때 다시 올 거란 소리 아니야?"

말을 잇지 못하고 있는 나에게 큐가 내 얼굴을 한번 슬쩍 보더니 말했다.

"네가 여기 아르바이트를 할 수 있게 된 경로를 잊었어?"

"플룸의 초대를 받아 일하게 된 인간은 네가 처음이야."

"웬만한 낭만 아니고서야 감히 엄두도 못 내지."

나는 큐와 니엘의 말을 듣고서야 그들의 반응을 이해할 수 있었다. 애초부터 나는 그렇게 받아들여졌던 것이다.

"넌 이제 여기 노예야. 죽을 때까지 못 빠져나가."

장난 섞인 큐의 말이 얼마나 반갑게 들리는지 몰랐다.

"그건 좀 무서운데요."

나는 웃으며 그녀에게 말했다. 큐는 내 말에 어림없다며 검지를 들어 좌우로 흔들었다. 나는 울컥하는 감정을 최대한 숨겼다. 눈물을 흘리면 큐가 더 좋아할 것 같아서였다. 나는 애써 미소를 지어 보였다. 니엘은 그런 나를 피식 웃으며 바라봤다.

"자, 그럼 할 말 다 끝났지?"

"네? 네."

그럼 일해.

짧고 굵은 한마디를 남기고서 큐는 선샤인에서 일어났다. 나도 순간 고개를 끄덕이며 선샤인에서 일어날 뻔했지만 순간적으로 이성을 다잡았다.

"에? 잠시만요. 저 오늘 근무 끝났는데요."

"계속 만지작거리는 게 더 일하고 싶은 것 같아서."

도리도리 고개를 흔드는 나를 전혀 아랑곳하지 않고 큐가 말했다. 선샤인에 있던 모두는 다시 각자의 자리로 흩어졌다. 나는 외출 준비를 하려는 큐에게 예전부터 듣고 싶었던 질문을 꺼냈다. 정말 아껴 두었던 질문이었다.

"큐는 선샤인의 창문을 통해 뭘 봐요?"

입구 옆 옷걸이에 걸린 모자를 쓰던 큐의 손이 멈췄다. 그녀는 나를 바라보며 한참을 고민하는 것 같더니 대답했다.

"흠… 사랑하는 사람?"

"거짓말."

"진짠데."

큐는 끝까지 나의 질문에 제대로 된 답을 하지 않았다. 나는 너무나도 궁금해서 그녀를 따라다니며 계속 물었지만 그녀는 아무 설명도 더하지 않았다. 뭐, 상관없다. 나는 앞으로 '더 메모리'에서 더 많은 시간을 보낼 예정이니까 차차 들으면 될 것이다. '더 메모리'에서 나는 앞으로도 많은 사람들의 기억과 추억을 엿보며 꽃을 피워 낼 것이다. 옛 추억에서 파생된 새로운 기억들과 살아가며 만들 새로운 기억들. 그런 다양한 기억들과 만나며 '더 메모리'에서 조금 더 성장해 나갈 것이다.

기억이란, 정의하자면 어떠한 인상, 지각, 관념 등을 불러일으키는 정신 기능의 총칭이다. 사람이나 동물이 경험한 것을 특정 형태로 저장하였다가 나중에 재생 또는 재구성하는 현상이다. 누구나 오를 수 있는 기억이란 무대는 각자 다른 형태로 해석될 수 있고 그렇기에 그 기억의 엔딩은 사람에 따라 달라진다.

만약 그 엔딩이 마음에 들지 않는다면, 언제든 와도 괜찮습니다.

기억을 다루는 찻집 '더 메모리'에.

어떠한 감정이 담긴 기억이든 다시 한번 추억하고 싶다면 언제든 환영입니다!

"아오, 진짜 미안해."

"야, 오티 날 늦잠 자는 건 너밖에 없을 거다."

친구의 질타를 받으며 오티 겸 입학식으로 우리를 데려와 준 학교 셔틀버스에서 내렸다. 나와 유치원에서 만나 고등학교의 모든 등하교를 함께했던 친구는 나와 같은 대학에 다니게 됐다.

"오, 이게 대학 공기?"

친구가 숨을 깊게 들이마셨다가 내쉬며 말했다.

"야, 빨리 오기나 해."

늦잠을 잔 내 탓이 더 컸지만, 괜히 긴장되는 마음에 친구를 다그쳤다. 같은 학교라도 학과는 서로 달랐기 때문에 우리는 다른 강의실을 찾아 흩어졌다. 먼저 끝나는 사람이 서로에게 다시 전화하기로 했다. 강의실을 찾아가는 순간이 너무 긴장됐다. 매번 새 학기를 맞이했지만 뭔가 대학이라는 두 글자는 그 어느 때보다 심장을 뛰게 만들었다. 강의실을 찾아 계단을 오르는 순간이 너무 설렜다. 오늘을 위해 산 옷과 연습한 화장들, 거울로 몇 번이고 내 모습을 확인했다. 그래도 스텔라가 내 모습을 봤다면 혀를 찼을지도 모를 일이다. 좋은 동기들을 사귀었으면 좋겠다고 생각하며 한 걸음 한 걸음을 내디뎠다. 대학에 관한 현실 혹은 환상 그 무엇이라도 받아들일 준비가 아직 완벽히 된 것은 아니지만, 그래도 지금으로선 설레는 마음으로 가득 차 있다. 내가 속한 학과의 오티가 열리는 강의실은 꽤나 높은 층에 있었다. 나는 엘리베이터를 탈까 하다가 계단을 올랐다. 빠른 걸음을 옮기며 도착한 강의실에는 벌써부터 풋풋함을 풍기며 자리에 앉아 있는 학생들로 빼곡했다. 이미 몇몇은 서로 대화를 나누며 친해진 모습에 은근 초조해졌다. 서둘러 강의실에 들어서려는 순간, 나는 강의실 문 앞의 학생들에 가로막혔다. 순간 뭐지? 싶어서 살짝 놀랐지만 이내 그들이 이름표를 나눠 주는 선배들이라는 것을 깨달은 나는 평정심을 되찾았다. 모두 동일한 옷을 맞춰 입고 있어 알아보기 더 쉬웠다. 나는 두근거리는 마음으로 이름표를 받아 들고 강의실로 입장하려고 했다. 선배님들에게 감사 인사를 전하며 의기양양하게 첫걸음을 떼고자 했다. 그런데 타이밍 안 좋게도 마침 강의실에서 나오려고 하던 남학생 한 명과 부딪치고 말았다. 그는 나와 부딪히면서 손에 쥐고 있던 이름표를 떨어뜨렸다. 나는 미안한 마음에 사과를 하며 이름표를 빠르게 주웠다. 그리고 그에게 이름표를 내밀며 적힌 이름을 쓱 훑었다. 동기의 이름은 하나라도 알아 두는 게 더 좋겠다는 생각에서였다. 그런데 그의 이름을 본 순간 나는 그 자리에서 굳어 버렸다.

하진성.

앞머리를 정갈하게 빗어 내리고 짙은 눈썹 밑으로 쌍꺼풀진 길쭉한 그의 눈이 예쁘게 접혔다. 그는 내게 사과하며 이름표를 주워 준 것에 대한 감사 인사도 잊지 않았다. 미소를 지으며 나를 스쳐 가는 그를 하마터면 고개를 돌려 바라볼 뻔했다. 유혹을 간신히 참아 낸 나는 쿵쾅거리는 심장을 안고 강의실로 들어섰다. 하진성과 대학 동기가 되다니… 과연 우연일까 혹은 인연의 시작인 걸까…?

"지금쯤이면 시작하고 있겠네, 오티."

"왜, 걱정돼?"

"걱정되기는 무슨!"

평소처럼 따스한 햇살로 가득한 자리에서 초록색으로 빛나는 요정과 황금빛 머리칼을 틀어 묶어 비녀로 고정한 여자가 담소를 나눈다. 그들은 창밖으로 각자가 갈망하는 소원과 마음이 담긴 풍경을 바라보며 일상을 즐기고 있다. 장난을 치는 여자에게 요정은 펄쩍 뛰며 화를 냈다.

큐는 다양한 색깔로 변하며 광분하는 니엘을 흐뭇하게 바라봤다.

"무사히 잘 갔다 오면 좋겠네."

"흥!"

꽃피는 봄의 시작이었다.

　사람을 꽁꽁 묶어 둘 수 있는 것, 나는 그것을 '기억'이라고 생각한다. 기억은 누군가의 머릿속에 둥지를 틀고 세력을 확장해 나가며 그 사람을 잠식하는 능력이 있다. 앞으로 나아가지 못하게 하고 제자리만 지키도록 강요하곤 한다. 그런데 때로는 반대로 전진케 하거나 넘어졌다면 다시 일어서게도 한다. 관건은 마음속에 박혀 있는 기억의 실체와 우리가 그걸 받아들이는 방식이다.

　사람들은 지난날의 과오로부터 현재의 삶을 투영한다. 기억들이 모여 현재의 모습을 이룬다면, 그 지금을 좀 더 가치 있게 만들고 싶어서가 아닐까. 《더 메모리 – 기억을 수정하는 찻집》은 그러한 삶의 일면들을 관찰하는 것에서부터 시작되었다. 병마가 세상을 뒤흔들어 외출이 제한됐을 때 가벼우면서도 조금은 무겁게 두드려 보자는 마음으로 임했는데, 이후 내 기억의 지평선은 이 책의 원고로부터 새롭게 시작되었다고 할 수 있다. 무더운 여름날 선풍기에 의지하며 혈육의 방에서 써 내려 간 《더 메모리》의 등장인물 대다수는 나의 주변 상황들에서 파생됐다. 다양한 연유로 골머리를 앓는 사람들도 있었고, 한쪽으로 기울어진 권리의 무게 추에 대한 반응이 여름이었다가 겨울이었다가를 반복하는 사람들도 있었다. 사람들은 도마 위에 오른 사실에 대해 자기만의 가치로 논쟁하느라 정작 상처받은 이들의 심장은 심해 저편으로 가라앉고 있다는 사실을 쉽게 간과했다. 그나마 객관적 사실에만 주목한다면 오히려 다행일 만큼 도파민에 지배당한 채 광기 어린 모습을 보이기도 했다. 물론 그 논쟁의 끝엔 늘 완벽한 승리는 없었다.

《더 메모리》는 이러한 시사의 흐름을 끄집어내어 그려 냈다. 누구도 알아차릴 수 없는 어둠 속으로 숨어 버리고자 애쓴 이들의 이야기이다. 어두웠던 날들의 기억이 조각조각 마음에 박혀 있어도 보통은 시간이 지나면서 아픔은 줄어들기 마련이다. 한 번 각인된 조각을 완전히 뽑아 낼 수는 없겠지만, 자의든 타의든 아파할 순간이 적어지는 것이다. 살아가며 새로운 조각들이 또 박히겠지만 본인이 좋아했던 것들을 찾고 몰입함으로써 그 파편을 견딜 수 있는 빛을 만들어 낼 수 있다. 이 책의 인물들도 그렇게 살아왔다. 그럼에도 그들은 결국 아픈 기억의 조각을 뽑아 버리고 싶어 했다. 설령 그것이 앞으로의 삶에 이정표가 되어 준다고 한들 그 자체는 너무나도 아프기 때문이다.

《더 메모리》는 목에 걸린 생선 가시처럼 모난 기억의 조각을 둥글게 다듬어 주는 한 스푼의 마법이다. 이 책을 읽게 된 독자분들이 어떤 기억의 조각을 머금고 있는지 감히 유추해 볼 수는 없지만, 잠시나마 일상에서 벗어나 쉬어 가는 그늘 정도의 느낌을 받았기를 소망한다. 나 역시도 그랬으니까… 기억은 우리를 집어삼킬 수 있지만, 마음만 먹으면 언제든 그로부터 벗어날 수도 있다. 딛고 일어서며 현재의 새로운 나를 만들어 갈 수 있다. 언젠가 플룸으로부터 초대장을 받게 되는 날이 올지도 모를 일이다. 수락은 나에게 달렸다. 나는 그 결정권을 갖기 위한 노력 속에서 좀 더 사랑할 줄 알게 되었고 좀 더 건강해졌다. 여러분도 모두 그랬으면 좋겠다.

그동안 무거웠던 내 두 발을 일으켜 출간의 첫걸음을 내디딜 수 있도록 도와주신 우리나비 한소원 대표님께 감사드린다. 그리고 묵묵히 내 곁을 지키며 편달을 자처한, 현재는 카페 사장님이 된 친구 김수은에게도 고마움을 전한다. 이 책이 세상에 나오기까지 나를 응원해 준 모든 분들께 깊이 감사드린다.

잠들지 못하고 설레는 마음으로

금필춘

더 메모리
기억을 수정하는 찻집

1판 1쇄 인쇄 2023년 10월 24일
1판 1쇄 발행 2023년 10월 31일

지은이 | 금필춘
펴낸이 | 한소원
펴낸곳 | 우리나비

등록 | 2013년 10월 25일(제387-2013-000056호)
주소 | 경기도 부천시 작동로 3번길 17
전화 | 070-8879-7093 **팩스** | 02-6455-0384
이메일 | michel61@naver.com

ISBN 979-11-91884-35-7 43810

★ 책값은 뒤표지에 있습니다.